四种误证

The FOUR FALSE WEAPONS

Carr John Dickson

[美] 约翰·迪克森·卡尔 —— 著

王小牛 —— 译

外语教学与研究出版社
北京

京权图字：01-2022-0540

THE FOUR FALSE WEAPONS © John Dickson Carr, 1937
All rights reserved

图书在版编目（CIP）数据

四种误证 /（美）约翰·迪克森·卡尔（John Dickson Carr）著；王小牛译. —— 北京：外语教学与研究出版社，2022.12（2023.8 重印）
书名原文：The Four False Weapons
ISBN 978-7-5213-4117-1

Ⅰ. ①四… Ⅱ. ①约… ②王… Ⅲ. ①推理小说－美国－现代 Ⅳ. ①I712.45

中国版本图书馆 CIP 数据核字（2022）第 227537 号

出 版 人　王　芳
项目策划　张　颖
项目编辑　赵　奂
责任编辑　都楠楠
责任校对　黄雅思
装帧设计　人马艺术设计·储平
出版发行　外语教学与研究出版社
社　　址　北京市西三环北路 19 号（100089）
网　　址　https://www.fltrp.com
印　　刷　三河市北燕印装有限公司
开　　本　880×1240　1/32
印　　张　9
版　　次　2023 年 5 月第 1 版 2023 年 8 月第 2 次印刷
书　　号　ISBN 978-7-5213-4117-1
定　　价　56.00 元

如有图书采购需求，图书内容或印刷装订等问题，侵权、盗版书籍等线索，请拨打以下电话或关注官方服务号：
客服电话：400 898 7008
官方服务号：微信搜索并关注公众号"外研社官方服务号"
外研社购书网址：https://fltrp.tmall.com

物料号：341170001

记载人类文明
沟通世界文化
www.fltrp.com

目 录

第 1 章　　召唤　　... 1
第 2 章　　罗斯的最后一夜　　... 11
第 3 章　　浴室里的短剑　　... 24
第 4 章　　粉色痘痘　　... 34
第 5 章　　"稻草人"来了　　... 48
第 6 章　　透过百叶窗　　... 59
第 7 章　　消失的香槟酒瓶　　... 71
第 8 章　　关于电子钟　　... 87
第 9 章　　第二个不在场证明　　... 99
第 10 章　　打靶场的密谈　　... 114

第11章　《智慧报》的犯罪学专家　…131

第12章　班克林的情绪　…144

第13章　野餐的可能性　…160

第14章　三扇锁住的门　…173

第15章　炼金术士的瓶子　…181

第16章　梳妆台前发生了什么　…195

第17章　"阿克恩山丘之畔"　…207

第18章　尸体俱乐部　…222

第19章　"三十倍才够劲"　…237

第20章　"……走在扭曲的路上"　…252

第 1 章

召唤

在 5 月 15 日这一天，如果有人对他说第二天他会出现在巴黎，会被卷入之后被人称作"四种误证"的案子——当然只是作为旁观者，他会觉得是有人偷窥了他的幻梦，还会因此羞愧难当。

在 5 月 15 日的下午，他就坐在靠窗的办公桌边，闷闷不乐地望着窗外的南安普敦大街。在柯蒂斯律师事务所[1]，他就是"小柯蒂斯"，或者被称作"我们的理查德先生"。不过此刻，他忍不住暗想，自愿成为律师的家伙都是自讨苦吃。是啊，能成为律师事务所的年轻合伙人是很幸运的事情，平常人也没有机会这么不以为然地望着算不上热闹的南安普敦大街。柯蒂斯律师事务所里有很多围绕着天井和院子的小隔间和小办公室，就像一个迷宫。访客会感觉不管去哪儿都必须穿越每个人的办公空间。整个办公区域的装修风格有点古板，那些负责打字的老女人和蓄着胡子、闷闷不乐的绅士的画像也绝对无法让人心情

---

1. 编者注：全称"老柯蒂斯-亨特-达西-小柯蒂斯律师事务所"，文中简称"柯蒂斯律师事务所"。

舒畅。

说真的，理查德·柯蒂斯先生完全打不起精神。

分派给柯蒂斯的客户（说真的，少得可怜）可能会被他的外表蒙蔽。柯蒂斯看起来就是一个体格健壮、稳重可靠的年轻人：总是穿着藏蓝色的西装，礼貌而庄重地倾听客户的烦恼。这都归功于他父亲的教导——那位大老板就像办公区画像里的绅士，蓄的胡子也是同一风格。不过那些客户看到的都是表面现象，在柯蒂斯特意摆好的，为了显得他很忙碌的那一大叠文件下面，藏着一首他改写的诗：《律师献给春天的赞歌》。诗的开头是这样的：

色彩斑斓的枝叶上，
来自群鸟的合唱，
和树林混为一体——
正是：飘扬的颂歌。

这个办法至少能缓解他的无聊，好过扯着嗓子吼一声"哈！"，也好过斥责最年长的打字员布瑞登小姐。南安普敦大街也正经历着由春入夏的转变，让他心动不已，自然应该用诗歌来赞颂。

柯蒂斯脑子里的白日梦会更让那些客户大吃一惊。其实他越是显得一本正经的时候，脑子里就越是浮想联翩——比方说，一个穿着黑色斗篷的显贵人士走进他的办公室，那人会把衣领立起来，一进门就迅速扫视房间的每个角落。

"柯蒂斯先生，我要交给你一项任务。"来人会说，"我必须长话短说，因为有人正在监视我们。这里有三本护照和一把自动手枪。你必须立刻赶去开罗，随便用什么身份，但是当心别被一个戴黑色十字形袖扣的家伙盯上。到了开罗之后，去'七条眼镜蛇大街'，目的地的标志就是——"

理智对柯蒂斯说，这纯粹是不合逻辑的狂想，就算是做梦也应该有点基本的常识。不过做梦嘛，有什么关系。

"——在那儿你会遇到一位贵妇人，自然是美女。"然后穿黑斗篷的人会故作玄虚地说，"给，一千英镑作为资费……"

就在这时，在真实的世界，办公室里响起了敲门声。进来的既不是贵妇人也不是美女，而是布瑞登小姐，最年长的打字员。

"亨特先生想见您。"

柯蒂斯站起身，很不情愿地走向亨特的办公室。他的父亲已经退出了日常管理，所以现在是亨特主管着事务所。年轻的柯蒂斯对亨特并不满意。最开始的时候，他还期待消瘦而古板的查理·格朗狄松·亨特会有点个性。曾经有传闻说老亨特的一本正经都是装出来的，还有人说亨特喜欢写打油诗。柯蒂斯不太相信。对他而言，老亨特抑扬顿挫地念打油诗，简直比陌生人给他一千英镑作为资费还要荒唐。不过呢，他有时候也期望老亨特能说一句："柯蒂斯先生，我要交给你一项任务……"

他敲了门，从门另一侧传来亨特让他进去的回应——一如既往地以一个浓重的吸鼻音作为前奏。柯蒂斯走了进去。亨特坐在他的桌子后面，夹鼻眼镜架在鼻子上，板着面孔。

"柯蒂斯先生，"亨特吸气的声音更明显了，"我要交给你一项任务。你能否坐今晚的飞机去一趟巴黎？"

柯蒂斯都不敢相信自己的耳朵。

"还用说！"

格朗狄松·亨特对这个回答并不满意，他上下打量着柯蒂斯。随后他又吸了一口气，甚至放弃了正式的称呼。

"不对，不对，理查德，这样可不行。有时候我感觉你身上有一点——令人不安的躁动。如果不纠正过来，会对柯蒂斯律师事务所的声誉造成影响。"他想了想又说，"理查德，你不妨直率地告诉我：你是不是觉得我们的事务所是个沉闷的地方？"

"先生，您怎么认为呢？"柯蒂斯反问，"我天天坐在那个可恶的桌子后面——"

"正是如此。"亨特打断了柯蒂斯，还举起一根手指，似乎他已经证明了什么，"另一个问题，你当然知道——"他朝着背后的一排铁柜子努了一下嘴，"我们的客户多数来自英国最保守的家族，还有一些是海外的英国人？"

"这一点我有所耳闻，因此我——"

"哈！所以你认为我们的事务所必然会很沉闷？"亨特的脸上闪过了一种类似微笑的表情，"我现在没有时间详细和你探讨。不过仔细想想你就会明白，和这些家族打交道恰恰不可能无聊。这是自然规律。这些客户都很有闲情，他们有的是钱。他们有能力无视条条框框，也就是那些让英国变成最恪守陈规的国度的正统态度。所以呢，他们比较……比较……"

"放纵？"柯蒂斯忍不住接口说，"这算什么！感觉是社会党口号。"

"不是那么回事,"亨特说,"打个比方,国会上院的议员肯定比下院的更睿智。你别辩解说这不算什么。"亨特摘下夹鼻眼镜,阻止了柯蒂斯的反驳,"我明白你的意思,但我在陈述事实。我想说明的是:越是保守的律师事务所,需要处理的问题就越是危险。就像塞缪尔·约翰逊博士[1]最有名的典故那样。有一次博斯韦尔[2]问他:'先生,如果您和一个婴儿被关在塔楼里,您该怎么办?'那位博士似乎对这个问题很不满,所有人也都认为这是个愚蠢透顶的问题。我可不这么认为。博斯韦尔是个律师,有自知之明。我们正应该知道如何应对这样的问题,这样的处境。"

"我们还是言归正传。"亨特说着扶了扶夹鼻眼镜,似乎这样他的话会更有分量。

"您想说什么?"

"我要派你去巴黎。"亨特回答说,"那里有一个我们的客户:拉尔夫·道格拉斯。你听说过他吧?"

"如果是我想到的那个拉尔夫,那我可听说过不少:美酒、女人、欢歌,是他吧?他的赛马'幸运草女郎'去年赢得了大奖赛。之后他搞的那个派对……"

"没错,他就是那种放纵的人。"亨特郑重其事地作了判定,然后又轻轻咳嗽,改变了口风,"当然,这不是我们该关心的问

---

[1] 编者注:塞缪尔·约翰逊(Samuel Johnson,1709—1784),英国著名作家、文学评论家。

[2] 编者注:詹姆斯·博斯韦尔(James Boswell,1740—1795),英国著名传记作家,著有《约翰逊传》。

题。理查德，我想让你明白的一点是：这位道格拉斯先生已经洗心革面了！我说真的！我甚至可以说这是我所见过的最彻底的转变。他已经放弃了醉生梦死、笙歌达旦的生活。按照他未来丈母娘的要求，他甚至卖掉了自己的养马场。"亨特又不无懊恼地补充："我个人的想法是，连君主都热衷的运动有何不妥？不过他那位未来的丈母娘对于赛马可是深恶痛绝……"

"您想说道格拉斯先生坠入了爱河，变了一个人？"

"正是如此。"亨特显得满心欢喜，觉得柯蒂斯选出了合适的词汇，"下个月他就要娶玛格达·托利小姐。托利小姐的母亲就是本尼迪克特·托利太太，一位寡妇，也是托利旅游公司的老板。理查德，别轻易地落入俗套，这位托利太太既不年迈也不糊涂。正相反，托利太太精力旺盛，而且很时髦。但是她非常固执。对了，有人觉得她挺漂亮，我可不敢恭维，她的鼻子又高又窄，还往上翘，令人厌恶。她的道德观……算了。托利太太可是不遗余力地阻止女儿嫁给道格拉斯先生。她自己中意的女婿人选是拉尔夫·道格拉斯的弟弟：布莱斯·道格拉斯先生。年轻的布莱斯在外交部工作，感觉能够青云直上。对于拉尔夫，她可是完全看不上眼，能勉强答应已经是极限。"

柯蒂斯仍然不明白自己的任务是什么。

"要托利太太同意？这位玛格达小姐还没有成年吗？"

亨特回答说："她已经到了明事理的年纪，所以觉得最好不要忤逆她的母亲。玛格达小姐……怎么说呢，是一个耐看的女人。别会错意。这两个年轻人肯定是情投意合，但是——有点麻烦。麻烦就在一位名叫罗斯·科罗奈克的小姐身上。"

"拉尔夫的旧爱?"

"没错。"

"想要敲一笔?"

"错了。"

亨特拉开抽屉,拿出了一张写满字的纸。他又仔细地阅读了一遍,深深吸了口气,才把那张纸推到柯蒂斯面前。

信上的地址是:福奇大道53号别院。

日期是周五晚上。

亲爱的亨特,

我真的很难解释清楚,之前我已经写了四份,都白费了。我想说的太多了,又有很多曲折,写到第二页甚至第三页的时候还没有进入正题。我最后决定面对面地解释。简单地说:我有个烦恼,需要有人参谋。如果您能来巴黎,我就谢天谢地了,哪怕几个小时也行。我很想冲到伦敦,但是玛格达和托利太太都在巴黎(克利翁酒店),我脱不开身。

我想您知道几年前我包养了一个女人:罗斯·科罗奈克。我们在一起有一年多,烧了我不少钱。现在——啊,我的麻烦并不是您所想的那样。她并不打算给我搅局。科罗奈克小姐是个混血儿,有波兰和英国血统,在巴黎算个名人,在遇到我之前拜倒在她裙下的人可不少。说实话,我应该是第一个在被她榨干之前摆脱她的人。可能是因为我认识了玛格达,对其他女人就失去了兴趣。

问题出在这儿。我和罗斯刚认识的时候,我在马利森林旁边买了一栋别墅,让她住在那里。那别墅可花哨了:特里亚农宫风格的红色纹理大理石地板,触及天花板的落地窗,等等。我们分手之后,她就搬出去了,那房子一直空着。可是最近那里发生了很古怪的事情,真的让我很不安心,似乎和罗斯·科罗奈克有关系。在信里我只能说这么多,请相信我,事情很严重。

您能来一趟,和我聊聊吗?

拉尔夫·道格拉斯敬上

柯蒂斯已经开始浮想联翩,不过他还是皱着眉头仔细地读了一遍。

"他到底有什么烦恼?"

"我毫无头绪,"亨特冷淡地说,"所以你得去一趟巴黎。你坐晚上的航班,入住莫里斯酒店。我会给道格拉斯先生发个电报,说你明天早上十点准时拜访他。你把地址记好了。明天是星期天,他应该能更清醒一点。我希望你记住我说的博斯韦尔和婴儿的事情。道格拉斯的烦恼可能不是什么大事。不过,关于这封信,你有什么想法吗?"

"有啊,我想知道托利母女是否听说了罗斯·科罗奈克的事情。"

亨特皱起眉头,脸色变得阴郁:"这我可说不准,但是我猜她们听到风声了。"

"关于这个罗斯·科罗奈克,我们知道什么?"

"还没有确切的信息。我当然知道道格拉斯先生喜欢花钱养情人——我们的很多尊贵客户都有这个毛病。他的银行账户已经受了不少损失。那位罗斯小姐似乎特别钟爱珠宝,关于她的其他方面,我正要说呢。"亨特盯着柯蒂斯,深深地吸了口气,"告诉我,理查德,你是否听说过一位叫班克林的绅士?"

柯蒂斯感觉他的那些白日梦也许能够成真。

"难道您是说那个最杰出的法国侦探?或者说,曾经最杰出的法国侦探?我听说几年前他因为政治争端而隐退了。他的事情太传奇了,我都怀疑是否真有这么个人。"

"全名是亨利·班克林,算是和我趣味相投。"亨特仰头望着天花板,"我和他很熟。他看起来很老成、古板,其实都是假象。他在打油诗上的造诣非同凡响。如果喝点酒,他兴致高的时候能唱男低音,特别适合四重唱。是啊,他现在退休了。他是个有品味的人,可不是你脑海里那种身材消瘦,满脑子只想着抓捕罪犯的侦探……"

"那真可惜。"

"是啊。"亨特嘀咕着,"我听说他退休之后真的成了草根——去乡下了。我老早就怀疑他的白领带和做作的动作都是刻意为之,是为了在调查的时候迷惑他人。现在他退休了,谢天谢地,他没有去种玫瑰。他的主要活动是钓鱼和打猎,因为他习惯了追捕什么东西。"亨特清了一下嗓子,"说我们的正事。班克林已经不隶属法国警方了,但是他和警方保持着联系。这也许能帮上忙。理查德,你明白我的意思吗?他可以帮忙打听那个罗斯·科罗奈克小姐的事情。我会给你写一封介绍信,可惜我不知道他现在的地址。没事,你去找巴黎警察总署的长官布里耶先生，说明你的身份，他会告诉你如何找到班克林。"

亨特向前探着身。柯蒂斯能清楚地看到这个干瘪小老头的中分头发，看起来就像戴着假发。他脸上的皱纹开始活动，暗示他要给出忠告。

"就这样啦，理查德。我全指望你处理好这件事，不辱我们事务所的名声。你和道格拉斯先生见面之后当然要详细地向我报告，如果必要，直接给我打电话。如果事情真的很严重，我不惜亲自跑一趟。我想情况不至于那么糟糕，不过，有备无患……对了，理查德，还有一件事！"

"还有什么事，先生？"理查德·柯蒂斯在门口停下，转过身。

"我不知道你听过没有，"亨特郑重地说，"从前，有一个从香港来的年轻女孩子……"

亨特一板一眼地讲述着那个故事，态度比在主日学校读书还正经。柯蒂斯强忍着没有爆笑，因为布瑞登小姐正走进亨特的办公室准备记录口述内容。直到终于回到自己的办公室，他才笑出了声。他也真正地感受到这个事务所的合伙人终于接纳他了。

第 2 章

罗斯的最后一夜

星期天早上,还差几分钟十点,理查德·柯蒂斯乘坐的出租车正顺着里沃利大街前进。新式的、波尔多红色的出租车取代了那些吱嘎作响的旧车型,让乘客也心情舒畅。巴黎的空气中飘着清晨的微温气息,朝阳刚刚洒过协和广场。成排的路灯仍然闪着微光,塞纳河边的树木也被朝阳映照着,香榭丽舍大道上汽车的顶棚闪闪发亮,只有远处的凯旋门仍然被迷雾环绕。偶尔出现的汽车喇叭声更凸显了周日早晨的宁静。汽车嗖嗖地从身边驶过,与之相呼应的,是形单影只的清洁工打扫人行道时扫把划过地面的声音。

柯蒂斯觉得这里的天空更加宽阔,朝霞更加红艳,绿树后面的房子也不像伦敦的那样高耸。这能发生什么冒险故事?他已经很多年没来巴黎了,一下子适应不过来。就连出租车司机的黄标香烟的气味也是巴黎特色;这儿的人根本不是在吸烟,他们的习惯是把香烟叼在嘴角,等着它自己燃烧殆尽。车子上了香榭丽舍大道之后,柯蒂斯渐渐认得了。左边斜坡的草坪上,正有人摆出配了白色桌布的桌子,上面的刀叉闪着亮光——那是朵颐餐厅。右边的栗子树后面是洛朗餐厅。大使馆餐厅还在那儿？还有那些新式的咖啡厅，里面的装潢看着就像剧院，到了晚上肯定会灯火通明。柯蒂斯以前没有见过，但也不觉得陌生。"别分心，"柯蒂斯提醒自己，"我是来处理商务的。"同时他又忍不住自问："这么美妙的早晨，我的建议能有几分价值？"

到了目的地福奇大道53号别院，柯蒂斯摆出了一本正经的表情。阳光已经照亮了这条大街，但街上仍然有一种空荡荡的感觉。也许是因为靠近布洛涅森林，很多住宅的花园比房屋更加显眼。多数房子的铁制百叶窗仍然关着，不过53号院的门房已经在门口的走廊拖地了。"哦，道格拉斯先生？"她嚷了起来，似乎提到这个名字已经是泄露了机密，"我希望他好点了。"她又热心地补充说，"在四楼，先生。"

柯蒂斯担心那位道格拉斯先生真的生病了。他坐电梯上了楼，刚一按门铃，门就开了。

"早上好，"道格拉斯先生的声音诚挚，但是有点沙哑，"你是亨特派来的？很好，请进来。"

柯蒂斯被主人让进里间，那里有一张靠窗的餐桌，能够看到外面的花园。他暗暗松了口气。房子的主人也明显放松了下来。

"看我这么早就起床收拾停当，有点吃惊？"道格拉斯先生又觉得这种说法欠妥，于是补充说，"哈……其实我昨天晚上玩到很晚。不过我收到了亨特的电报，所以提醒自己今天早上有正事。蒸了桑拿就清醒过来了，我现在没问题。来一杯咖啡？"

"谢谢。"

他们相互打量，柯蒂斯立刻就对拉尔夫·道格拉斯产生了好感。拉尔夫完全不是那种花花公子的样子：他已经习惯了享乐，但是还没到厌倦的程度，完全没有颓废的感觉，还很关注周围的事情。在法国人看来，他就是典型的英国人样貌：身材消瘦，浅色头发，宽鼻子，嘴巴也宽，迷人的蓝眼睛。他并没有什么突出的特点，但是那双眼睛闪烁着睿智的光芒，也许他见过的世面远远超过你的想象。他的眼皮有点浮肿，脸色不太好——这是昨晚宿醉的痕迹。拉尔夫穿了一件宽松的灰色西服，给人感觉他的肩膀很宽；他把两手放在膝盖上，胳膊肘往外撇，也在打量着柯蒂斯。

然后拉尔夫露出了笑容。

他直率地说："我很高兴他们没有派一个老头子过来。跟他们解释我的麻烦肯定尴尬死了。"

"别担心这方面。你想说什么就说什么，我有的是时间。"

"好啊，其实，"拉尔夫缓缓地说道，"我需要的不仅是法律上的建议。我需要和本国人聊聊。那些法国人挺好，但是——"他望着窗外，"我的法语应该不错，也有不少朋友，我喜欢巴黎。但是我已经听了六个月的法语，都听腻了。你明白吗？"

"我明白。"柯蒂斯回答，"我自己也曾经有这种感觉。"

"总之，跟法国人解释不清楚。另一方面，这里的英国人或美国人都只会觉得我的处境滑稽。我希望有一个本国来的人从冷静的视角来理解我的麻烦，最好别冷嘲热讽……"拉尔夫犹豫着，手在空中比划了一下，然后又放回膝盖上，"另外，如果我真的去了伦敦的什么办公室，有些事情我又说不出口。至少不会很坦诚。在不同的地方，价值观也不一样。就是这么回事。"他又停顿了一下，"我说，你不介意去兜个风？我能让人立刻把车子准备好。我们可以在路上聊,我需要点新鲜空气。我们可以去——马利森林。"

五分钟之后,拉尔夫的双座小跑车已经驶向了星形广场。拉尔夫慵懒地面向挡风玻璃坐着,一边开车一边解释。

"在我开始解释我的麻烦之前,我最好再强调一下亨特告诉你的梗概。我的未婚妻,玛格达,是这个世界上最迷人的女人。她的母亲托利则是个贱人。贱——人。下贱,恶毒!她不光对我抱有强烈的恶意,还打算把女儿嫁给我的弟弟布莱斯。布莱斯是个好小伙,但是很无趣。一个外交部的官员,总是冷冰冰的,说的话绝对有条不紊,就像挤牙膏;他能就各种话题聊个不停,可到最后你会发现其实他对任何事情都不感兴趣。最后,还有罗斯·科罗奈克……"

"等一下,托利小姐是否知道罗斯·科罗奈克的事情?"

"知道,她全都知道,甚至那个别墅她也知道。感谢上帝,她完全不在乎,只要我和罗斯彻底断了关系就行。"拉尔夫扭过头,显得非常惊诧,"我全都告诉玛格达了。我觉得她认为胜过一个出名的交际花是一种光荣。她当然感兴趣,问我关于罗斯的各种事情,不过她并不嫉妒。"

"那么托利太太呢?"

"托利老妈并不知情。这也是麻烦之一。"

"在了解全部细节之前,我不打算给什么建议。"柯蒂斯思索着说,"但是有一点太显而易见了,我不得不说:如果你爱这个姑娘,她也爱你,为什么不直接娶她,让托利老妈见鬼去呢?"

他们的车子转入了星形广场后面的大道,拉尔夫看着像要刻意碾压一个行人似的。

"说起来容易,但是这里头的家庭因素可不简单。"拉尔夫气恼地说,"那个老妖婆控制着玛格达。完全不是愿不愿意听老妈的话的问题,纯粹是勒索!让人——算了,等我介绍完别的事情,我会解释这个。

"现在接着说罗斯·科罗奈克。我跟她密切交往了一年多,但从没有真的爱上她。说起来,玛格达才是真正的美人,相较之下,罗斯就显得相貌平平。不过,罗斯的魅力是一种很难解释的东西。罗斯留着栗色头发,很显眼。她的外表完全算不上性感,但是能刺激人的感觉,给人心理上的触动,让比我更理智的男人发疯。如果她有心,绝对能把你迷倒。她并不是邪恶的女人,迷人是她的天性,这种无意的魅力是我等俗人无法理解的。

"罗斯是一位——抱歉,我要用一个老词来形容——淑女。我从来没听她说过什么粗俗的词汇,她举止端庄,非常精致。你也许会说只有我这样的英国俗人才会被异域风格的女人迷倒。可我不这么认为。另一方面,我曾经问过罗斯:'你真的能爱上谁吗?'她回答:'我相信我有这个能力。'我又问:'如果真是这样,你会真的只为了爱情而和男人在一起,不考虑金钱的因素?'她立刻就回答:'当然不行。这两者之间没有联系。等我老了,没有男人会看上我的时候,我就得付钱让男人陪着我。'

"老兄,正是这个态度让我的心冰凉冰凉。这听起来很诡异,但是罗斯的逻辑很清楚。我也是个头脑简单的人,可我无法接受她的逻辑。现在我把这一切说给你听……憋了很久的事情总算一吐为快……我和罗斯的分手很平和，又成了朋友关系，简直像是做戏。随后她和一个叫劳特雷克的家伙在一起了，他老早就垂涎罗斯。我认为罗斯真的喜欢我，我也喜欢罗斯。不过，如果罗斯觉得给我的婚姻添点麻烦能赚上几千法郎，她会毫不犹豫。她不是针对我，她就是很现实。"

拉尔夫越说越激动，他的脚也下意识地猛踩油门，车子凶猛地穿过马约门外面的郊区。

他扭头又问："你有什么想说的？"

"我想知道的是，你在害怕什么。你自己说了，你们平静地分手了，她没有理由要求赔偿。所以就算你以前写过什么，或者答应过什么……"他感觉拉尔夫·道格拉斯脸红了，"难道你担心她会把你们的事泄露给托利太太？"

"不，我不担心这个。我甚至不介意亲自跟老女人说。"

"那你担心什么？"

"最近有三件怪事，让我感到很困惑。第一件看起来不算事。我那个房子被称作大理石别墅。有人出价打算买下来，连带家具一起。给的价钱也不错。但是出价的人正是劳特雷克，就是现在养着罗斯的人。也许你会说罗斯喜欢那栋别墅，所以让劳特雷克买下来送给她；或者是劳特雷克懒得给罗斯另准备一套房子，不如直接买现成的。我可不这么想。他现在提出买别墅，时机不对。罗斯和他在一起已经八到十个月了。

"这可能不重要，但是第二件事更奇怪。劳特雷克星期四给我打电话。我说我正打算出手那个房子，尤其是我快要结婚了，不如他来一趟，当面谈一谈，更有效率。劳特雷克说他要离开巴黎几天，等他回来之后就会和我联系。

"到此为止都很正常。星期五早上，我觉得应该去别墅，也就是我们现在要去的地方，稍微看一眼，确保没有流浪汉或者窃贼的骚扰。正如我在给亨特的信里所写，那房子一直空置，家具和器皿都算值钱。因为只是为了安置一个情人，所以当初我也没有雇专门的管家。不过我给了附近的巡警小费，让他巡逻的时候留意我的房子，还另外找了个园丁时不时去修剪花木。

"房子看起来没问题，门锁着，百叶窗都关着，家具上都盖着布，到处是尘土，跟我离开的时候一样。我进去之后，下意识地按动了大厅里的电灯开关。按下开关之后我才想起来，我已经让水电公司切断了供应，所以灯不会亮。可是，见鬼，大厅里的灯亮了。

"我觉得蹊跷，因为我明明给水电公司打过电话，说让他们停电。我开始在房子里四处转，我能够肯定我走了之后没有人住在这里。随后，我又上楼查看，那里有罗斯的房间——布置得很精致的房间，床也是仿照小特里亚农宫的风格。罗斯走的时候带走了所有的桌布和床上用品，声称她需要那些东西——她的现实主义原则不允许她错过任何机会。然而，我在床上看到了枕头和床单之类的床上用品。"

拉尔夫沉浸在自己的叙述中，他扭头看了一眼车上的同伴，然后用手掌拍了一下方向盘。把这些事情说给别人听肯定让拉尔夫的情绪得到了释放。柯蒂斯担心拉尔夫完全忘记了目的地，不过却并不打算提醒他。

"我再说一遍，并没有迹象表明有人住在那里，或者在使用那栋别墅。"拉尔夫又急促地说,"床上用品是新的,没有人睡过,只是铺在那里。真见鬼,我站在那个闷热的房子里,只有微弱的光从百叶窗的缝隙透进来,我打了个激灵。

"我又下楼,去厨房试了一下水龙头。有水。然后我听到了冰箱的电机声。我打开冰箱,有人在里面准备了一份丰盛的夜宵:鹅肝酱、松露等等。里面还有六瓶小瓶装的香槟:侯德尔香槟。要知道罗斯·科罗奈克在睡觉之前总是喝半小瓶侯德尔香槟。还有一个因素让我确信有人假冒我的名义,让水电公司恢复了供应。就是那个电子钟[1]。"

"电子钟?"

"是啊,在冰箱上方有一个电子钟,和冰箱插在同一个插座上。电子钟在运行,但是时间不对。你明白发生了什么吗?水电公司切断电力的时候,那个钟就停下来。有人假冒我要求恢复电力之后,电子钟的指针又继续走了起来。

"我觉得不对头,于是就出去找那个巡警,他的名字是赫科勒·雷纳尔。他跟我说他也怀疑有人在房子里活动:至少他看到有人在别墅的外墙下走动。星期三晚上和星期四他都看到过人影,但是很快就消失了。他说那人'像个稻草人',穿着灯芯绒外套。

"我也没有什么具体的想法。但是我感觉有人在谋划什么事情。麻烦的是我不敢去找罗斯问情况,甚至不能给她打电话。托利母女都在巴黎,我总是在她们身边。如果有什么事情出了

---

1. 译者注:这里指的是一种老式的电子钟,通过交流电频率计时。

岔子……哦，我们到了。"

巴黎早已被他们甩在了身后，附近错落着朴素的乡村。现在车子已经开到马利森林边上的一个小山丘下面，远离了村子。在正午的阳光下，马利森林变得无精打采。他们的车子驶进了森林边一条路况不错的岔路，又往里面开了大概四分之一英里[1]。

"就是这里。"拉尔夫简短地说。

车子停下之后，森林绝对的寂静给柯蒂斯留下了深刻的印象。在那艳阳之下，寂静的森林甚至有一种神秘感，几乎渗透到了车子里。发动机停下的时候，柯蒂斯甚至清楚地听到了那最后几声闷响。下了车之后，走过路边草地时的脚步声也清晰可闻。别墅周围是很高的石头墙，一条沙径穿过草地，通向两扇大门。在日光下，他们看到带有草绿色高柱子的建筑寂静地闪着奇异的光彩。

"大门开着。"拉尔夫的声音在寂静中变得响亮，"怎么回事！我明明锁上了。"

他们推开嘎吱响的铁门，走到里面。在沙径的尽头就是被树木环绕的大理石别墅。别墅的外墙由带红色斑点的大理石砌成，并不算高，但是很宽阔，还有两个很窄的侧翼。别墅的窗户是方形落地窗，上面还有半圆形拱窗，外框漆成白色，能够直接通到露台上。这是一栋两层的建筑，但上层给人感觉更像阁楼，楼上窗户就是楼下的落地窗的迷你版。所有这些窗户的

---

1. 编者注：英里为英美制长度单位，1 英里约等于 1.609 千米。

铁制百叶窗都关着，展露着一道道狭缝。这房子看起来有点古怪。阳光透过微微晃动的树叶，照射着红色的、光滑的大理石，在露台上投下斑驳的影子，鸢尾花的黄色和飞燕草的蓝色也交织其中。整座房子给人一种压抑感，筋疲力尽，快要朽坏了似的。

然后一扇百叶窗动了动，被推开了。

他们距离那扇落地窗还有十几步的距离。拉尔夫·道格拉斯咒骂了一句，迈过两个不高的台阶，冲上了露台。这个时候，窗户完全打开了，一个穿着黑色衣服的小个子中年女人出现在露台，腰间还系着白色的围裙。

"啊，老天！"那女人夸张地嚷道，"您把我吓死了。"

她直视着拉尔夫，眼睛眨了眨，又眯缝起来，似乎想努力看清楚来人。她是一个矮小结实的女人，皮肤因过度使用粉底而变得粗糙，方下巴也已松弛，鼻梁上有深红色的印记，似乎是眼镜鼻托的痕迹。她似乎突然认清了拉尔夫，赶忙把手从胸口放下来，放弃了夸张的作态，也不再努力眯起眼睛，而是用愉快甚至讨好的语调说："是您啊，道格拉斯先生！早上好，道格拉斯先生！我真糊涂。您昨晚睡得好吗？"

"我……"拉尔夫·道格拉斯说到一半又停下来。

那女人很识趣地说："先生，我压根没听到您离开。您不在自己的房间……当然了，考虑到——我不想吵醒太太，您明白。"

拉尔夫沙哑着嗓子用法语回答："我完全不明白。"

"巧克力已经准备好了。您可以自己端上去。"那个女人气馁地说,"也许现在您可以给我个小礼物,以便我回巴黎去?另外还有公车费。还有……"她伸手从围裙的口袋里拿出一个手帕包着的东西,展开来是一副眼镜:一个镜片不见了,另一边也破碎了。"您肯定愿意出钱把这可怜的眼镜修好吧?您昨天踩在上面了。"

"你,"拉尔夫问道,"你到底是谁?"

"您说什么?"

"我说你到底是谁?你在这里做什么?这个眼镜又是怎么回事?还有……"他又停了下来,用手揪着衣领。

"我是霍滕斯啊!太太的仆人。我是说,在两年前我离开太太之前,我一直都是太太的仆人。昨晚我已经跟您说过了,我很愿意继续侍奉太太,就算一晚——"

"哪个太太?"

"科罗奈克太太,昨天晚上她在这里过夜,您昨天也在啊。"

拉尔夫回答:"我希望你能明白,我昨天晚上并不在这里,我已经快一年没见过那位太太了,我认为这是……"

霍滕斯努力瞪着的眼睛里出现了一种犀利的眼神,不过她又退缩了,继续用半开玩笑的责怪口吻说:"先生,您在跟我开玩笑。可是,这也太过火了,一点也不绅士。您昨天晚上肯定在这里。您亲自给我安排了工作。您说——"

"科罗奈克太太在哪里?"

"在楼上,她的房间里,应该还没起床。您说——"

拉尔夫轻轻把那个女人推到一旁,一步就迈进了落地窗。不过进了屋子之后,他又停下来转向柯蒂斯,态度变得非常诚恳。

"我说,你肯定认为我在搞什么恶作剧,把你拽到这里,然后……哦,随便你怎么想。我发誓我昨天晚上不在这里。我发誓我不知道这女人在说什么胡话。但是我明白有人在算计我。跟我来。"

落地窗里面是一间宽阔的起居室,几乎占据了整个侧翼,而且相当昏暗。拉尔夫·道格拉斯急匆匆地穿过起居室,进入一个中央大厅,接着从那里的楼梯往上走,最终走到了左侧翼最远的房间。他用力地敲起门来。同时,楼梯上传来霍滕斯嘎吱作响的脚步声。

"罗斯!"

拉尔夫又拍了拍门,摇动门把手,发现门并没有锁。他毫不犹豫地走了进去。

柯蒂斯就跟在后头。这个房间和整栋别墅一样昏暗,他们对面的百叶窗并没有关上,但是缀着很多流苏的厚窗帘遮住了阳光,只有星星点点的光线透进来。不过,这已经足够让他们看清楚这里最显眼的家具就是靠着右侧墙壁的一张床。房间里有人气:粉底的余味和凌乱的感觉。然后他们看到了床罩下面的躯体的形状。一个女人平静地躺在床上,床罩几乎拉到她的脖子处。柯蒂斯不打算凑近观察,从现在的距离他也能看到女人惨淡的眼皮,圆乎乎的脸蛋,铺散在枕头上的长长的深栗色卷发。她穿着一件桃色的睡袍,一只赤裸、粗壮的胳膊从床罩下面伸出来,压在胸口上。

拉尔夫·道格拉斯毫不客气地抓住了她的肩膀,但马上开始后退。

"罗斯！"

他又碰了一下罗斯的肩膀，这次是小心翼翼地。然后他急忙抽回手，而他的肩膀却兀自微微颤抖。

"柯蒂斯先生，你能不能来摸一下。她浑身冰凉，我觉得……"

第3章

浴室里的短剑

理查德·柯蒂斯绕到床的另一侧。罗斯的胳膊和肩膀都像大理石一样冰冷而光滑,已经僵硬了。两个人愣愣地看着床上的女人,甚至不敢对视。

从门口的方向传来了霍滕斯尖锐的嗓音,她已经预感到了什么:"她生病了?"

"她死了。"拉尔夫几乎是下意识地回答。

霍滕斯的尖叫声骤然响起,就像有人猛地开了水龙头,他们都被吓了一跳。她用同样惊人的速度一边尖叫一边冲出房间。

"抓住她!"柯蒂斯说道,"赶快!抓住她,让她闭嘴……"

"好的。"拉尔夫似乎还算镇定,不过他转身往房门的方向走了几步之后,脸色已变得和那死人一样苍白,"老天爷,真的不是我……"

"去抓住她!"

房间里只剩下柯蒂斯一个人站在床边,他这才第一次意识到事情可糟透了。他强烈怀疑这一切是拉尔夫导演的一场戏,特意把他也卷进来——刚才拉尔夫表现得诚心诚意都是障眼法。罗斯·科罗奈克外表上看起来没什么伤痕,可柯蒂斯却完全没有考虑自然死亡的可能性。他忍不住寻思这个女人的魅力到底在哪里。遗憾的是，她所拥有的活力和魅力现如今都已灰飞烟灭，只剩下一具矮小结实的躯体，三十五岁左右，身材出众，但是面孔平庸，看起来甚至有种皱缩的感觉。

事后，柯蒂斯回想自己为什么直接就跳到了谋杀这一结论。也许是因为在被子上面，死者裸露的右臂旁，有一处小小的、已经干了的污痕，很可能是血迹。

不管怎么说，他需要照明……

因为周围的树木离房子很近，这个昏暗的房间好似笼罩在浅绿色的光影里。沉闷的空气，打了蜡的地板，老式的窗帘，都让人窒息。柯蒂斯拉开了一侧沉沉的窗帘，差点绊倒在旁边的一张大圆桌上。窗户外面是一个小小的露台。

他转身回来，陷入了思索。

这个房间并不算大，天花板也不高。墙纸是非常具有法国特色的深红色，有时在特定的光线下会隐隐发黑；与之相配的是暗淡的金色木镶边。天花板上垂下来一盏小小的枝形吊灯，里面配的是蜡烛形状的灯管。通往走廊的房门就在窗户对面，旁边有一个很精致的黑色镀金大理石壁炉台，上面摆着一只大理石座钟——指针完全不动，还有一面金叶环绕的大镜子，也根本没法用。柯蒂斯左侧是半垂帐的卧床，旁边一扇半掩的门通向浴室。他的右侧还有一扇半开的门通向更衣室或者是梳妆间。

真正让这个房间显得逼仄的是那张大圆桌子，还有桌子旁边的两把椅子，一辆被推到窗边的送餐小推车。接着理查德·柯蒂斯注意到了奇怪的事情。小推车看起来没有问题，上面装着夜宵用的食物和酒水，其中有个香槟瓶子已经打开了，放在冰桶里，旁边还有两瓶未打开的香槟。从两个酒杯里的沉淀物可以看出开了的那瓶酒已经被喝过，然而食物根本没有摆到圆桌上。盘子、刀叉和餐巾都整整齐齐地摆放在小推车的下层。

柯蒂斯又开始观察那张圆桌。光滑的桌面上只有三样东西，都十分引人注目。一个瓷质的烟灰缸，边缘摆放着一圈燃了一半的香烟，十根香烟间隔平均，如同车轮上的刺状螺母罩；一把大号的直刃刮胡刀，乌木把柄，刀锋折叠着；一个小小的木匠镊子。

"怎么回事！"柯蒂斯也像拉尔夫那样大声地喊道。

正在这个时候，拉尔夫走了进来。他已经恢复成了典型的英国面孔，让柯蒂斯安心了一点。

"我把霍滕斯关在楼下的盥洗室里了。"拉尔夫说，"只有那儿她跑不出来。她可真难对付。她说——应该算是毫无根据的断言——罗斯被杀死了。意思是说谋杀，"他直勾勾地盯着柯蒂斯的眼睛，"要么是被我，要么是被偷珠宝的窃贼。这完全是胡说，对吧？你看，她看起来没有受伤啊。"

"我不知道。她有可能因为什么猝死吗，心脏病之类的？"

"我没有听说过。"拉尔夫盯着那张床，然后回过头来，看到了圆桌上的刮胡刀。接着他又道："这东西为什么出现在这里？没错，你往身后看。就在那儿！在窗边的地毯上。"

柯蒂斯转身望去。在窗帘轻轻晃动的流苏下面，一把 .22

口径自动手枪的枪管露了出来：枪身闪着银光，手柄是黑色的。

"刮胡刀和手枪。"拉尔夫说，"看来我们必须看看罗斯是怎么回事。"

拉尔夫又走到了床边。犹豫片刻之后，他从死者弯曲的右臂下掀开被子，往下拉了拉。只见罗斯穿着桃色的睡袍，身上没有什么伤痕或血迹，正面没有，背面也没有。突然，拉尔夫的眼皮开始紧张地跳动，手也在发抖，柯蒂斯不得不帮忙把被子盖回去。

"可怜的女人……"拉尔夫沉重地叹道，"我现在才慢慢意识到了问题的严重性。我都不敢想。至少她不是被……"他朝着刮胡刀的方向点了点头，然后又看了一眼手枪，"可是，她真的死了。也许……她好像经常吃安眠药，水合氯醛，似乎是这个名字。你觉得有可能是她用药过量吗？"

拉尔夫的目光转向了半开着的浴室门。他走进去，按了一下门旁边的电灯开关。这个现代化的浴室应该是后来补建的，并没有朝外的窗户，地面铺着黑色地砖，有一个浅浅的浴缸。在洗手池上方的架子上，柯蒂斯看到一个小圆纸盒，就在牙刷杯旁边。盒子上的标签写着：奥贝大道18号，英国药剂师斯特里克兰。此外没有其他信息。柯蒂斯隔着手帕打开了盒子，看到里面几乎装满了白色的小药片。

"她平时是吃这种药？"

"是的。"拉尔夫回答，"就是这个，我记得药剂师的名字。药片的样子也对，不过我不知道到底有什么成分。"

"似乎只少了几片。它药劲儿很大吗？属于危险药物？"

"我不知道。她以前一次吃两片。"

"这个房间简直是个武器库。"柯蒂斯环顾四周,咕哝道,"现在已经出现了三样能用来杀人的工具:手枪、刮胡刀和危险的药物。如果……"

他低头看向浴缸。此刻,发现尸体时的震惊已经退却,取而代之的是一阵揪心的晕眩:他看到了第四样武器。他同时回想起在死者右臂附近的被子上有一处小小的污痕,可能是干了的血点。在浴缸的底部,靠近下水口的地方,赫然放着一把短剑:又细又长的三角形刀锋固定在锻银手柄上。刀锋上还残留着已干的血迹,似乎有人曾经试图用水冲,但是没冲掉,只是让稀释后的血迹变得斑驳。浴缸黑色的瓷砖泛着光,显得潮湿而阴沉,更凸显了短剑的锋利。

"现在我知道她是怎么死的了。"柯蒂斯突然说。

"可是,见鬼,她并没有被刺!"拉尔夫坚持道,"如果有伤口,我们刚才肯定会看到。但她身上完全——"

"不,她不是被刺死的。"

柯蒂斯再次走回到尸体边。他努力克制住自己的抵触情绪,小心翼翼地把手指挪到死者弯曲的右臂下面。这下他们看到了一条吓人的长长的口子,就像一张嘴。因为被人触动,那个伤口干掉的边缘轻微地变了形,吓得柯蒂斯赶紧把手抽开。这匆匆的一眼已经足够了。死者前臂下侧的动脉被割开了一个长口子,只不过是在胳膊下方,所以刚才他们没有注意到。

"她死于失血过多。"柯蒂斯搓着手说,"你看见了吗?以前罗马人用这个法子自杀,不过他们是切开静脉,血会流得比较慢。

她死之前是在浴室里,或者有人把她运到了那里。有人用那把短剑割开了她的动脉,直接把她放在浴缸里,或者是把她放在地板上,将其胳膊垂到浴缸里,让血流下去。她——血流干了,然后被人利利索索运回床上,摆好姿势。"

一阵寂静。两人望着床上那张相貌平平、毫无脂粉、两颊凹陷的面孔。

"那么肯定是谋杀?"拉尔夫问道。

"是的。打起精神,仔细听好。我来巴黎是要给你建议,在我联系上亨特、请他过来之前,我会尽力给你出主意的。你最好跟我说实话,是你干的吗?"

"老天,当然不是我!我为什么要谋杀罗斯?就算我真有这个动机,你觉得我会选择在这里动手吗?那样的话,所有事情现在必然会败露。每次看到这别墅,我都有些反感。我当初真应该直接把它烧了。"

"别激动。楼下那个女人霍滕斯发誓你昨天晚上在这里。这一点应该很容易证明。如果你昨晚不在这儿,那你在哪里?"

"啊,这么问就好多了。"拉尔夫的头脑似乎冷静下来了,他晃悠悠地来回走了几步,捋着头发,"昨晚我和玛格达共进了晚餐,在福柯餐厅。之后我们开车去布洛涅森林里转了一圈,开的是我的车。然后我把她送回老女人那里,就是她们住的酒店——"

"那是几点钟的事情?"

"挺早的,大概十点半。这能当不在场证明吗?"拉尔夫晃来晃去,有干劲了。

柯蒂斯也感觉好一些了，咧嘴笑道："我还不确定。之后你干吗了？"

"我本该去找我弟弟布莱斯谈一些公事，不过我没有心情见他。我几乎劝服了玛格达让那老女人见鬼去，这让我心花怒放。另外，我知道你今天早上会来找我，所以我打算早点回家。我原本打算随便转两圈，然后就回去……不，等等。先别抱怨。我也读过侦探小说。我确实是'随便'转了转，但我记得去过的地点。是帕西区的一个小酒馆，我完全是一时兴起，在回家前进去喝了几杯。那是个昏暗、喧闹的地方，有很多出租车司机在里面喝酒，我喜欢那种氛围。我和他们聊天，走走停停地喝着酒。请注意，我可没喝醉！"

"那你记得小酒馆的名字吗？"

"不记得，但是我知道那条街道：贝多芬街。我也能再找到那家酒馆……总之，昨晚我一直晃到快三点半才到家，头痛得要命，心里也很自责。我没办法，只得使劲按门铃，大声嚷着把门房喊起来——我平时不会这样。最后她探出头，跟我说这样做不得体。"

"门房看见你了？"

"肯定看到了。"

柯蒂斯想了想道："这些信息都很有用。如果你直到快三点半才到家，那个叫霍滕斯的女人为什么坚称你昨天晚上在这里？"

现在的处境不就是柯蒂斯在伦敦的办公室里所梦想的奇遇吗？可是他现在一点都不开心，相反，他忧心忡忡。这跳出了他日常工作的俗套，也足够戏剧化，甚至连空气都和南安普敦街上的不一样。然而，将他们囚禁其中的深红色墙纸和罗斯·科罗奈克的尸体都在告诉他，这里真的发生过一场凶残的谋杀。一个女人被杀害了，现场有四种致命的物品：一把手枪，一只刮胡刀，一盒药片，一把短剑。可是真正被使用的凶器恰恰是正常情况下不会被使用的那种：如果使用短剑来割开动脉，就只能用短剑的尖端，而相比之下，用直刃的刮胡刀肯定更方便。夜宵已经准备好了，可是那张圆桌上却摆了个瓷质的烟灰缸，边缘一圈整齐排列着十根半截烟头，旁边还有一个木工镊子。

全都是"可是"！

柯蒂斯不打算放过任何细节："从你离开未婚妻到你出现在小酒馆，中间有多长时间？"

"不超过二十分钟，我可以肯定。"

"你能证明你离开酒馆的时间吗？"

"应该能。"拉尔夫说，"正如我刚才说的，那是为出租车司机准备的通宵酒馆，墙上有个大钟，好让司机们随时知道时间。我是和几个人一起离开的酒馆。我给不出准确的时间，但肯定过了三点。如果霍滕斯……"

"如果霍滕斯什么，先生？"一个冷冷的声音用法语问道。

通向走廊的门开了，霍滕斯走了进来。她怒不可遏，不过并没有失态。

在她的身后，一名巡警探出了头。

"先生大概忘了，一个女人至少有能力打破玻璃，然后呼救。"霍滕斯郑重地说，"现在，老爹，你自己判断一下我是否撒谎了。"

那个巡警披着短斗篷，微微耸着肩膀，犹豫片刻，然后绕过霍滕斯。柯蒂斯觉得他有点奇怪。此人身材魁梧，留着灰色的胡须，戴着一顶还算漂亮的帽子，岁数不小了。他看起来气喘吁吁，明明板着面孔，却显得有些不安，甚至可以说有点鬼鬼祟祟的。他朝着床的方向飞快瞥了一眼，身子晃了晃，然后照巡警的惯例，一只脚向前，用靴尖在地毯上顿了一下。

"早上好，赫科勒先生。"拉尔夫不动声色地打了个招呼。

"早上好，道格拉斯先生。"巡警用低沉的声音生硬地回应道。"这个老女人，"他用大拇指往后指了指，显然对于被霍滕斯称作"老爹"非常不满，"指控您谋杀了科罗奈克太太。"

"她发疯了。"

"显然如此。"赫科勒走到床边，"她说您用刮胡刀割断了太太的喉咙。可是，她的喉咙好好的！但太太确实死了。也许是突发心脏病？"

"不，她确实被谋杀了。"

听到这话，赫科勒刚要放松的表情又紧张了起来。拉尔夫继续道："有人切开了她胳膊上的动脉，她在那边的浴室里因失血过多而死。但是这和我没有关系。"

"哦，见鬼！"赫科勒嘟囔了一声。

"另外，我想问问霍滕斯为什么信誓旦旦地说凶器是刮胡刀。"

听拉尔夫这么说，霍滕斯似乎也吃了一惊。这个房间不大，进来之后，霍滕斯的近视眼就一直看着圆桌的方向。现在她凑到圆桌跟前，仔细盯着放在上面的刮胡刀，眯着眼睛的样子就像在看显微镜里的东西。

"首先，因为这里有刮胡刀。"霍滕斯冷静地回答，"其次，我昨天晚上看到先生在磨刮胡刀，磨得锃亮。另外，我还记得先生说要额外给我一百法郎，让我别碍事。"

第4章

粉色痘痘

拉尔夫·道格拉斯的脸色一下子变了,下巴都快要掉下来了,柯蒂斯也吓得张开了嘴巴。

"那么就是你——"赫科勒冲口而出,但很快又停顿下来,用充血的眼睛看了看霍滕斯,犹豫片刻之后,又说,"这不是真的吧,道格拉斯先生?"

"不是真的。"柯蒂斯觉得是时候介入了,他彬彬有礼地说,"请允许我自我介绍。我是一名英国律师,道格拉斯先生的朋友。这是我的名片。"赫科勒漫不经心地看了一眼,柯蒂斯又道:"我不得不提醒您,这个女人似乎产生了幻觉。她以为道格拉斯先生昨晚在这里过夜了,在这个大理石别墅。但是我们知道事实并非如此。我们能够证明道格拉斯先生昨天不在这里。"

"什么?什么!"霍滕斯嚷了起来,"这可真是胡说八道……"

赫科勒沉下脸来,训斥道:"老婆子,闭嘴。"接着他转向柯蒂斯:"您说幻觉?"

"也可能是什么我不知道的东西。最好仔细盘问她。"

"好的,我正打算这么做。"赫科勒从上衣内侧口袋里掏出一个小本子,又从帽檐里变出一支铅笔。在霍滕斯局促不安的注视下,他一本正经地问道:"你的名字和地址?"

"霍滕斯·弗瑞。17区霍尔街41号。"

"你的职业?"

"我是一名女仆。"

"那么你是科罗奈克太太的仆人?"

"现在不是了。大概在两年前我离开了科罗奈克太太,那时候这位先生还不认识她。老爹,别瞎猜测。"霍滕斯交叉双臂,迅速地补充说,"我可不是因为那些你能想到的原因被解雇的。科罗奈克太太给我写了推荐信,任谁都知道。我离开她是由于我的视力。"

"等一下。"拉尔夫犹豫着插话,"赫科勒,我确实听罗斯·科罗奈克说过这么回事。有时候她找不到东西就会发脾气,还总是说'你的视力跟霍滕斯差不多',这是她的口头禅。她说霍滕斯总是把眼镜到处乱放,然后又生自己的气……"

"真感谢您,先生。"霍滕斯抱紧了胳膊,晃着脑袋,"那么您听说过我?我也听说过您,先生,是最近听说的。"她从围裙的口袋里拿出一封脏兮兮的信,小心地展开:"老爹,麻烦你念一念?是英语。你看得懂吗?不懂?那我来翻译吧。"

她用一种抑扬顿挫的急促语调准确地翻译道:

亲爱的弗瑞太太:

我从科罗奈克太太那里听说你曾服侍过她,为人细致机敏。现在我希望你能接受一个有点棘手的任务。我曾经是科罗奈克太太的密友，不过我们已经分开一段时间了。我们相识的那段时间，她住在马利森林附近的大理石别墅，离布瓦西不远……

"我确实听说过大理石别墅。"霍滕斯忍不住加上了一句注解。

我有理由相信，我和科罗奈克太太之间的距离可以再度拉近。科罗奈克太太已经答应我5月15日（星期六）晚上在大理石别墅会面。她当然需要一名女仆的服务，我觉得让她现在的女仆服务不太妥当。如果你能答应这一晚来工作，我会多给你些薪水；也许以后还有更多活儿需要你，谁知道呢？

你周六下午去大理石别墅。（信中附带了院门和房屋的钥匙，从马约门坐公交或火车到布瓦西，然后问路就行了。）别墅可能需要收拾一下，不过不用特别费神。准备好左翼楼上的套间、卧室、更衣室、客厅，这些是给太太用的。我的房间在右侧，也请打理好。你自己可以用楼下厨房旁边的小房间，我相信足够你住。厨房里的食物都准备好了，打扫用具在你的房间里。我会早一点到别墅，以便给你更多的指示，科罗奈克太太应该会晚一些到。

我附上一百法郎作为定金。如果你切实地遵照我的指示，我相信星期天早上你的钱包里会再多四百法郎。

拉尔夫·道格拉斯敬上

"哦，很好。"霍滕斯近乎歇斯底里，差点失声痛哭起来，"您承诺得好好的！'也许以后还有更多活儿需要你，谁知道呢？'说得真好听。我并不富有，已经几个月没有工作了。星期六早上收到您的信，我欣喜若狂，满心以为……"

"霍滕斯，我发誓，"拉尔夫·道格拉斯说，"如果你肯说真话，我会立刻给你一千法郎。"

霍滕斯是个身材矮胖的女人，但她的动作出人意料地敏捷。当拉尔夫试图去看那封信的时候，她噌的一下跳到了后面，一只手捂着鼻子，似乎在用一条看不见的手帕擦眼泪，另一只手则紧紧攥着那封信。此刻她的脸上满是惊恐，和早上笑脸相迎的样子截然不同。

"现在想贿赂我可太晚了。"霍滕斯恶狠狠地说，"我说的就是实话。你别想碰我。你是凶手，我才不想跟你打交道。谋杀犯！就是你，谋杀……"

拉尔夫·道格拉斯真的打算拿钱买通霍滕斯，他当真拿出钱包，冲她晃动着钞票。在场的几个人也都激动起来。旁边的英国律师柯蒂斯沉不住气了，觉得自己该做点什么，这种事情如果出现在他们律所的办公室里，肯定会成为一场闹剧。

"霍滕斯，"柯蒂斯提议道，"我们至少有权利看看那封信。把信给赫科勒好吗？让他举着信。你总信得过警察吧？"

"好，这算合理。"赫科勒毫不犹豫地从霍滕斯手上拿过信，举在半空。那封信上的字是用打字机打出来的。

"怎么样？"柯蒂斯用英语问。

"这可真离奇。确实是我的签名，我可以发誓。我认得自己的签名。打字的风格也……见鬼，怎么回事？我真的没有写过这信。"

霍滕斯已经用手把眼泪抹掉了，此刻的她似乎到达了悲伤的谷底。她开始用怀疑的眼神盯着拉尔夫。

柯蒂斯问道："小姐，你能明白我们刚才在说什么？你会说英语？"

"能说一点。你烦死人了！"

"你的英语肯定说得不错。这封信里有些用词比较晦涩，要是有人在法文信件里用这么花哨的词汇，我肯定看不懂。我有点好奇，你刚才念信的时候非常流利，也许你把信给别人看了，让别人翻译过？"

"那不是理所当然吗？"霍滕斯板着脸说，"我找人帮忙了又怎么样？难道你认为我是索邦大学的教授？"

"你把信给谁看了？一个朋友？"

"我找了专门处理这种事情的地方。一个旅游服务部：托利太太的旅游服务公司，就在意大利大道上。那里有我的朋友。我有幸认识斯坦菲尔德先生，巴黎分公司的经理。他和科罗奈克太太很熟，以前太太出门都是他帮忙安排。"

"你可真会保密。"拉尔夫讽刺道。

"只能这样。而且他是很可靠的人。"

拉尔夫把手插在口袋里，绕着霍滕斯转悠。他小声向柯蒂斯解释："她所说的乔治·斯坦菲尔德就是巴黎分公司的经理，负责这里日益兴旺的生意，也是托利太太的小跟班。唉，情况比我想的还糟。"

赫科勒听得一头雾水，开始不耐烦了。他嚷道："好了，好了，别说废话，让我们言归正传。道格拉斯先生，您否认您写了这封信？"他一边说一边晃动那张纸，"好的，我把它记下来。我们继续。老婆子，继续说，当心你的用词，我的铅笔会记下你的每句话。周六早上你收到了这封信，弄明白了信里的意思，然后呢？"

"然后我当然就来到这栋别墅了。"霍滕斯回嘴说，"有不少工作在等着我。你能看出来吧，我干得很仔细。不过我也不用太着急，因为道格拉斯先生晚上才会到……"

"啊，道格拉斯先生来了？是几点？"

"九点整。"

"道格拉斯先生，您听见了？"

"我听见了。"拉尔夫回答，"这正合我意。听我说，赫科勒，昨晚九点，我是在福柯餐厅和我未婚妻吃饭。她可以作证，餐厅的领班可以作证，服务生也可以作证。很容易就能查清楚。"

"你听见了吗？"赫科勒又转向霍滕斯，他缓缓地往上吐气，把胡须都吹动了，"嗯？告诉我们到底发生了什么？"

"我说的是实话！在九点，有人按门铃。我去开门，门口就是这位先生。他穿着雨衣，戴着一顶黑帽子。他用英语跟我说话。他说——"

"这不对头。"赫科勒疑惑地说，"如果你没有撒谎，那肯定是有人假冒道格拉斯先生。老婆子，听好了！你真的能指认出昨天出现在这里的人？我们都知道你的视力……"

"不用你说。那时候我的眼镜还没有坏。"霍滕斯猛地从口袋里掏出她那副眼镜的残骸,"要说特征,那人就是典型的英国人:红润的脸庞,蓝眼睛,浅色头发。错不了,这辈子都不可能搞错。另外,他还用英语自我介绍,说他是道格拉斯先生。现在说说我的眼镜。我帮他拿着帽子,然后正当我帮他脱外套的时候,他在地板上跟跄了一下。他当时背对着我,肩膀撞到我了——就像这样!"她把手指向鼻梁,活灵活现地演示着,"猛的一下子,疼死我了,我都流眼泪了。眼镜自然就掉了。他向我道歉,然后又说他怕是踩在上面,把眼镜踩坏了。"

一阵沉默。

最后赫科勒用力清了清嗓子。"我想我们这就明白了。"他说,"很简单的戏法,对吧?一开始你看了他一眼……当时有灯光吗?"

"有,很明亮。就是楼下大堂里的电灯。"

"然后眼镜就坏了。很好。那么他的嗓音?"

"哦,嗓音也一样。而且所有人说英语都是一个调。"

理查德·柯蒂斯突然明白了几件事情。他的英国同胞应该有相同的偏见:所有的中国人都长得一样,法国人和意大利人也被简单地按国籍分为两个类别。其实反过来也一样,在法国人眼里,所有的英国人都差不多。如果别人在说英语之外的语言,柯蒂斯就不会特别留意嗓音,顶多能记住是尖细的还是低沉的,之后也绝对无法从一百个人中凭借声音判断出是雅克还是朱尔。这个凶手的手法相当高超。此人没有一直藏在幕后,而是大胆地出现在明亮的灯光下,利用霍滕斯糟糕的视力及其对外国人的偏见作为掩护。

似乎所有人都明白了这一点，但看上去最不安的人，却是赫科勒。

"很显然是……"赫科勒开口了，停了一下，又说，"道格拉斯先生，是否有人对您怀有恶意，又和您长得很像，能够伪装成您？"

"我想想……没有，我真的想不出谁会干这种事情。"

"也许是个亲戚？兄弟之类？"

"没有人能这么做。我确实有个弟弟，但是他绝对不可能被认成我。他的个子比我矮，留着胡须，另外……"拉尔夫挥了挥手，借此来传递无法用言语表达的东西，"你见过他之后就会明白，就算他化装也不可能像我。继续说，霍滕斯。之后发生了什么？"

"他——你——哈，我也不知道是谁！他的态度很友好。他带我去了会客厅，跟我聊天，解释了为什么找我来而不是找科罗奈克太太的女仆。他说现在太太是一位叫劳特雷克的先生的情人，那位先生特别容易嫉妒，而且脾气暴躁。真可怕！似乎太太现在的女仆是劳特雷克先生安排的，就像一个间谍。不过劳特雷克先生这个周末要离开巴黎，所以太太有机会和道格拉斯先生见面。

"我问他是否要喝点什么，休息一下，他说不用，因为他还要回巴黎……"

"回巴黎？"

霍滕斯点点头："就是这么回事。他说还要去巴黎一趟，处理和太太有关的事情，当晚就会回来。但是也可能会被耽搁。"

赫科勒朝柯蒂斯点了点头,于是这位律师心领神会,接着发问:"他几点离开的?"

"我记得是九点二十分左右。"

"他开车来的?"

"啊呀!我不知道。"霍滕斯一激灵,"我没有听见汽车的声音。"

"他和你说话的时候,你看清楚他的脸了吗?"

"先生,没有眼镜我根本看不清。就是一张长着粉色痘痘的脸。"

"他一直用英语和你说话?然后呢?"

"然后就没有什么特别的事情,"因为柯蒂斯言辞和蔼,霍滕斯的态度也稍稍缓和下来,"直到科罗奈克太太到达别墅。那时已经过了十一点。我听见她开车进来,现在车子还在车库里。我出去迎接。她独自一人,拎着两个旅行包。她看到我很吃惊。我说:'哦,太太这个周末希望有自己信得过的仆人,是因为可怜的劳特雷克先生太喜欢嫉妒?'可是科罗奈克太太的脸色变得铁青,真把我吓了一跳,她回答:'是啊,他嫉妒得发疯,让他见鬼吧。你都不知道这个周末让我破费了多少。真是可笑。'"

"她这话是什么意思?"

"我不知道,先生。她不肯告诉我,只说祝愿劳特雷克先生也能度过愉快的周末。"

"科罗奈克太太的态度如何?她看上去很期待和道格拉斯先生会面?"

"啊!她确实很期待,甚至可以说很兴奋。就像……"霍滕斯把胳膊夹在腰上，踱了几步，模仿着军人的步伐，"就像这样！当太太心情舒畅的时候，她就变得光彩照人，还透着一点狂野。不过同时，我也觉得太太有心事。我确实看不清楚太太的脸，但是我熟悉她的脾气。比方说，因为道格拉斯先生没有预先在别墅等着，科罗奈克太太就有点不悦。之后道格拉斯先生迟迟没有出现也让太太烦躁，她试图掩盖情绪，但是我全都知道。"

"她有没有提到道格拉斯先生是怎么和她联系，约定在这里见面的？"

"据我的理解，应该是道格拉斯先生给她打电话了。"

拉尔夫·道格拉斯一直在烦躁地转来转去，他忍不住插话："她为什么这么急切地想见我？"

"先生不知道？"霍滕斯回答说，"据我所知，您是唯一主动和她断绝关系的男人。之后，我就带太太去了套房。她在外面的起居室休息时，我就在更衣室把她的旅行包打开，"霍滕斯指了指更衣室的方向，"取出里面的衣服并整理归位，还有首饰——老天！"霍滕斯喊道，猛地拍了一下额头，"我忘了珠宝！"

其他人还没反应过来，霍滕斯就已经冲进了更衣室，不过她很快就出来了，放心地喘着气说："没事，都在。我还以为有人偷走了珠宝，我把装珠宝的小盒子放在梳妆台的抽屉里了。不知道谁那么讨厌，在那个挺漂亮的红木台面上放过一个脏酒瓶，留下了一圈印记，真讨厌……我继续说昨天晚上的事情？好的。我帮着太太沐浴，然后帮她换上了晚礼服：她不愿意穿着睡衣和先生见面。那时已经过了午夜，先生还是没有来。太太说不需要我了，我可以去休息了。你们想看看吗？"

她再度敏捷地走向更衣室半开的门。更衣室里的百叶窗也关着，但是借着从缝隙透进来的光线，他们能看清楚这是一个装饰精美的房间，唯一显得陈旧的就是黑白相间的大理石地板。柯蒂斯甚至能看到梳妆台上散落的各种盥洗和化妆用品，还有某个酒瓶或酒杯在光滑的红木台面上留下的脏印。不过他没有看见什么衣物，除了梳妆台下面的一双黄色锦缎拖鞋。环顾了一圈之后，霍滕斯又去了起居室。

清爽的空气从侧面的窗户吹了进来：那些窗户外面的百叶窗是开着的，里边的窗帘也没有拉上。窗外是一个大理石露台，顶部为岩洞般的拱形构造，下面有一段大理石阶梯通往室外。阳光透过附近的叶隙，在露台洒下了斑驳的影子。起居室内的墙壁装有灰色和金色的镶板，家具是蓝色的，具有法兰西第一帝国时期的奢侈和浪漫之风。他们在木地板上走动的时候，轻微的震动让头顶的枝形吊灯发出了轻响。房间里的壁炉台上也摆着一只指针不动的座钟。另外，这屋里还有一架三角钢琴，一两个书架。在通向露台的几扇窗户附近留出了一片空间，相对放着两把椅子，靠墙的小桌上挨着摆了两个银烛台，似乎是特意准备好的。正中央的桌子上立着一个冰桶——和这房间有点不搭调。冰桶里面没放酒瓶，周围也没有酒杯。

"之后我就从这里走了。"霍滕斯解释说，"我走的时候这些窗户就这样开着，千真万确。昨天晚上夜色很美呢。"

"然后你就去睡觉了？"

"没有直接睡觉，先生。"霍滕斯又说，"我想起来了，太太让我给她送一小瓶香槟。也许您知道太太的那个习惯，不管她喝过什么酒,睡觉之前都要来一小瓶侯德尔香槟,有时候还不止一小瓶。她跟我说她本打算等先生来了之后一起多喝一些,但现在她要自己先喝了。她正生闷气呢。别看她面带笑容,心里可是气鼓鼓的,都是因为先生还没有来。我老老实实地走了,这么美妙的夜晚,我可不想招惹气头上的太太。"

提到侯德尔香槟,赫科勒来了精神,他眼睛放着光,脚还往前挪了几步。

"好啊,老婆子,现在那一小瓶香槟在哪儿?我可没看见。在卧室里有几瓶酒,肯定是为夜宵准备的,但那都是标准大小的酒瓶……"

霍滕斯用讥讽的口吻回答:"这可有意思了!我怎么知道?你认为要搞清楚可怜的太太为什么被谋杀,关键在于少了一小瓶香槟?"

"不管怎么说,我要把这一点记下来。一小瓶香槟……不见了。"

柯蒂斯早前就意识到了,把事情都清楚地记录下来是个好主意,尤其是面对眼前这个案子。他继续询问霍滕斯:"你送来一小瓶香槟,然后呢?"

"没有了。太太之前还说让我给尚未出现的先生准备一份夜宵,就是老爹提到的卧室里的夜宵,但是不需要我送上楼。我只需把东西放在小推车上,太太说先生会把小推车搬上来。于是我就把东西都准备好了。然后我把各处收拾好,关好门,回到厨房旁边我自己的小房间。那时候已经差十分钟一点了,先生还没有回来。我一直没有睡着,因为我担心先生会需要我去给他开门。一点十分的时候,他从后门进来了。我知道准确的时间,因为我当时开了灯,看了看我那间小屋子里的表。要知道,听到后门的动静,我吓坏了,所以我喊了起来:'道格拉斯先生,道格拉斯先生,道格拉斯先生。'直到他回答了我才停住。我还开了门,往厨房里看了一眼。我至少能认得出他的棕色雨衣、黑色帽子,还有那张长着粉色痘痘的脸。

"我告诉先生有准备好的晚餐,就在小推车上。他说他知道。他还说刚才他从房子后面过来的时候,太太已经在起居室的露台上跟他说过话了。他这么说——"霍滕斯突然拿腔拿调地用英语说,"他说:'现在去睡觉吧,乖乖的,今晚别打搅我们。我会再给你一百法郎。'

"听到这个,我自然很开心。我关上门,躺回到床上。可是他没有像我预料的那样直接上楼。我听见他在厨房里走动。我心想,这是在干吗?哪有这样的情人?不过英国人永远都让人猜不透。然后,我听到一阵奇怪的声音。那声音并不是很响亮,但持续了一段时间。我猜测是把什么东西放在磨刀石上摩擦的声音。

"我真的想不通了。他在干什么?太太在楼上等着呢!我轻轻地下床,把门开了一道小缝,"霍滕斯用拇指和食指比出一条窄窄的缝隙,"往厨房里看。先生侧身背对着我,手里拿着一个长长的、灰色的东西,上面似乎闪着油光。我知道那是厨房里的小磨刀石。先生正在用磨刀石来回磨一个闪亮的东西。

"我有点不耐烦,但也没多想。我以为他打算把餐刀磨锋利一点,以便切开烤鸡。然而他磨的东西并不像餐刀那样有一个尖端。后来,我听到他经过我的房门口,上楼去了,那是我最后一次听到他的动静。他推着那个小推车,小轮子嘎吱作响,盘子碰撞的声音也清晰可闻。"

"那大概是什么时间?"

"一点一刻。"霍滕斯此刻脸色发白。

赫科勒哼了一声,打破了沉默。

"事情越来越离奇了。"他突然跑向露台,"有人正在外面的树上透过窗户往这里看。"

第5章

"稻草人"来了

其他人都不明白赫科勒看到了什么可疑的东西。只见赫科勒跑到窗口,愤懑地吼了一声,然后朝外面挥动他粗壮的胳膊。"嘘!"他的语调就像要赶走一条流浪狗。但是等其他人赶到窗口,已经什么都没有了。

"他走了。"赫科勒解释说,"刚才还在树上,我发誓。"

柯蒂斯很想问问这位巡警:"你就这么抓捕罪犯?"这个赫科勒今天的表现不太正常。不过鉴于执法者目前站在他们一边,柯蒂斯没有必要惹恼赫科勒。

"外面是谁?"

"一个穿着旧外套的高个子男人。我之前见过他。"

"是你所说的'稻草人'?"拉尔夫·道格拉斯问道,"你说曾经在别墅附近见过他两次?"

"老爹,你喝太多了。"霍滕斯看起来吓得不轻,不过仍然保持斗志,"所以你才会看到稻草人走来走去。"

赫科勒转过身道:"嘿,小女人!你不是看见过晴朗的晚上还穿着雨衣的男人?你刚才的话很有趣,但是我不得不指出其中漏洞百出,我和这两位先生都表示怀疑。至于我所说的'稻草人'，我给他起个绰号，只是因为他戴着一顶旧帽子——很像经常扣在稻草人头上的那种，但他是一个大活人，还吸烟斗。再说说你的讲述。你说那男人在用磨刀石磨一把刮胡刀！很显然，你完全不知道该怎么让刮胡刀变锋利……"

"我看见他就是这么做的。"

"另外，你也听到了，这两位先生说了凶器不是刮胡刀。"

"他们愿意怎么说就怎么说。那又怎么样？你去检查过了？我真想知道你到底干了什么，除了纠结消失的一小瓶香槟。你给警局打电话了吗？我感觉这才是你应该做的事情。"

赫科勒瞪了霍滕斯一眼，然后大步穿过更衣室，去往卧室。霍滕斯紧随其后，如同喋喋不休的妻子。拉尔夫碰了一下柯蒂斯的胳膊，他们留在了后面。

"我真受不了这种闹剧。"拉尔夫说，"简直要让我发疯。不过那个女人说得对。赫科勒怪怪的，没错吧？但我确信他是个正直的家伙，一个公认的老好人。现在，我们该怎么做？"

柯蒂斯正在一个信封的背面作记录："你记得霍滕斯给出的时间点吗？"

"你是说那个神秘家伙活动的时间？"

"是的。昨晚他先是九点来了一次，九点二十离开。然后他在凌晨一点十分再次出现，随后他去了楼上，那时是一点十五分。你能够证明昨晚九点之前你是在和未婚妻吃饭，对吧？那么一点左右呢？你能证明你当时在帕西区的那家小酒馆吗？"

"我肯定能找到证人。"

"那就好。"柯蒂斯松了口气，都想庆祝一下了，"你用不着担心警察,我们也可以想办法平息一些媒体报道。如果警察认同是有人伪装成你——说真的,你完全想不出谁会对你使阴招?你已经看到了,这可不是侦探小说里有人故意打扮成别人来戏弄妻子的故事,要是那样案子就简单了。在本案中,化了装的凶手巧妙地利用了霍滕斯的近视,让她看一眼自己的面孔,然后寻机踩坏她的眼镜;这样一来,霍滕斯的脑袋里就有了先入为主的印象。如果没有不在场证明,你可能会陷入大麻烦。凶手的主要手段我们已经清楚了,但是那些细节呢?为什么在现场留下这么多的凶器……"

就在这时,隔壁的卧室里传来一声惊叫,然后是吵闹声,打断了两个人的对话。他们赶过去,发现赫科勒正站在圆桌旁边,用戴着手套的手举着刮胡刀仔细检查。他已经把刀刃展开了,在阳光下来回转动。

"霍滕斯至少在这一点上没有撒谎。"赫科勒断言道,"看看,真的有一个笨蛋拿油石来磨这个刮胡刀!他磨的方向不对,反而把一部分刀锋磨钝了,还留下了很多划痕。刀刃上还残留着油。但是凶手并没有用这个刮胡刀割开太太的动脉,这上面没有丝毫血迹。凶手如果想冲掉血迹,必然会把沾在刀刃上的油也冲掉。"他恼怒地合上刮胡刀,把它放下,"如果霍滕斯没有撒谎,那个人为什么要磨刮胡刀?"

柯蒂斯对这位巡警有点信心了,但还是提醒道:"也许在警长来之前,你没有必要摸那个……"

"我知道该干什么。"巡警威严地说,"现在看看窗前地板上的手枪。老婆子,你看见凶手拿着手枪了?"

"我从来没有见过它。"

赫科勒喘着气咕哝了一声，把手枪捡了起来："一把英国制造的自动手枪。很好，这是重要的信息。弹匣是满的，没有人用它开过枪。很好。但是用来杀死太太的凶器到底是什么？"

柯蒂斯指了指浴室的方向，于是四个人都来到了黑色瓷砖贴面的浴缸跟前。看到那个银色的手柄、狭长的三角形刀锋和上面斑驳的淡淡血迹，霍滕斯倒吸了一口凉气。

"我认得它！"她大声说，"浴缸里这个东西是太太自己的，来自科西嘉岛，是三四年前托利旅行社的斯坦菲尔德先生送给太太的小礼物。太太喜欢这玩意儿，一直带在身边。"

赫科勒狐疑地瞥了一眼霍滕斯："老婆子，这种玩具可不常见。好吧，我把这个记下来。昨天晚上太太带着它？"

"没错。我把它放在梳妆台的抽屉里了。"

"好多事情都让我一头雾水。"赫科勒盯着那个短剑看了一会儿，终于爆发了，"太太死于失血过多。没错。凶手是用这个凶器割开了太太的动脉，因为上面还有血迹。没错。"他费力地弯腰，小心地隔着手套用指尖摸了摸仍然潮湿的浴缸底部，然后再次举起手，手套上面有一些浅棕色的沉淀物，"这是血迹？没错。我们不得不相信凶手把太太搬到了这里，或者是按在了浴缸里，直到她失血过多。但凶手是怎么做到的？太太看起来并不瘦弱。她肯定是先遭到了袭击，否则她应该会喊叫，会挣扎，会反抗。但是这儿完全没有搏斗的迹象。也许凶手把她打昏了？"

"看看洗手台上方的纸盒子。"柯蒂斯说，"道格拉斯先生认为那是安眠药。"

赫科勒拿起盒子，闻了闻："老婆子，你怎么说？"

"是安眠药。"霍滕斯回答。

"但这也还是无法解释。你总不能强迫太太吞下安眠药，不可能没有任何动静！这说不通！那么也许是太太自己吃下了安眠药？"

霍滕斯鄙夷地盯着巡警，目光如同一道闪电："老爹，你真的上年纪了！太太在急不可耐地等情人的晚上，却吃安眠药？真可笑！你喝多了吧！"

"可是为什么药盒放在这里？旁边还有一个杯子？"

"为什么，为什么，为什么，你怎么老是问我！为什么有手枪和刮胡刀？可怜的太太为什么被谋杀了？到底发生了什么？别指望我教你。问问这些龌龊的英国人，是他们带来了所有麻烦。哦，我的上帝！"

霍滕斯突然激动起来，开始号啕大哭。

"听我说。"赫科勒伸出手，想要安抚，"行了！老婆子！安静点，听我说。"

这时，外面传来了一阵声音，他们都安静下来。朝向别墅前面的门都开着，起居室的窗户也开着，他们都听到了汽车驶上车道的声音，而且是正绕过别墅的左侧翼驶来。

拉尔夫迅速地走到卧室最近的窗户前，旋开搭扣，把窗户打开，然后走到外面的露台上。可是他立刻又退了回来。

"见鬼了。"他平静地说，"是玛格达。"

"他说什么？"赫科勒问道。

"我必须搞清楚这是怎么回事，"拉尔夫没有理会巡警，"她怎么会出现在这里？如果托利太太听说了——肯定会引起轩然大波。跟我来，柯蒂斯，至少给我点精神支持。"他又转向其他人，"玛格达是我的未婚妻。你们应该明白我的处境有多尴尬。求你们了，别下来，给我点时间向她解释。"

拉尔夫急匆匆地离开房间，从后面的楼梯下到厨房，理查德·柯蒂斯紧随其后。别墅的后门没有锁，外面是一个阴凉的花园。高高的蓝色飞燕草中间有一条沙子小径，通向一座小小的圆形大理石建筑。那建筑看起来仿佛殿堂，廊柱高大，四周还有一圈座位。不过现在他们的注意力并不在那里，而在正绕过别墅侧面疾步走来的女孩身上。她在阳光下非常耀眼。

柯蒂斯原本以为玛格达是一个高挑、优雅、喜怒不形于色的金发女郎，这种想象很可能源自亨特的评价"耐看的女人"。可实际的玛格达正相反，她个子不高，留着黑色短发——类似罗斯·科罗奈克那种波波头，整个人看上去并不显眼，但绝非默不作声的角色。如果之前领略过罗斯的魅力，乍一看玛格达，你或许会觉得她没什么引人注目之处。可是你的目光会不由自主地再次回到她身上，然后便挪不开了，这时你才会明白，玛格达的吸引力不仅在于姣好的皮肤、淡褐色的眼睛，抑或透着几分高冷气息的眉弯。她笑的时候嘴角会出现两个酒窝。可惜现在她的脸上没有笑容。玛格达快步走向别墅一角，两手插在浅色花呢大衣的口袋里，头发用丝带绑着，以免开车的时候随风飞舞。她表面上故作平静，却明显给人感觉很紧张。

她突然停下脚步，眨了眨眼睛。

"拉尔夫！是你吗？可是……"

"是我。你来这里干什么?"

"我不知道……他们说,出了些麻烦……你遇到麻烦了?"

"没有。谁说的?"

"我不知道。有人给我打电话说的。我想尽快赶过来,不过我必须先陪妈妈去教堂,然后要换衣服,找这个地方又费了好大劲。"

他们站在那儿相互打量。这时候,柯蒂斯已经忍不住看了玛格达好几次,心里甚至有点伤心。他也开始明白为什么拉尔夫放弃了罗斯,迷上了这个看起来并不出众的女孩子。

"那么就是这里。"玛格达好奇地观察着。她的脑海里肯定闪过了什么想法,她突然担心自己的表情已经暴露了这个想法,不由得脸红起来。

"我忘了介绍了。"拉尔夫匆忙地说,"柯蒂斯先生,托利小姐。这位先生是我的律师,他刚从英国过来。"

注意到陌生人之后,玛格达的脸更红了,她摆出清高的架势试图掩饰。柯蒂斯也急于给面前的女孩子留下好印象,所以也变得拘谨。

"您好。"玛格达·托利问候道。

"您好。"柯蒂斯也发出问候。

"听我说,玛格达。我最好告诉你,越早说清楚越好。可以说有点麻烦,是关于罗斯·科罗奈克……"

"我知道。"玛格达说,"现在律师也来了,我们可以开诚布公,让你尽早摆脱麻烦。哦,拉尔夫,你这个傻瓜,你又和那贱女人有私情了?"

"不是，没那回事。实际的情况更糟糕。她死了，玛格达。有人谋杀了她——就在楼上。我们不知道是谁干的。我和柯蒂斯今天早上发现了尸体，如果不是碰巧有对我有利的证据，此刻我可能正戴着手铐在去警察局的路上。别昏过去，真的没事。"

"你真会解释问题。"玛格达停顿了一下，又道，"我不至于晕倒，但是我们能不能找个地方坐下？"

三个人顺着沙径向那座小小的大理石建筑走去，他们坐下之后相互打量着。

"亲爱的，我准备自己把事情说清楚，免得别人添油加醋。"拉尔夫认真地说，"现在，你需要向法庭宣誓，在昨天晚上九点到九点二十之间，我在什么地方？"

"我不知……等一下，我当然知道。我们在用晚餐。我说，谋杀就发生在那段时间？"

"你跟她说，你是律师。"拉尔夫心事重重地点燃香烟。于是柯蒂斯开始从头慢慢地解释发生的事情，他语速缓慢，也尽量避免刺激性的细节，只是原原本本地介绍事实。玛格达则用淡褐色的眼睛盯着柯蒂斯，几乎目不转睛。听到最后，她差点笑了。

"抱歉，刚才我对您的态度不太友好。"玛格达说，"我觉得能帮助拉尔夫的也就是您了。拉尔夫，你这个笨蛋！"

"怎么，我怎么成了笨蛋？"拉尔夫大吃一惊，喊道，"我做了什么？我怎么能预先知道？我没有谋杀她……"

"拉尔夫，注意你的言辞。我不在乎你是否杀了她……呃，我想我还是在乎的，我打算嫁给你，可不想你有前科。我的意思是说，重点不是谋杀。"

"我明白重点。一有麻烦就责备我是榆木脑袋，然后一切似乎就迎刃而解。"

"亲爱的，你平时很聪明，否则我也不会喜欢上你。问题是，你的智慧在这种问题上完全不管用。"她犹豫了一下又说，"现在，麻烦都赶到一起了。说不定一会儿妈妈也会出现在这里……"

拉尔夫抬起了头："那可就齐全了。她为什么要来这儿？"

"因为昨天晚上你送我回去之后，我和她吵架了。没有什么特别的原因，但就是愈演愈烈。结果就是我下定了决心——就像你所期望的那样。我说，就算你身无分文，我也愿意嫁给你，随时都可以。我这么说有点过火，但是整天听那些说教真让我受不了，终于把我惹急了。"她又转向柯蒂斯道："我最好告诉你，因为……你是律师。其实，我的父亲是一个谋杀犯。"

柯蒂斯确实听糊涂了。

"你是说，托利太太并不是你的生母？"

"没有血缘关系。我父亲1908年在本顿维尔监狱被绞死了，在我出生的前几天。我的母亲死于难产，我觉得命运是故意的——她原本是妓女。我当时是新闻婴儿。那时候的托利太太比现在更虔诚，她把我从火坑里救了出来。我的全名是玛丽·抹大拉·托利——就是用圣人的名字来洗去罪孽。我是罪犯和堕落的产物，从小我就是别人道德说教的重点对象。"

玛格达的语调没有透露出什么感情，也不是刻意自嘲。她只是在叙述事实。拉尔夫一度张开嘴想要反驳，又没有说出口。她说完之后突然笑了，嘴角边浮现了酒窝，一头黑色短发也跟着轻微晃动。

"柯蒂斯先生,按理说我应该比任何人都更有犯罪和堕落的冲动。但是迄今为止我没做过任何坏事——恐怕弗洛伊德医生会怒气冲天。尽管如此,这还是很麻烦。等公众知道了这件事,肯定会有人挖掘出我的特殊身份……就算我不可能被认为是谋杀犯,因为任谁都不会相信我能假扮成一个外形像拉尔夫的高个子男人。我妈妈也会不依不饶……"

拉尔夫不安地挪动着身子:"啊呀!我完全没有想到这一层——"

"我想过了,"玛格达简短地说,"所以我才会这么头痛。你弟弟在哪儿?"

"布莱斯?这跟布莱斯有什么关系?"

"他在哪儿?按说他应该认识警察局的人,或者政府里的人——也可能都认识。当然了,我们不可能把谋杀案掩盖起来,但是也许有办法能避免我们俩在报纸的头条遥遥相望——其实,当一回名人也没什么不好。"她咧嘴笑了,"可能挺有趣。"

"布莱斯!"拉尔夫感到困惑,"他能影响警察?我完全没想过。"他的表情像是在说布莱斯·道格拉斯绝对是这个世界上和警察关系最远的人,"我无法相信。他也太……平凡了。据我所知,他只是外交部的小人物。柯蒂斯,我跟你说过,布莱斯是那种永远政治正确、不越雷池半步的类型。"

"这种人在外交部有可能吃得开。"柯蒂斯回答,"我们现在确实需要这样的人。他是什么态度?"

玛格达思索着说:"他经常在我和妈妈面前暗示一些东西,

可能都是在乱说吧……"

"他喜欢你。"

"亲爱的,我并不反感有人喜欢我。至于布莱斯,他几乎一半的时间在巴黎,一半在伦敦,不管去哪儿都带着一个公文包,看起来是个人物。但我觉得现在指望他还为时过早。就算他有这个能力,他是否肯帮忙也是未知数——除非我好言相求。哦,糟透了。拉尔夫,不管你怎么说,我们的处境都糟透了。问题是,接下来我们该怎么办?"

"也许,"他们身边突然响起了一个新的声音,"我可以给点建议。"

那是一个低沉、平缓、亲切的声音,而且说的是英语。阳光透过叶隙在小小的殿堂洒下光斑,在白色的大理石地板上微微晃动,又被柱子的影子切断。现在一个新的影子出现了,一个长长的影子。柯蒂斯首先注意到的是他所闻过的最糟糕的烟草味,然后是一件灯芯绒外套的袖子,胳膊肘的地方已经磨秃了。来人站在门口,又高又瘦,看起来五十多岁,戴一顶完全不够档次的帽子,吸着烟斗。他胡子拉碴,眼角已有皱纹,目光真挚地望过来,然后郑重其事地把烟斗从嘴边挪开,又摘下了那顶破帽子。

"托利小姐,我觉得我能帮上一些忙。"那个高个子男人说,"我是这个地区的一名庄园主。我叫班克林。"

＃ 第 6 章

透过百叶窗

这是柯蒂斯完全没有预料到的名字，他甚至感到震惊。如果这个家伙穿成这样走进伦敦的律师事务所，亨特会怎么说？传说中的班克林可是很讲究衣着的！不过仔细想想，亨特也可能会欣喜地用打油诗来迎接这位著名的法国侦探。这真的是亨利·班克林？应该没错，他的声音，他的动作都在表明身份；但是又少了点什么——比如说恶魔般的眼神。那名侦探有恶魔般的眼神吗？柯蒂斯也有些糊涂了。

玛格达作出了应允的表示之后，那个陌生人又煞有介事地把帽子戴好，坐在大理石长凳上，怡然地把长腿伸展开。他确实满脸胡须，不过胡子都剪得很短，成了一片灰色的胡茬。他的眼角满是皱纹，但眼睛炯炯有神。他的英语带有美国口音，相当流利、有气势，只是用词过于讲究，感觉像是先在脑子里想好了一个华丽的法语句子，然后再把它翻译成英语。

"哎呀！"拉尔夫·道格拉斯说，"难道你是……？"

"就是我。"班克林回答，"我还要补充一下，我现在可比任何时候都放松。托利小姐，请原谅，我想你可能受不了这个烟斗，我把它熄灭吧。"他立刻就这么做了，动作自然流畅，但是又散发出了浓重的烟草味,"我知道味道不怎么样,不过驱散蚊虫的效果绝佳。"

"没关系。"玛格达咳嗽了起来,都快呛出眼泪了,"要不你吸一支香烟吧?你在这里做什么?"

不管这个人现在的样子有多奇异,柯蒂斯已经确信这就是传说中的班克林。柯蒂斯能感觉到这个高个子身上的活力,他那种绝对的自信甚至让周围的人都变得更加清醒,回想起他们正面临的真正麻烦。

班克林咯咯地笑了起来:"我是一名庄园主啊,这个名头听起来挺气派。我的住处离这儿不远,我可以带你们去看看。我有很多闲工夫,如果不是打猎的季节,我就读一些名著打发时间——不管是英语还是法语的。我早就想熏陶一下,可惜一直被这样那样的事情耽搁了。我现在正在看一部史诗,风格就是每行诗都要重复三遍。故事是关于一个印第安家族,他们住在一个离奇的地方——吉奇古米。"他嘟囔着,"就是这样,我平静地坐在花园里吃晚餐,面前摆着一本名著,一群讨厌的黄蜂在我的酒杯附近飞来转去。啊!这就是生活!"

拉尔夫好奇地问:"那么你已经退休了?"

"可以这么说。"

"我在想你是不是赫科勒·雷纳尔提到的那个'稻草人'。"

班克林挺直了身子,礼貌地问:"你想立刻进入正题?"

他的语调让几个人都安静了下来。

"我诚挚地向你们道歉,"他又说,"我一直在观察你们,也在留意你们的对话。但不管怎么说,我应该能帮上忙。这会儿本地的警司瑞佩特先生正在来的路上，巴黎警察总署的车子很快也会到，是我把他们叫来的。是的，我知道关于罗斯·科罗奈克的事情。"他看了一眼柯蒂斯，"你是道格拉斯先生的律师？"

"是的。"柯蒂斯回答，"我这里有一封给您的信。"

柯蒂斯从内侧口袋里拿出亨特的信。班克林注意到了信封上亨特那小小的、整齐的笔迹，他微微皱眉。不过看了几行之后，他又露出了笑容，甚至有点宽慰。

"如此说来，事情变得有趣了。这很好，跟我来！"他站了起来，"柯蒂斯先生，我能跟你私下谈谈吗？你们两位稍等一下好吗？"

柯蒂斯和班克林顺着沙径慢悠悠地走了。班克林的步子很大，身子有点摇晃，他一边走一边又开始往烟斗里塞烟丝。他们转过别墅侧翼的拐角时，背后隐约传来了另外两个人的评论："真的是那个老家伙。"

"是啊，我就是那个老家伙。"班克林说道，"感谢上帝，道格拉斯先生没用什么更夸张的词汇。来握个手，我的朋友。凡是那个老恶棍亨特的伙伴，我都欢迎，都信任；亨特是我在英国除了杰夫·马里之外最好的朋友。来，读读这个。"

他把信递给柯蒂斯。只见信上写道：

亲爱的亨利，

持有这封信的人是理查德·柯蒂斯，他会向你介绍这次他去巴黎需要处理的事务：关于我们的一位客户，拉尔夫·道格拉斯，他和一名叫作罗斯·科罗奈克的女人有关系。我希望你能帮忙调查一下关于这个罗斯·科罗奈克的事情，随便你用什么方法。我无法证实我接下来要告诉你的情况，所以就没有向柯蒂斯先生详细说明，以免造成不必要的信息错误。我记得在五六年前，有一个叫罗斯的女人曾通过马赛特受雇于法国的情报机构。你应该记得"来自普罗旺斯的副手"那件事吧？如果是同一个女人，那她是不是有什么秘密？

好好照顾柯蒂斯。他是个好小伙子，正打算证明实力，让人看看他是否足够坚定，能应付好英国律师这份激动人心的工作。你还记得阿尔巴尼亚女贵族那个案子吗？

这封信太不正式了，你看完就烧了吧。

柯蒂斯抬起头，发现班克林正在悠闲地吸烟斗。

柯蒂斯忍不住说："情报机构——"

"啊，应该只是临时工性质。马赛特偶尔会雇用她。要我说，朋友，别立刻就联想到邪恶的间谍活动——什么炸掉外交部，挑起世界大战之类的。说起情报机构，通常它处理的是国内的麻烦，很实际的琐事，没什么浪漫情调。打个比方吧。政府的部长们开了个会，会议的主题是法郎应该升值还是贬值，怎么安排新型驱逐舰的建造工期，在哪个造船厂，由哪家承包商，也可能是讨论世界博览会应该安排在1937年还是1938年，总之所有这些话题都可能影响到股市。一般来说，会议讨论的结果应该在十二到二十四小时之后公布。在这之前，如果有几个外人预先知道了决议，那么肯定是有人走漏了消息——"

"因为这些消息能够带来财富。"

"一旦人们发现有人泄密，那就热闹了。"班克林又说，"我们之前已经遭遇过很多类似的事。巴黎人一听说内部有敌人，就恨不能把眼前所有的人都砍头。政府有可能因此倒台，街上游行的人会比看歌舞剧的还多。必须立刻摆平这种事情。"

房子侧面的车道上停着一辆蓝色的敞篷跑车，很可能是玛格达的车子。班克林坐在踏脚板上，皱着眉头。

"我不打算给你讲烦人的政治问题，我希望政界的麻烦不要卷入本案。我能感觉到这是个很棒的案子，激动人心的案子，挑战智力的案子。正合我意！"他拿着腔调，兴高采烈地搓着手，"说实话，我有点厌烦那个吉奇古米的故事。对了，我得告诉你，情报机构现在怀疑泄密的人是一位部长的机要秘书，名叫路易斯·劳特雷克。"

柯蒂斯吹了一声口哨。

"你是说现在和罗斯·科罗奈克住在一起的人？我明白了。情报机构指派罗斯去劳特雷克身边调查情况？"

"并非如此。如果一个女人需要近一年的时间才能从情人身上调查出什么，情报机构早就把她炒了。实际上，马赛特只给她付了一两个星期的费用。我听说英国政府不喜欢这种小把戏？"

"这很难说。"

"这个方法很有效。"班克林直率地说，"我介入你们这个案子纯属偶然。正如道格拉斯先生所说，我就是赫科勒·雷纳尔看到的那个'稻草人'。雷纳尔认识我，但是没见过我现在这身行头。我也不想让他知道那其实是我,他在附近的酒馆里喝多了就管不住舌头……现在,回顾一下案情!在两个星期之前,我正在院子里阅读《堂吉诃德》的时候,情报机构的头头马赛特先生找到了我。马赛特先生的胡须跟堂吉诃德的一模一样!他不需要找人出主意,只是希望和亲切的朋友喝一杯,发一大通牢骚。他的烦恼之一就是劳特雷克的事情。我听了挺感兴趣,因为我知道罗斯太太曾经在这个别墅住过一段时间。

"然后,我就不由自主地被卷了进来。你有没有想过,为什么赫科勒·雷纳尔能这么轻易地注意到我?是我故意引起他的注意,否则他很可能会注意到另外一个人:一个对这栋房子也感兴趣的人。我曾经两次看到那个偷偷潜入这里的家伙。第一次——让我想想日期——是5月12日,星期三的晚上,也就是四天之前。第二次是周五的傍晚,也就是5月14日,前天晚上。"

柯蒂斯回想了一下这两个日子。他记得拉尔夫·道格拉斯那天早上所说的话。在5月14日,周五,拉尔夫曾经来过一次别墅,因为劳特雷克提出要买别墅,所以拉尔夫来确认一下别墅的状态。(现在想想,劳特雷克提出要买别墅也令人生疑。)就在那天,拉尔夫发现水电都恢复了,罗斯·科罗奈克房间里的床被都准备好了,厨房的冰箱里莫名其妙出现了六个小瓶香槟。

柯蒂斯感觉班克林正在盯着他。

"你有什么想法?"班克林轻声问。

"不算多。关于星期三的事我没有任何线索。不过周五您看到的人可能并不是'闯入者'。道格拉斯先生周五自己就来过一次。"

"哦？什么时间？"

"在早上。"

班克林摇摇头道："我看到有人影是在晚上。另外，我确信那个人不是拉尔夫·道格拉斯先生。

"现在，让我们来梳理一下时间。首先是周三，我去了趟布瓦西，给我的小房子补充物资。回来的时候，我注意到一个人正爬在墙头上。因为有月光，我看得还算清楚：他拎着一个盖得严严实实的大篮子，身穿棕色的雨衣，头戴一顶黑帽子。"

"和昨天晚上霍滕斯见到的凶手装扮一样？"

"一样。"

"您没有看到他的脸？"

"我们恐怕没有那么幸运。"班克林用古怪的语调说，"那时我正驾着马车——没错，朋友，一匹马和一辆双轮马车——没有车灯。我把马车停到稍微远一点的地方，然后下车回去调查。遗憾的是，正在这个时候，赫科勒·雷纳尔喝完酒回家正好经过。他骑着自行车，大肚子晃来晃去，拎着一盏巡夜灯，看起来很想管点闲事。我没办法，只好回家看书。

"不过，那个人影引起了我的兴趣。那个人的样子不像是窃贼，而且带着满满一篮子东西。我的房子就在栅栏另一侧，所以我连续两个晚上都留意这边的动静，一边欣赏乡间的美景，一边用烟斗赶走蚊虫。周五晚上，这里又来了一位访客——但不是同一个人。这次来的家伙个子矮一些，体态也不同于那个穿雨衣的男人。他用钥匙打开了大门上的挂锁。但是我认为那并不是房主道格拉斯先生。我曾有几次远远地看见过拉尔夫·道格拉斯，那时候罗斯·科罗奈克还住在这里。

"现在问题来了。这房子已经空了一段时间，罗斯太太现在是一名受警察雇用的特务，去和劳特雷克一起住了。周三晚上，一个穿着雨衣戴着黑帽子的男人爬墙进来，挎着一篮子东西；周五晚上，另一个男人开了大门进来。这两者之间可能没有联系，但是我的好奇心被勾起来了，所以周五那晚我跟了进去。

"他绕过了房子的左侧翼——轻手轻脚，经过我们现在待的这个位置，去往别墅的后面。窗户上的百叶窗都关着，不过我能看到厨房有灯光。这么说当晚别墅里还有一个人？注意到灯光之后，我跟着的那个人停了下来。然后他小心翼翼地凑近厨房的后窗，试图从百叶窗的缝隙往里面看。要想透过百叶窗看清楚房子的里面几乎是不可能的——我干了这么多年警察，早有经验。不论他看到了什么，他的肢体语言都告诉我，他要么不喜欢他看到的情况，要么是为它感到困惑。随后厨房里的灯熄灭了。窗外的男人立刻从窗前退离了。整整两分钟，我们就站在外面一动不动。

"你可以想象我有多么好奇。经过这几年无所事事的日子，我突然有了干劲。我能够闻到火药味。我看到了红鲱鱼[1]。我又活过来了。所以我从后面接近那个人，把手放在他的肩膀上。我并不喜欢那个家伙，但是他有两下子：突然被人触碰，他却完全没有惊慌，一根头发都没动。这应该归功于外交部的训练。

---

1. 编者注：此处喻指具有误导性的线索。

他就是布莱斯·道格拉斯先生。"

"布莱斯·道格拉斯?"

坐在踏脚板上的班克林往后靠在蓝色的车身上,那顶破破烂烂的帽子也歪到了后脑勺上。他露出笑容的时候,黑眼睛周围满是皱纹,一旦他笑出声,脖子上的皮肤也漾起细纹。此刻,这个高个子男人显得急切不安。他略微扬起脸,准备切入正题。

"是的,是布莱斯·道格拉斯。你不用露出这么怀疑的表情,朋友。我认识他,我也知道他在干什么:他在和马赛特合作,调查劳特雷克的事情……"

"这么说他确实在警方有影响力?"

班克林耸了耸肩膀:"准确地说是在政府有影响力。这两者之间有区别,任何警察总署的老人都能给你上一课。我们的朋友布莱斯秘密地在英法两国的警务部门之间负责沟通,当然是用其他身份作掩护。有消息说用来贿赂劳特雷克的钱有一部分来自英国。

"总之,他跑到了这栋别墅,穿得一表人才,扣眼里别着一枝花,胳膊下夹着公文包。没错,公文包,那是一种身份象征。他打算在这里和罗斯·科罗奈克会面,得到关于劳特雷克的情报。这是他自己跟我说的,还说是罗斯太太选择了大理石别墅作为见面地点。为什么?为什么呢?罗斯为什么这么喜欢大理石别墅,这和其他事情有什么关系?"

班克林犹疑着,眯着眼睛。

"可是,他到底透过窗户看到了什么?"柯蒂斯问道,"罗斯·科罗奈克?"

"不,"班克林说,"他看到了一个身穿棕色雨衣,戴着黑帽子的男人。"

这个人物真的给人感觉无处不在。

"他在干什么?"

"表面上看,没干什么特别的事情。按照布莱斯的说法,那个男人正在整理很多香槟酒瓶。布莱斯没法看清楚情况,当然也看不到那个人的脸。他能看到的是香槟酒瓶的形状和颜色,那个人正在把酒瓶放进冰箱,也可能是从冰箱拿出来。之后厨房的灯就熄灭了。我们的外交官便因此掉头退缩了。在他看来,这是内部事务,不属于外交部的管辖范围。他认为那是他的哥哥拉尔夫在为晚上的聚会准备酒水。他不希望让拉尔夫知道他出现在别墅里,所以便选择悄悄地离开。他并没有怀疑拉尔夫独自一人在漆黑的、关着百叶窗的乡间别墅里做什么,又为什么摆弄酒瓶。我承认我当时也没有任何想法。"

"等一下,先生。"柯蒂斯突然问道,"您知道我为什么来这里?"他后悔用了过于谦恭的"先生"来称呼班克林,不过他在伦敦的律师事务所里已经习惯对所有人都彬彬有礼,另外,班克林的风度也让他暗生敬意。

"当然是为了保护你们客户的利益。"

"是的,没错。为什么布莱斯认为他在厨房里看到的人是他哥哥拉尔夫?他有什么特别的理由?"

"在随后的夜晚,是什么让霍滕斯相信她看到的男人是拉尔夫·道格拉斯?"

"霍滕斯高度近视,跟瞎子差不多。"

"朋友，一个人从百叶窗的缝隙往里面看，也跟瞎子差不多。别紧张，我并不想指控拉尔夫·道格拉斯。"班克林平静地说，"听着！刚才在小殿堂那里，我完整地听了你向托利小姐叙述的全部经过。我可以这么说：如果拉尔夫的不在场证明都可靠，他就不用担心被警察怀疑。而且我相信拉尔夫没有撒谎，因为除了疯子，谁都不会指望整个小酒馆的出租车司机作伪证。"他打了个响指，"你满意了吗？"

班克林的解释慢条斯理，不过话音刚落，他便用烟斗柄搔着胡须，还用探询的眼光盯着柯蒂斯。这似乎是一种试探或评估，柯蒂斯搞不清楚自己是否受到了信任，是否为班克林所接受。

"看在上帝的分上，杰夫——"班克林说到一半又改口，"抱歉，一看到你我就想起来一个非常固执但值得信赖的朋友。看在上帝的分上，柯蒂斯先生，别和别人一样总是猜测我话里有话——我还想度过平静的晚年。我的一个朋友，冯·安黑姆男爵，有一次在莱茵河边会面的时候对我说：'我希望你能讲个笑话，真的只是为了好笑而讲。我希望你能去剧院，目的只是看戏剧。'佩德罗·格兰特也说过类似的话。我从来都没想着变成口是心非的恶魔，让巴黎地下世界里的人闻风丧胆。你看，我只是个乡下人。我只是想看个戏剧……你明白我的意思吗？"

"哈，明白，了解！"

"好。那么让我们研究一下戏剧。"

他沉默了片刻，盯着白杨树的树梢。

"这个穿着棕色外套，戴着黑色帽子的神秘男子被看到过三次。星期三晚上，我看到他挎着一个装得满满的篮子。星期五晚上，布莱斯·道格拉斯看见他在摆弄香槟酒瓶。星期六晚上，也就是案发当晚，霍滕斯·弗瑞看到他在磨刮胡刀。这些事情之间有什么联系吗？"

"我完全看不出有什么联系，"柯蒂斯垂头丧气地说，"更想不明白为什么房间里有那么多可能的凶器。还有那个香槟的问题，霍滕斯说她昨天晚上给罗斯·科罗奈克准备了一小瓶侯德尔香槟，可是现在那个酒瓶不见了。全都让人挠头。"

"别这么说，事情没有那么糟糕。至少我们能确定……"

这时，从别墅前面的道路上传来了汽车的声音。几辆车子已经穿过敞开的大门，在车道上刹住车，发出了刺耳的声音。班克林急不可耐地站了起来。

"应该是警察总署的杜兰德和他的手下。我刚才在我房子里给他们打电话了。我估摸着他们会邀请我接这个案子，那样的话，朋友，你就有机会目睹我们如何办案了。去小殿堂找那两个年轻人吧，我一会儿就过去。"

第 7 章

消失的香槟酒瓶

柯蒂斯回到小殿堂,发现拉尔夫和玛格达正在吸烟,两个人都面色凝重。

"你们说了好久,"拉尔夫抱怨说,"占卜到什么结果了?"

"兆头还不错。我感觉班克林会亲自上阵。警察已经来了。所以打起精神,他们马上就到……"

"哦,我的老天。"玛格达突然说,"瞧,谁和他们一起来了。"

房子后面的空地突然挤满了人。班克林正在人堆里和一个魁梧的男人握手,那人戴着一顶吓人的卷边宽檐帽。另外有个人离开了人群,正犹豫不决地朝着小殿堂走来。他是个精瘦的中年人,看起来保养得很好,一身正装剪裁得体,整个人并不算显眼,头略微向后扬,好像总想盯着别人的眼睛。他有点驼背,头发灰白,生着一张宽脸庞,面色暗淡,给人感觉非常专注,显然是个坐办公室且有家室的男人。不过他留了点胡须,仅仅算是个胡须的轮廓,又给他添了一抹轻浮的味道。

"乔治·斯坦菲尔德。"玛格达把香烟扔到一边,说道,"妈妈在巴黎分公司的经理,今天早上和我们一起去了教堂。"

她停住了话头,因为斯坦菲尔德已经到了听得到对话的距离。斯坦菲尔德停了一下，摘下礼帽，露出了光溜溜的脑壳。走到小殿堂的台阶上，他又停了下来，纠结着该说些什么。

最后他开口了："天哪，我不知道该说什么。"

"能有人这么想真不错。"拉尔夫说，"就保持这个状态吧？"

斯坦菲尔德冷冷地瞪了一眼，让拉尔夫火直往上撞。不过紧接着，斯坦菲尔德还是平静地坐了下来。

"玛格达，我想你明白吧，你把你妈妈惹火了。"

"真的？不过还有比这更重大的事情。"

"谋杀？是啊，我听说了。我搭警车来的。"尽管斯坦菲尔德的语调不疾不徐，但大家都感觉得到他满腹心事，他把谋杀的事情撇到一边，"玛格达，你现在面临着很麻烦的丑闻。据我个人经验，在法国，花钱能摆平所有人；但是这次恐怕不行。我并不知道……我是说今天早上在教堂里，你和你妈妈——我是说，我不知道你们昨晚发生了争执……"他又停顿了一下，"玛格达，你妈妈病得很厉害。"

"我知道这是什么把戏。"玛格达靠在长凳上，闭上眼睛道，"所以她派你来找我？"

"不完全是这样。我觉得应该让布莱斯来找你，但你妈妈坚持让他留在身边——照看她。还有另外一件麻烦事。"斯坦菲尔德的脸上似乎浮现出一丝笑意——和他那抹若有若无的胡须一样缥缈，一双浅蓝色的眼睛滴溜溜地转着，在观察，"今天早上你走之后，你妈妈把我和布莱斯都叫过去了。这样也好。你妈妈操之过急，给警察打电话说你失踪了。要把这事遮掩过去肯定相当麻烦，别不信！我得想办法。当然，我们的生意和警方有很多联系。我去了警署，找到了布尔多先生。他说他刚刚接到消息，关于——"斯坦菲尔德朝别墅的方向努了努嘴，"这位先生是谁？"

玛格达介绍了一下柯蒂斯。

"嗯，这很明智。"斯坦菲尔德看着拉尔夫，正色道，"年轻人，你可遇到大麻烦了，我希望你至少能别把玛格达牵扯进来。这是你自己的事情，我不想指手画脚；我见过指手画脚的事情太多了。可是我要问问，你为什么非要杀了她？"

柯蒂斯接口道："现在我们没必要讨论这个。道格拉斯先生没杀那个女人。等时机合适的时候，我们会解释清楚的。"

斯坦菲尔德把双手放在膝盖上，不动声色道："没有问题。我只是希望大家开诚布公，这样才好评估到底有多大的麻烦。我认为我们应该支持道格拉斯先生，至少别让他上断头台。他可能不得不费点口舌解释，就比如去年3月发生的口角。"

"去年3月发生的口角是怎么回事？"玛格达问，"拉尔夫，别让他这样左右你，他只是妈妈的喉舌。你该怎么说就怎么说。"

"抱歉。"斯坦菲尔德停顿了一下，然后又说，"你这么评价也并不为过。"他似乎真的在为别人操心，两眼仍然盯着地面，"道格拉斯先生，似乎所有人都在和你作对。这背后也是有缘由的，我希望你能明白。我在这座城市生活了二十三年，养家糊口——如果住在伦敦郊区我也会这么做。而你们这些年轻人跑来成天挥霍，无事生非，认为一切都无所谓，都是你们的余兴节目，看到这些，我们这样的人可不喜欢。你们这个年纪认为有趣而刺激的东西在我们这个年纪看来就只显得愚蠢。"

"好啦,就告诉我口角是怎么回事。"玛格达平静地说,"拉尔夫,你可从没向我提起过。"

"我觉得没有必要。那并不是什么秘密,当时报纸上都报道了。"

"到底怎么了?"

拉尔夫耸了一下肩膀。"好吧。那是在一家夜总会,总是有现场表演的那种。其中一个节目是扔飞刀,主持人说如果没有扔准,刀子准会扎在客人的眼睛里。这节目竟然因此很受欢迎。"他担忧地说,"当时我和罗斯跟一群人在一起。那张放表演用飞刀的桌子被推到我们的桌子旁边,罗斯伸手拿了一把飞刀看。她当时很清醒,只是有点兴奋。我抓住她的胳膊,想让她把飞刀放回去——结果我的下巴上多了一道伤口。伤口并不深,甚至没有留下伤疤。这只是一个意外事故,但却闹得沸沸扬扬。"

玛格达好奇地盯着他。

"不止这些吧?"

"绝对就这么点事情。"拉尔夫回答,"你随便找谁核实都行。比如说路易斯·劳特雷克,他也在场。我是说,事实就是如此。然而别人传的版本却完全走样了,甚至说我们打起来了。还有人说我按住罗斯,威胁说如果她敢再这么做,我就用刀子毁她的容,让她吸取教训。这不光是谣传,还是不动脑子的胡说八道。如果我是个恶棍,我可能会打她,但即便头脑发热也不会动刀子,我也不相信我认识的人当中有谁会想到用刀。这也很自然,因为人激动的时候不会想到动刀子,最可能的是动拳头。我能说的——"

"嘘！"玛格达突然发出警告。

原来是班克林和那个戴着卷边宽檐帽的魁梧男人正走过来。那男人在滔滔不绝地说着什么，到了小殿堂的门口，他郑重地摘下帽子，浓重的八字胡动了动，开始说话。

"女士们，先生们！别介意，放轻松。我是杜兰德警督，警察总署副署长。这位是班克林先生，他负责这个案子。班克林先生希望发现尸体的理查德·柯蒂斯先生和我们去一趟别墅。"

"我们为什么不去？"玛格达·托利问道。

拉尔夫和斯坦菲尔德都扭头看着她，连杜兰德警督都吃了一惊。柯蒂斯觉得她此刻的表情很特别，很难描述——她看上去绝无残酷的想法，也没有邪恶之意，有的只是几分略带歉意的好奇。

"当然可以去，托利小姐，"班克林热情地说，"欢迎，欢迎。来吧，杜兰德，赶紧！"

"这怎么行？"警督咕哝着。

"绝对不行。"斯坦菲尔德也帮腔，他的法语流利却毫无感情，就像是在发号施令，"托利小姐完全不知道这意味着什么。我禁止她这么做。"

"哦，'禁止'——我可不喜欢这种字眼。"班克林毫不客气地说，"杜兰德跟我说了，你是斯坦菲尔德先生吧？你能不能到这边来？我有些事情要问你。"

其他几个人都自觉地走开了。玛格达不服气地走着，两边是拉尔夫和柯蒂斯。

"我想看看尸体。"她悄声说，回应着拉尔夫的低声探询，"亲爱的,这样想是不是挺邪恶的?"

"那个家伙真正的目的是想把我们放在显微镜底下观察,你明白吗?"

"我没有谋杀她,你也没有,我们何必惊慌?现在我已经做出了荒诞的举动,何不做到底?我说了我不再是本尼迪克特·托利太太的骄傲了,装作感恩戴德没有意义。所以我要利用这次机会。亲爱的,你会发现我的道德准则足够低。"

可真正到了卧室,来到尸体跟前,玛格达还是畏缩了。现在所有的窗帘都拉开了,所以房间里阳光刺眼。但是绛红色的墙壁仍然阴暗,黑色的大理石壁炉显得很俗气,离床较远的那张圆桌边,变质的夜宵零零散散堆放着,看着很刺眼。房间里有很多人在忙碌,其中包括一个戴着礼帽的胖胖的男人——他正在检查尸体。

班克林用讲师的口吻介绍道:"这些是我的伙计。伯奈特医生,法医。马布斯博士,鉴定科的主管;格兰杰先生,他的助理。另外两个人的工作显而易见。你们都听说过取指纹,不过你们真的见过实际操作吗?看,那些光滑表面上的红色印记,比如小推车里冰桶旁边那两个香槟酒杯上的,看到了吗?他们在那上面用的是俗称铅丹的粉末。如果是深色的表面,比如圆桌上那把刮胡刀的刀柄,就会用碳酸铅,指纹会呈现为白色。我听说在英国是用'灰粉'——汞和白垩的混合物,以及石墨粉。之后他们会用徕卡相机给指纹拍照,完全不需要闪光灯。法医的工作有时候就没这么宜人了。伯奈特医生,我建议把被单盖上。"

那医生嘟囔了一句什么。

"伯奈特医生,有什么进展吗?"

戴着礼帽的医生拿出怀表,专注地看了看,然后回答:"哦。她的死亡时间不超过十二小时,不少于十小时。这是保守估计。现在已经过了下午一点。那么她死于凌晨一点到三点之间。"

"那么关于凶器?"

"毫无疑问,就是浴缸里的短剑。切口并不整齐,因为凶手将短剑的尖端刺在她小臂上,甚至有一小截刀头断在里头了。手法很粗暴,伤口很深。不过,还是有一些事情让我心烦,不合常理……"

班克林朝跟他同来的人点了点头:"跟我来。我们挨个儿检查房间,从起居室开始。"

玛格达、拉尔夫、斯坦菲尔德和柯蒂斯跟着他穿过了更衣室,杜兰德警督跟在后面。在起居室,他们见到了霍滕斯和赫科勒。女仆抱着胳膊,巡警则一脸闷闷不乐。认出班克林之后,赫科勒似乎泄气了,他想要解释什么,但是杜兰德警督打断了他。

班克林在那里站了好一会儿,环顾着房间。起居室配有灰色壁板,天花板中央悬着一盏水晶枝形吊灯;此刻房间里一片宁静,只有露台外面的树叶沙沙作响。班克林看了看通向走廊的门,又看了一眼房间中央那张桌子上的空冰桶,之后是敞开的窗户附近空出的那块地方,似乎是家具被推开后留出来的空间。接下来他绕着桌子走起来,脚步声在未铺地毯的镶花地板上听着相当响亮,期间他还朝窗外看了一眼。最后,他从桌边走向了通往走廊的门。那扇门被锁住了,钥匙在内侧的锁孔上。

"弗瑞小姐!"

"先生?"

"把你向这些先生叙述过的全部细节再讲一遍。"班克林一边说一边继续绕着桌子转。

霍滕斯·弗瑞仍然是一副气呼呼的表情,不过在班克林面前,她也第一次感到了一丝怯意。她又叙述了一遍自己的所见所闻。班克林没有打断她,只是走到她跟前,一直用犀利的眼神牢牢地俯视着她。

"好了,说得很清楚。你周六早上收到一封信,可能是道格拉斯先生寄的,让你到这里来……请把信给我。行了,交出来!谢谢。我会好好保存。我知道你把信拿去给这位斯坦菲尔德先生看了,让他给你翻译清楚。"听到这里,霍滕斯不安地瞥了一眼斯坦菲尔德,但是那位经理不动声色。"再说回别墅里的事情。那位神秘的陌生人自称是道格拉斯先生,他出现的时间是昨晚九点。你说他穿着棕色的雨衣,戴一顶黑色的帽子。其他衣着呢?"

"我不知道,先生。"

"仔细想想。他摔倒的时候,肩膀撞到了你的鼻子,当时你正帮他脱外套。他外套下面穿了什么?"

"先生,我说了,我不知道!就在那个时候,我的眼镜被撞掉了。另外,他根本没有脱掉雨衣。如果他只是假装摔倒,"霍滕斯显然正为损失了眼镜感到窝火,"那我得说,他的演技非常出色。哦,等等!我记得他穿了什么样的裤子。就是我们常说的牛津裤,英国货。这也是我认为——"

"认为他是个英国人的原因之一？我们正要研究这个问题。你说他一直和你说英语。你确定那是他的母语？还是一个法国人在说英语？你能辨别两者之间的细微区别吗？"

霍滕斯眨了眨眼睛，看起来有些犹疑："也许他不是英国人，先生。可我当时完全相信他是。另外，他叫了很多次我的名字，他的发音听起来不像是法国人。"

"你刚才说如果他只是假装摔倒，那他的演技可谓非常精湛。你为什么这么说？"

"因为我都听到他的鞋跟在光滑的地板上打滑的声音了，还下意识地伸手想抓住他。"

"很好。先不说他了。我们接下来说说罗斯·科罗奈克到达后的事情。你说她十一点刚过没多久到了别墅，你拎着她的旅行包，陪她上了楼，然后把包里的物品整理归位，帮她沐浴和更衣。她洗澡的时候，用了几条浴巾？"

"什么乱七八糟的……"拉尔夫咕哝道。

"先生，您说浴巾？"霍滕斯重复着，就好像她从来没有听说过这个词，"当然用了两条。一条是擦干身子用的，另一条用来让太太站在上面。"

"之后你把浴巾放哪里了？"

"我扔到卧室的洗衣筐里了。先生，为什么——？"

班克林朝杜兰德警督打了个响指，警督点了点头，走了出去，不到一分钟就回来了。

"现在洗衣筐里有三条浴巾。"杜兰德报告说，"其中两条还有点潮湿。第三条是干的，但上面有血迹。"

"继续说，霍滕斯。"班克林若有所思地皱着眉头，"她洗完澡之后，穿了什么？"

"一件黑色和银色相间的晚礼服，搭配着黑色的袜子和鞋子。"

"那件晚礼服呢？"

"就挂在更衣室的衣柜里。今天早上经过的时候，我看到那件晚礼服了。"

班克林仍然若有所思地皱着眉，走进了更衣室。他拉开衣柜，看到里面整齐地挂着几件衣服，黑银相间的晚礼服就挂在最外面。另一边有一件带有桃色花边的晨衣。地板上放着几双鞋子，袜子都整齐地叠好，放在鞋子上方的格子里。

"见鬼！"

班克林从衣柜前走向了梳妆台。柯蒂斯正站在门口，透过镜子能看到班克林的侧影。班克林朝一瓶开着盖的面霜看了看——盖子就在台面上，接着把梳妆台前面的小椅子拉开，察看了梳妆台的下面和后面。最后，他检查了从更衣室通往走廊的门，那扇门也从内侧锁住了。班克林走了回来，摇着头。

"告诉我，霍滕斯，罗斯·科罗奈克是不是一个非常整洁的人？"

"正是这样，先生。"

"好。现在我要问你一个问题，我希望你仔细想清楚再回答，这样才能帮助我们去除本案中令人胡思乱想的古怪。你曾经服侍了罗斯·科罗奈克很长时间。根据你在这里所看到的，你能不能准确地判断是罗斯自己换了睡衣，还是她死后凶手给她换了睡衣？"

霍滕斯发出了一阵沙哑的笑声："我们真是什么都不放过，对吗？请原谅，先生，我这就回答您。我可以肯定是太太自己换了睡衣。我已经为太太服务了很多年，自然知道她的各种习惯——正如您说的那样。那些细微的做事方法，外人是看不出来的。请看！这是太太昨晚穿的袜子。她收拾袜子的方式很特别，我从没见过别人这样叠袜子。然后是她穿过的晚礼服。她挂衣服的时候总是稍稍往左边偏一英寸[1]的位置——因为太太有一侧肩膀略微高一点。她还有一些其他习惯，我也是知道的。先生，不管您脑袋里怎么想，我都确定是太太自己换了睡衣。"

"你可以在法庭上宣誓？"

"先生，在哪里我都敢宣誓。"

班克林看上去似乎松了口气。

"既然这样，我们来继续说说昨晚后来的事情。你离开太太的卧室时，她穿着那件黑银相间的晚礼服……她吩咐你送上来一小瓶侯德尔香槟。你照办之后，她又让你去厨房准备一点夜宵，说道格拉斯先生到了会把夜宵拿上来。等你准备好夜宵，她就让你去睡觉了，对吗？好。这栋别墅里有足够多的香槟储备吗？"

霍滕斯看起来有些迟疑。

"我不知道先生所说的'足够多'是多少。我看到有几瓶香槟在冰箱里面，而不是在酒窖里——按说香槟应该放在酒窖里。"说起香槟，霍滕斯似乎来了精神，"我记得有三大瓶波马利香槟，

---

1. 编者注：英寸为英美制长度单位，1英寸约等于2.54厘米。

两瓶或者三瓶玛姆香槟,但是只有一小瓶太太喜欢喝的侯德尔香槟。我很清楚,因为我把那一小瓶香槟送到了楼上。"

"现在那个酒瓶不见了?"

"他们是这么说的——至少我现在在这里没见到它。昨晚我把香槟放在冰桶里拿上来的——冰桶还在那边的桌子上。"

拉尔夫似乎有些不安,他清了清嗓子,然后开了口:"等一下!我不知道这个信息是否重要:如果霍滕斯说的是真话,那么在过去的四十八小时里,冰箱里香槟的数量不太对。我星期五早上在这里,看到冰箱里有六小瓶侯德尔香槟……你还记得我是这么说的吧,柯蒂斯?我当时没有见到其他牌子的香槟。"

"真是太感谢您了,先生。"霍滕斯恶狠狠地说,"不出您所料,我刚才又撒谎了。"

班克林挥手让她保持安静:"我保证,如果我们不相信你,我们根本不会这么处理案子。好了!你把香槟送上来,罗斯吩咐你去准备夜宵,然后去休息。罗斯打算在哪个房间吃夜宵?"

"您说什么?"

"我说她打算在哪个房间和道格拉斯先生吃夜宵?"

"这很重要吗?"

"这至关重要。我要问的是:他们是不是没有打算在卧室里吃夜宵,而是把桌子放在这里?这是很自然的选择,因为这里有通向露台的敞开的窗户。有人已经把窗户前面的空间腾空了,就是为了把桌子挪过去。在窗户旁边的小桌子上有两个挨在一起的烛台,不正是为了夜宵准备的?听我说,霍滕斯。你吞吞吐吐,纯粹是为了给我们找麻烦。你真的希望我像挤牙膏一样把信息从你嘴里挤出来？我希望你听话些，否则我就不客气了，我完全可以一脚把你从这里踢到法院。他们是否打算在这个房间吃夜宵？是还是不是？"

"是的，是的，是的！"霍滕斯尖声嚷道，"至少太太是这么说的。啊，我真希望我有个兄弟！我没有恶意。我只是——"

"你离开罗斯的时候是几点？"

"十二点一刻。"

"你从哪个门离开这个房间的？穿过更衣室，还是直接从这个门去走廊？"

"直接去走廊。"她一手指着通向走廊的门，同时偷偷摸摸地用另一只手抹眼睛。

班克林又追问："你出去之后，她锁门了吗？"

"没有。"

"可现在这扇门是锁着的，你看到了吧？另外，从更衣室到走廊的门也锁着。"

"还真是。我之前没注意到。"

班克林深深地吸了口气，将目光投向窗户外面的大理石露台，以及露台最远端的小楼梯，盯了好一会儿。他伸手去挠旧帽子下面的脑袋时，看起来更像稻草人了。接着他拿出烟斗，转过身来，眼神里透着一丝愉悦。

"杜兰德警督……我的朋友，"他用力地清了清嗓子，就像要开始演讲似的，"我们现在看到的现象在暗示一些东西——偏偏那些东西又不可能成立。每一面镜子都反射着不正常的影子。每一个正常举动都导向了错误的结局。我喜欢这个案子。我们应该尽快试着弄清昨天晚上这里发生的事情，不然就会晕头转向，根本不知道该去哪里找凶手。啊呀，也许真相就隐藏在常人觉得很愚蠢的细节背后：消失的一小瓶香槟。

"周五的早上，冰箱里有六小瓶侯德尔香槟。周五晚上，穿棕色雨衣、戴黑帽子的男人来到别墅，有人透过厨房的窗户看到他在摆弄香槟酒瓶。啊，道格拉斯先生，我看你瞪圆了眼睛，你没听说过这件事，对吗？好，我接着说。到了周六晚上，冰箱里有三大瓶波马利香槟，两瓶或者三瓶玛姆香槟，但是只有一瓶罗斯必然会选择的侯德尔香槟。很奇怪，是不是？感觉是有人想让罗斯喝一瓶特定的香槟：就像一位魔术师特意要把一张牌塞在她的手里……"

班克林下意识地打着响指，似乎在自言自语，但柯蒂斯明白，他实际上是在对其他人讲话。

听众里是玛格达·托利接过了话茬，尽管斯坦菲尔德在旁边发出了嘘声。

"这有什么意义？"玛格达镇定地问，"她不是被下毒了，对吧？那个酒瓶里面有可能装了别的什么……？"

"也许掺入了安眠药？"班克林道。

一阵沉默。

"你们自己都想过了，正常情况下，你很难把一个人按在浴缸上，直到这人失血过多死去。受害者肯定会喊叫，挣扎，反抗——除非已经被打晕或下了药。现在，我们考虑一下凶手的处境。他不敢——或者是不愿意——和罗斯·科罗奈克面对面：罗斯心里在等拉尔夫·道格拉斯，但凶手不是拉尔夫。凶手可以欺骗高度近视，而且从来没有见过拉尔夫的霍滕斯，但是肯定骗不过罗斯。所以凶手要确保他到达现场之前，罗斯已经被下药迷昏了。因此他很晚才露面。另外，我自己已经证实了，透过这些窗户，"班克林指了指窗户，"藏在对面树上的人可以清楚地看到这屋里发生的事情。凶手看到罗斯坐在这儿喝了香槟。然后他又等了一段时间，直到确信自己已经安全了，才从后门进入别墅。"

又是一阵沉默。

拉尔夫和柯蒂斯对望了一眼，然后将拳头砸在另一只手的掌心里，兴奋地说："班克林，我觉得你已经找对方向了！我完全没有想到这一点：确实，凶手不敢和罗斯见面。他也确实没有让罗斯见到他，所以他整晚都在避开罗斯。香槟里面掺杂了迷药或者其他什么——"

班克林看着拉尔夫，迟疑地问："你真的这么想？我个人可完全不敢相信。"

"可是你说了——"

"哦，我承认我喜欢夸夸其谈。其实我想到了几个完全不符合这种假定的证据。首先，往密封的香槟酒瓶里下药而不被人察觉，这几乎是不可能的。其次，凶手事后为什么特意拿走了酒瓶和瓶塞？就算是他想掩盖下药的事实，他也完全可以把酒瓶冲洗干净，留下来。为什么要把这么重要的东西拿走？这个酒瓶我越想越觉得蹊跷。第三点，安眠药不可能让人察觉不出一点异样，尤其是掺进香槟的时候，一口一口慢慢喝，罗斯必然会觉察到香槟里有奇怪的味道。她会感觉头晕，会拉铃叫霍滕斯，会努力抗拒昏睡。但是你们都注意了吧，她是不慌不忙地换了睡衣。

"第四点证据在于凶手自己的做法。如果他已经知道罗斯会陷入昏迷的状态，他又何必费力把那个小推车弄到楼上，里面装着两人份的夜宵？另一个房间里开了瓶的酒怎么解释？为什么那两只酒杯都被使用了？他为什么带了那些额外的工具？我们只知道我们得赶紧抓住那个穿棕色外套的家伙，这是个紧急任务。还有好多事情需要办，在验尸结果出来之前，我们不能再浪费时间猜测了。现在我有两个想法，还无法定夺。我相信往香槟里下药的可能性非常低，但另一方面，罗斯·科罗奈克似乎确实在某个时间、出于某种原因被下了药……"

"先生——"霍滕斯开口了。

"你似乎有什么想法？"

霍滕斯转了转眼睛，道："刚才我可能口无遮拦。听您说了这么久药物的事，我想说，我觉得有可能是太太自己吃了安眠药，在浴室里有一小盒安眠药。"

第8章

关于电子钟

卧室已经被清理过了,尸体也用柳条筐装着运走了。现在房间里只剩下鉴定科的主管马布斯博士。他正站在壁炉边检查一沓笔记,壁炉台上放着一只黑色的大皮箱。马布斯鬓角很长,嘴巴不小,看起来严肃阴沉。班克林走进卧室的时候,马布斯咯咯地笑了起来。

"啊,我正在等你。"马布斯从壁炉台上拿起了原本在浴室的那个小纸盒,还有当初放在纸盒旁边的那只杯子,"你大概在找它们?伯奈特之前跟你说过他觉得尸体有什么地方不对劲;我也有这种感觉。首先就是视网膜充血。"

"我就知道!"班克林皱着眉头,摇了摇那个盒子,"这里面是什么?"

"我大概能猜出来。要是你想,那我现在就可以做一个简单的测试,不过我还是更愿意回实验室进行更准确的分析。"

"好,好。那么,赫科勒?"

巡警赫科勒正在班克林的后面生着闷气。

"法官先生,请允许我让这些先生给我作证。他们能够证实我做了该做的事情!听我说!我自己也推断出了您刚才的想法:

太太肯定是自己吃了几片药。但是这个老婆子——"赫科勒恶狠狠地瞪着霍滕斯,"这个老婆子当时信誓旦旦地说太太没吃药,也不会吃。她的原话是:'太太在急不可耐地等情人的晚上,却吃安眠药?'她当时怒气冲冲,趾高气扬。不信您问这些先生!可现在她又改口发誓太太吃了药。"

"这又怎么了?"霍滕斯冷冷地说,"这样不行吗,老爹?我当时并不知道我现在新掌握的信息,也并没有检查盒子里面的药片——后来在你没注意的时候,我已经检查过了,老头子。"

"情况怎么样?"班克林问道。

"我发现盒子里少了三片药。直到现在我都想不通太太为什么要吃安眠药,她肯定是疯了。不过她确实吃了安眠药,因为药片少了——这一点我很清楚!我给太太整理旅行包时看到了那个小盒子,就把它放在梳妆台右手边的抽屉里了。您刚才警告我不要吞吞吐吐,所以我实话实说!我当时数过药片的数量,因为我寻思也许我也需要吃一片。但是只有十二片药,如果我拿走一片,太太肯定会注意到,所以我就没动。现在盒子里只剩下九片药。"说完霍滕斯抱起了胳膊。

"她平时都吃三片药?"

"不,她一般只吃两片。不过也出现过吃三片的情况。"

"很好,就这样吧。"班克林不动声色地说完,朝卧室门外的两个便衣警察打了个手势;他们立刻进来把仍然吵吵嚷嚷的霍滕斯带走了。

班克林笑了起来,药片的事情似乎让他情绪高涨。

马布斯博士从他的大皮箱里拿出一个酒精灯、一支小试管和一个试管夹。他在试管里加入酒精,把一个药片放进其中,待药片溶解后,又加入了十滴有强烈氨味的液体。接着他将试管置于酒精灯上方,酒精灯黄色和蓝色的火苗诡异地忽闪着,给人被风吹动的错觉。柯蒂斯发现火苗很是刺眼,感到有些惊讶,这才意识到可能快到傍晚了,房间里已经开始出现阴影。

"已经出现了。"马布斯一边说一边晃动试管,"氨不是最有效的碱制剂,但是也管用。你们看到了吗,试管壁上有清晰的透明液滴。闻闻看。那是氯仿。也就是说,药片的主要成分是水合氯醛;我估计每一片里面有二十格令[1]。你满意了吗?那好,我可以收摊了。这位女士选择了相当强效的镇定剂。"

班克林从牙缝里发出嘶嘶的声音,回应道:"好,我明白。如果霍滕斯的话可信,那就是说罗斯吞下了六十格令的水合氯醛。可是,这也不足……"

"啊,对,这不会要她的命。不过我得说,吃过三片药,她绝对没有精力和她的情人缠绵。抱歉,女士!"马布斯朝玛格达道歉的语气毫无歉意,反而像是开玩笑,他用一只手按着额头道,"不过,知道这些也没什么坏处,对不对?哈哈!我同意霍滕斯的说法,按理说罗斯不应该吃安眠药。我知道在讷伊市有一个欢场女人……"

玛格达也朝马布斯微笑着,两颊露出了深深的酒窝。在那一刻,自他们进入这栋房子时就形成的紧张气氛突然间被打破了。

---

1. 编者注:格令为重量单位,1格令约等于64.8毫克。

"真是口不择言。"拉尔夫用英语抱怨了一声。

"别放在心上，小伙子。"斯坦菲尔德迅速接口道。他的语调很随和，感觉像坐在办公桌后面给别人出主意，又像仅从喉咙里发声而不用张嘴。紧接着他继续用英语说："班克林先生，我们很感谢您。今天下午能亲眼看到警方的工作，真是莫大的荣幸，我们都受益匪浅。不过您也应该明白，事情完全可以用更加令人愉快的方式处理。我认识很多在您所在部门工作或与之相关的人……比如说省长先生……大法官……都是我的好朋友。我相信这种非正式的疲劳问询会让很多人不满意。我想我们都能相互理解。所以，如果您不介意，我们就——"他突然打住了话头，"请问您是从哪里得到这些东西的？"

斯坦菲尔德的声调依旧平稳，但嘴巴却张大了一些，眼睛也瞪直了。班克林不再在房间里转悠了，转而坐在了床尾，面对着斯坦菲尔德。斯坦菲尔德这才第一次注意到班克林一只手里拿着一把.22口径的自动手枪，另一只手里是带有银柄的短剑。此时此刻，班克林正反复掂着这两样东西。

柯蒂斯感觉有一股异样、邪恶的空气突然围住了这几个人。也许是他想多了，但那种感觉始终挥之不去。似乎不露声色的杜兰德警督又向他靠近了一步，面色阴郁的马布斯博士也凑近了一步，甚至连班克林的样子也忽然变得陌生。

班克林把短剑抛在空中耍了两下，然后啪的一下用手掌心接住。

"朋友，这可不是什么疲劳问询。警车就在外面，随时可以送你回巴黎。你现在要走吗？"

"我只是在想……"

"我想你应该认识其中一种武器吧？或者两种都认识？"

斯坦菲尔德轻轻笑了一声。他脸上的表情算不上轻蔑，但也绝不是宽宏迁就那么简单。

"我肯定见过那把短剑。很多年前，我曾经送给科罗奈克太太一把那样的短剑。那是我从科西嘉岛带回来的纪念品，我把它放在办公桌上，用来拆信封，科罗奈克太太看上了它，所以我——"

"你和她很熟？"

"经常有业务上的往来。"

"朋友，我想委婉地问一下，是她的业务还是你的业务？"

"我的业务。"斯坦菲尔德冷冷地答道。他轻轻抚摸着唇边若有若无的灰色胡须，脸上仍然挂着干笑："我不介意您的用词，因为说到科罗奈克太太必然会有人往那方面想。不过我是一个顾家的男人，班克林先生，我有四个活蹦乱跳的孩子要养活，所以我把找情人这种闹剧留给年轻人。总之，科罗奈克太太只是一个客户。她经常旅行，都是由我们来安排，我尽量亲自为她服务。一把短剑作为礼物并不——"

"好的。你说你'很多年前'送给她了那把短剑，感觉像在哀叹已经逝去的青春。具体是什么时间？"

"哦，三年或四年前。我不记得了。"

"她很珍视这个礼物，来别墅度周末都要带着它？"

斯坦菲尔德思忖着说："不，不是那么回事。我确实知道她去哪里都喜欢带着这把短剑。她把短剑当作一种——保护，就像其他一些女人可能会带着小型手枪,比如您手里拿着的那种。顺便提一下,科罗奈克太太讨厌枪械。她说她绝对不会开枪来自卫。相反,她喜欢冷兵器,不知道为什么,她特别钟爱刀具。您也许听说过夜总会那件事:在飞刀表演的过程中,她拿起表演者的飞刀要看,结果和这位道格拉斯先生发生了争执。所以,在这里发现一把短剑并不意味着科罗奈克太太担心会有什么危险,最多是为了防备窃贼,就像她旅行包里的梳子一样随身带着。"

班克林一动不动地坐了会儿,耷拉着肩膀,然后又耍了两次短剑,才开口问马布斯:"这上面有指纹吗?"

"有。剑柄上有死者的指纹,很清楚。此外没有了。"

"在剑柄上,这就有趣了。别的地方都没有?"

"没有。只是——"马布斯犹豫了一下,"好吧,手枪的背面也有死者的指纹。另外,凶手并没有戴手套,而是用毛巾裹着手去拿短剑的。刀锋上有毛巾的纤维,上面还带着一点点血痕。我已经把证据都保存好了。"

"神秘事件?"斯坦菲尔德停了一下,然后说道,"上面只有死者自己的指纹,没有其他人的!有一种解答或许能让所有人满意。您觉得她有可能是割腕自杀吗?"

"然后还自己走回床上?这不大可能。"班克林回答,"我提醒一下诸位:霍滕斯说她昨晚替罗斯收拾旅行包的时候,把这把短剑放在了梳妆台的抽屉里。正好说到霍滕斯,斯坦菲尔德先生,我要接着问你。昨天早上,也就是周六早上,霍滕斯·弗瑞拿了一封信让你帮忙翻译。就是这封。"

班克林从口袋里拿出了那封用打字机打出来的，落款为"拉尔夫·道格拉斯"的信。

"是的。"

"你仍然坚称你和罗斯·科罗奈克没有私交，纯粹是旅行社的生意关系？"

"我可以发誓。"

"那你不觉得奇怪吗，罗斯的女仆——曾经专门服侍罗斯，但现在和罗斯没有直接关系的霍滕斯，为什么拿着这样一封信跑去找你？霍滕斯懂一些英文，完全明白信的大意，也知道这是相当私密的内容。她很想重新回到罗斯身边工作，所以必然会非常谨慎地处理这封信。她应该有很多英文好的朋友，尤其是同行，肯定有人能够帮她确定信的内容。她为什么找你？"

"您最好去问霍滕斯。我不清楚。您都不知道旅行社每天会遇到多少毫不相关的麻烦事。"

"信的内容让你不安？"

"我自然不开心。"斯坦菲尔德不耐烦地回答，"根据刚才在另一个房间里霍滕斯所说的内容，再加上你们的评论，我猜测'穿棕色雨衣的男人'根本不是拉尔夫·道格拉斯，那封信也是伪造的。为托利小姐着想，也为拉尔夫先生着想，我听到你们的说法后很高兴，尽管我知道后面会有更多的麻烦。但当初看到那封信的时候，我不可能知道它是伪造的。一想到拉尔夫已经和托利小姐订婚，却似乎要重拾旧爱，我——"

班克林平静地接口道："所以，你认为有必要通报给你的朋友和老板——本尼迪克特·托利太太？"

一阵短暂的沉默。柯蒂斯感觉斯坦菲尔德的一只脚已经踩在陷阱上,来不及抽出来了。

斯坦菲尔德的身子绷紧了,他简短地答道:"我没有做过那种事。就是这样。"

"没问题。我问你这个,只是因为我很无礼地偷听了拉尔夫先生、柯蒂斯先生和托利小姐在小殿堂里的对话。昨天早上,霍滕斯把信拿给你看。昨天晚上,托利小姐打算离开家,宣布要不惜代价嫁给拉尔夫先生——因为她和母亲发生了激烈的争吵。家庭矛盾大爆发总是有原因的,即便有时候不在明面上。在我看来,最有可能导致她们争吵的原因就是这封信。"班克林晃了晃手里的信,然后把它扔在床上,"托利小姐,也许你愿意告诉我们。你母亲是否知道这件事?如果她知道,那她向你提到了吗?"

没有人指望班克林当一个老好人。他和这个女孩子骨子里都有一股邪恶劲儿,就好像血统相近似的,两人刚一见面时的态度就已经足够说明问题。不过现在玛格达·托利有些不安。她似乎正努力克制着什么,淡褐色的眼睛闪着光芒,牢牢地盯着班克林的脸。她抬起一只手捋了捋黑色的短发,触摸到整齐的分迹线和丝质发带,这个动作甚至给人一种诡秘的感觉。

不过她最终露出微笑,并且控制住了手:"没有。我母亲说了很多,但是并没有提到这件事。"

"那么斯坦菲尔德先生告诉你了?"

"没有。"

"托利小姐,假设有人告诉你了,你会怎么做?"

"直接找拉尔夫问清楚。"玛格达毫不迟疑地回答，然后她想了想，又说，"哦，不对！如果我真的怀疑他可能干那种事情，那我会紧紧地黏在他身边，哪怕整个晚上都不离开，绝对不给他机会偷偷溜走去找别人。可事实是，昨天晚上我和他共进了晚餐，我也没有理由怀疑他会做什么背信的事。要是有人预先告诉我拉尔夫有秘密约会，我会看紧他的，然后……"她停顿了一下，"你真正想知道的是，我是否会谋杀她。"

班克林摊开双手，大大方方地表示认同。

"好吧，但我真的没干那种事情。我不是穿着棕色雨衣的男人，就算我踩着高跷，假装拉尔夫的男中音，也不可能——"她从喉咙深处发出声音，试图模仿拉尔夫，"不过这并不是问题的核心。不管在什么情况下，我都不可能谋杀她。英国人总是觉得法国女人出于嫉妒会不择手段，但我觉得她们应该不至于那么疯狂。至于说谋杀罗斯……"

"有何不可？"班克林问道。

玛格达突然注意到班克林正咧着嘴笑，她也放松下来了："哦，见鬼！好吧，好吧，犯不着这么大费周折。我以前看到过罗斯·科罗奈克。说得粗俗一点，我觉得她不够档次。"

"托利小姐还很年轻。"斯坦菲尔德连忙解释。

"她没有拐弯抹角的习惯。"班克林毫不客气地回应道，"斯坦菲尔德先生，希望你别不介意，我得说我喜欢这种风格。"

"班克林先生，我完全不介意。"

他们两人郑重地相互鞠了一躬。紧接着，班克林的胡须下露出了一丝微笑，他轻快地站直了身子。

"你所说的疲劳问询到此为止了。"班克林宣布道,"我想我眼下无须再给诸位添麻烦了。我必须和马布斯博士勘查这个房间里的所有线索,就先不耽搁各位的时间了。你们最好回巴黎去——我是说托利小姐和斯坦菲尔德先生。"他朝走廊里的两名便衣警察打了个响指,然后做了个奇怪的动作——把手掌摊开又合上,"拉尔夫先生,你的事情还没完。你应该清楚,基于规程,我们必须扣留你几个小时。你得先去本地的警署,然后去见巴黎的预审法官等人。会有人毫不客气地盘问你……"

他看了一眼拉尔夫。拉尔夫只是点了点头。

"不过,如果你的不在场证明可靠,那问题就不大。当然了,柯蒂斯先生可以作为你的律师陪同;如果涉及法国的特定法律程序,法官大人会向你解释。现在,我们下楼吧。"

玛格达小声嘟囔着:"客气的老家伙,是吧?"

"确实如此。"班克林接口道,"另外,天色渐晚,已经——"他瞥了一眼壁炉台上那个毫无用处的大理石座钟,停顿了一下,又说:"在这儿时间过得飞快。又是一个指针不动的座钟。起居室里也有一个这样的座钟,我记得楼下也有一个。"一行人下楼的时候,班克林还在唠叨:"这可够讨厌的。道格拉斯先生,告诉我,这房子里就没有一个能显示时间的钟表吗?"

拉尔夫闷闷不乐道:"这大概就是你那出名的暗示手法?"瞥了一眼班克林之后,拉尔夫又说:"要怪就怪那些古董商人,不关我的事。这些钟表全都中看不中用。不过楼下的厨房里有一个电子钟……"

"在厨房什么位置?"

"在冰箱上方。和冰箱插在同一个电源插座上。"

班克林推开了通向厨房的门。厨房铺着白色的瓷砖，霍滕斯正在房子里哭泣，一个戴着圆顶礼帽的胖男人正在安慰她。对面的墙壁上有一扇窗户和一扇后门，两者之间放着一个很高的冰箱。冰箱上摆着一个罩在玻璃下面的座钟，看起来正在运行，指针现在指向三点二十分。班克林向那个戴圆顶礼帽的男人询问时间，那人骄傲地挺起身子说他是本地的警长拉佩先生，说他的手表显示的时间也是三点二十分。柯蒂斯突然注意到班克林的注意力已经从电子钟转移到了其他事情上。在冰箱右侧大概一英尺[1]的位置，后门旁边电灯开关的上方，有一个小小的圆形鼓包：一个白色图钉被深深扎进了石膏墙里。

"霍滕斯，"班克林问道，"你的证词中所有的时间点都是根据这个电子钟确定的？"

"呃，这个？是的，先生。"

"但我记得你说你用的是厨房旁边小房间里的钟表？"

"这也没错，先生。"霍滕斯回答，"我临睡觉时把它挪到我住的小房间，插在墙上的插座里了。您别以为那个钟表有什么问题。没问题！我到别墅的时候按照教堂的钟声调好了时间。我可以发誓，之后每隔十五分钟我都会看时间——不论白天还是晚上，您要知道，我不是在等这个人就是在等那个人。"

"如果是这样，那我们现在没必要操心这个了。警长先生，杜兰德警督！哦，霍滕斯，这两位先生会送你回去。祝你一切

---

1. 编者注：英尺为英美制长度单位，1 英尺约等于 0.3048 米。

顺利，祝你喝到好香槟。"

说罢班克林转过身，从冰箱后抽出一截大概十英寸长的黑色线绳，把一端缠绕在手指上，缓缓地捻着。随后，他和柯蒂斯、拉尔夫都握了握手。柯蒂斯注意到班克林粗糙的下巴抽动了一下，眼神也很特别。在那个阳光明媚、摆满了日常用具的厨房里，柯蒂斯忽然感到强烈的不安，也许那是一种恐惧。

# 第9章

第二个不在场证明

晚上九点,香榭丽舍大道旁一家咖啡厅的露台上,两个男人正坐在桌边喝着餐后的白兰地。这两个人就是理查德·柯蒂斯和不再无可挑剔的布莱斯·道格拉斯。

柯蒂斯已经累坏了。当然了,他远不如拉尔夫·道格拉斯那么累。按照预审法官的说法,拉尔夫是清白的,可以释放;被放出来之后他就和玛格达去吃了一顿安静的晚餐。柯蒂斯心里算是感到一点安慰,他的第一个任务处理得不算糟糕,虽然没到精彩的程度,但至少他自认为挺不错。他给伦敦的办事处打了电话,亨特说让他全权负责。亨特自己脱不开身,另一个熟悉法国法律的合伙人达西先生又正在美国。不过柯蒂斯没感觉有太大的压力。法国的法律程序和英国不同,对嫌疑人会存有偏见,但重要的是别太在意法律,一定要保持清醒的头脑。

得到了关于证人的信息之后,法国警方的处理速度快得令人惊叹。证人被迅速地传唤,挨个儿受到盘问。福柯餐厅的两名招待证实拉尔夫·道格拉斯和玛格达·托利那天晚上八点三十分到九点十五分在餐厅里;他们认识拉尔夫和玛格达。拉尔夫光顾的贝多芬街上的小酒馆叫"瞎眼的男人",店老板和六个不同身份的常客证实这位年轻的先生在那晚十点五十五分到凌晨三点十五分之间都在那里喝酒。另一方面，霍滕斯的证词没有任何变化，她坚信她提供的时间准确无误。

在柯蒂斯的坚持之下，大理石别墅的电子钟被送到了巴黎，让警方鉴定科的钟表匠进行检查，并且有法官在场，由柯蒂斯提问。他这么做是想确保不会有人再就时间问题找什么麻烦。

电子钟准确吗？

是的。

是否有被人做过手脚的痕迹？是否有什么机械上的问题？

没有。

他们相信霍滕斯·弗瑞是一个可靠的证人，对吗？否则拉尔夫先生已经进牢房了，对吧？

对。

他们都听到霍滕斯的证词了，她说她不论白天黑夜，都时不时地盯着那个电子钟——这完全可以理解，因为她希望把这个差事做到尽善尽美，以便赢得今后的工作机会，对吗？

大体上是这个逻辑。

所以，如果钟表的时间有什么异常，她肯定能注意到。

大概是吧。

柯蒂斯的目的是把这些信息都写进正式的记录里，记录员照办了，他也要到了一份该记录的复写件。等这些事情都结束了，柯蒂斯来到巴黎大法院对面的一家咖啡厅，和拉尔夫以及布莱斯·道格拉斯会面。一口气喝了三杯啤酒之后,他感觉好多了。

布莱斯·道格拉斯也在协助警方。柯蒂斯之前听人说起过布莱斯,他本以为自己会对布莱斯抱有敌意,可实际上,真正见了布莱斯之后,他并没有产生这种感觉。拉尔夫曾评价布莱斯"能就各种话题聊个不停,可到最后你会发现其实他对任何事情都不感兴趣",这在柯蒂斯看来更像是一种防卫姿态,而非淳朴的公民所厌恶的那种敷衍和冷漠。当遇到真正的难题,布莱斯就会卸下防备。实际上,布莱斯或许在借此掩饰自己的犹豫不决,他担心被人笑话,担心犯错误、做蠢事。柯蒂斯猜想布莱斯和自己的状态差不多,一本正经的外表下隐藏着渴望冒险的激情。

柯蒂斯清楚地记得布莱斯在大法院对面那家咖啡厅里的样子。那是一个气氛压抑的地方,锌皮吧台光线昏暗,地板上散落着木屑。布莱斯的圆顶礼帽扣在脑后,正在努力避免把啤酒洒在裤子上。他的外形无可挑剔,感觉比裁缝的模型还要完美:他身材笔挺,高鼻梁,一撮棕色胡须整洁、浓密,眼神因为想要保护他人而变得温柔。柯蒂斯感觉布莱斯真的很注重和拉尔夫的亲情,只是出于工作原因不便表达而已。布莱斯喜欢做王座背后或股市幕后的英雄——或者其他冒险故事里的隐身英雄,可问题是他并不具备超能力,也没有什么王座。

当天下午,在那个锌皮吧台边,柯蒂斯真正了解了布莱斯这个人。

"今天晚上九点,"布莱斯对柯蒂斯说,"在星形广场旁边的莫加多尔咖啡厅等我。"然后他用更沮丧、更自然的语调补充道，"出了不少麻烦。"

喜欢简约军人风的布莱斯并没有详细说明路线，害得柯蒂斯浪费了不少时间找那个见鬼的咖啡厅。不过在九点的时候，他还是按时坐在了那家咖啡厅的一张红色桌子边。布莱斯就坐在对面，膝盖上放着公文包，脸上是满意的表情。

"我要问你点事情，也会告诉你一些信息。"布莱斯给柯蒂斯递了一支香烟，然后缓缓地说，"不过人还没有到齐，还差一个客人。到目前为止——你对那个案子有什么看法？"

柯蒂斯摇了摇头："我不知道。不过，你要是想了解什么看法，渠道多得是。你看那些晚报了吗？全巴黎的每个业余刑侦学作家都在拼命分析这案子呢。说得直白些，这地方到处都是'我们的专家'。"

布莱斯脸上写满笑意，似乎被逗乐了。

"哈，是啊，是啊。我还注意到关于你的描述是：'一位年轻有为的辩护律师，口若悬河，法官完全被他折服了。'等老亨特看到了，他会剥了你的皮。"

"很有可能。"

"不过，你可能有职业操守之外的动机。"布莱斯若有所思地说，"托利小姐可是公众注意力的焦点。我有句话不知当讲不当讲——我感觉你对托利小姐有特殊的热情。"

布莱斯的语气毫无冒犯之意。他坐在那里，挺直了背，神色凝重地望着街上的车流，一本正经的脸上，棕色的胡须一动不动。

"等一下,"他含糊地补充道,"你肯定要说'我今天下午才第一次见到她',对吗?"

柯蒂斯笑了:"你为什么这么想?"

"我专门负责一些无聊的事情,见得太多了。"布莱斯回答,"我就像是博物馆的导游,日复一日、年复一年地带着观众欣赏同样的展览。我知道每种人在每种场合会作出什么回应。不过你还没回答我的问题。当然,如果你认为你有义务保持沉默——"布莱斯可能没意识到自己的神色正渐渐变得冷漠,正是这种下意识的表情导致他常常树敌。

"我觉得有义务提醒你,托利小姐已经和你哥哥订婚了,所以这不是我们应该讨论的话题。"

一阵沉默。

"还真是。"最后布莱斯说道。

又是一阵沉默。

"我真不应该承认自己的失误,这不是什么好对策。"布莱斯接着又说,"我的座右铭是:'永远别抱怨,永远别解释。'看你的表情就知道你不喜欢这句格言。不过,也许我说话的方式不太对。主要的问题是,我很喜欢玛格达,我一看到她……看到她……"他开始缓缓地用拳头捶桌子。"哦,见鬼!"他转而说道,"再来一杯吧。服务生,两份白兰地!关于这个案子,报纸上的专家都是怎么说的?"

柯蒂斯很高兴布莱斯换了话题,长松了一口气。

"我很乐意再来一杯。说到报纸,《巴黎晚报》的'思想者'说你哥哥可能是个犯罪专家,给自己制造了完美的不在场证明。"

柯蒂斯说着拿出一沓报纸（布莱斯仍然望着街道），"但与此同时，有个胆敢自称'福尔摩斯'的家伙也撰了文，指控是路易斯·劳特雷克谋杀了罗斯——"

"哦，你们在说大理石别墅的事情！"服务生探身把酒杯送过来，"很有趣的案子，对吧？"

"小伙子，你有什么想法？"柯蒂斯问道。

服务生想了想，说："在我看来案子很简单。那个女人是路易斯·劳特雷克的情人，她去另一个男人的别墅里风流，劳特雷克就杀了她。就这么简单。"

"但是那个穿着棕色雨衣的人呢，你怎么解释？"

"我猜是劳特雷克先生扮演了那个英国人。他对情人和那个英国人的勾当有所察觉，于是设计了一个小陷阱来试探她。她中计了，然后劳特雷克就杀了她。您觉得呢？"

"有很多细节都说不通啊。"

"先生，我们也就是读读报纸，没有时间研究细节。"那个服务生意味深长地回答，"但是我们有信心猜出谁是凶手，事实上我们的猜测十拿九稳。再说了，如果不是劳特雷克先生干的，还能是谁？"

柯蒂斯看向布莱斯。布莱斯对这些闲言碎语不屑一顾，正满意地朝露台篱笆上的小门处轻轻点头。正走进来的人是班克林。他已经不是那天下午那种稻草人装扮了，而且还刚刚去过理发店，不过他的黑色软帽和黑色外套都松松垮垮，给柯蒂斯的感觉是他真心实意在过退休生活。班克林在他们桌边坐了下来，点了白兰地。

"现在问题来了。"班克林说道,"整个巴黎的人今晚都在讨论这个话题。'如果不是劳特雷克先生干的,还能是谁?'这位劳特雷克算是捅了马蜂窝。仔细听听——你都能听到嗡嗡的声音。布莱斯先生,我收到了你的信息,所以就来了。你说有事情要告诉我。啊,晚上好,我的朋友柯蒂斯。你看,我没有撒谎吧,你的客户被释放了,声誉没受什么损失。"

是布莱斯接过了话茬。布莱斯和班克林对彼此都彬彬有礼,这是警方人员和外交部官员之间常见的态度。布莱斯盯着班克林的眼睛说道:"非常感谢。既然我们三个人都知道情况,那就可以开诚布公了。我们有些烦恼,因为不知道在本案中你究竟是敌是友。那些座钟到底怎么回事?你仍然在怀疑我哥哥,是吗?——等一下!你肯定要说:'我怀疑所有的人——'"

"我要说的是——"

"'——但是现在我不能告诉你我的想法。'对吗?"

"好吧,朋友,如果你能这么自问自答所有的问题,我就不可能泄露任何秘密。"班克林拿出他的黑色烟斗,在桌沿上猛地敲了敲,"继续说。你替我和你自己对话挺有意思的。"

"我说,能不能别这么见外?"

"很好。"班克林平静地说着,把烟斗放在了桌子上,"现在听好了——你们两个人都听好了,我要告诉你们绝对的真相,至少是我目前知道的真相。某种程度上讲,我确实怀疑所有人。要不是我足够确信你们两个不是穿棕色雨衣的人,我肯定也会怀疑你们。不光是你,布莱斯老兄,理查德·柯蒂斯也不能例外。让我挠头的问题是:我知道凶手是谁,甚至能够证明凶手是谁,可是我进了一个死胡同。"

听到这话,柯蒂斯纳闷自己的听觉是不是出了毛病:"等一下!你说你知道凶手是谁,还能证明他就是凶手,结果你被困住了?这是什么文字游戏吗?"

"不不,这就是显而易见的恼人事实。其实,知道了凶手是谁也算不上什么了不起的功绩。有一两条小线索启发我想通了凶手的身份,然后我去找证据,立刻就找到了。如果你们认为我在胡扯,不妨听我讲个相似的案子。假定你正在读一本推理小说,正读到精彩的地方,故事里有人发现了一具尸体,受害者是被勒死的,坐在靠窗的椅子上,戴着一张半截面具,房子里所有的钟表都被转向了墙壁。故事里已经提醒你,关键的线索是受害者的口袋里有一个茶匙,而其他东西若非处于眼前这种状态,凶手也不可能得逞。你们听明白了吗?书中给出的所有线索并非用于扰乱视线,也不是为了提醒你们留意死者以前犯下的罪孽(那可是最无聊的写法),更不是出于凶手对谋杀更富'艺术性'的策划。每一个细节都是整场谋划的必要条件。"

"那么结论是什么?"布莱斯脸上露出了好奇的表情。

班克林望着他,客气地说:"我希望你能给出一个结论,或者认真研究一下罗斯·科罗奈克的案子。现在我先把这个关于面具、钟表和茶匙的故事说完。假设在书的末尾凶手被发现了——只是因为他在死者的衣领上留下了指纹,你是否会觉得被作者骗了?现实生活中也可能出现这种情况,你也会像读故事一样认为受到欺骗了?你当然会感到愤愤不平。在书中,那个凶手的身份已经确认无误,他自己也承认了,可他紧接着就开枪自杀了。结果你永远都无法知道那张面具起了什么作用，不明白为什么要把钟表转向墙壁，也不清楚口袋里的茶匙有什么深义。在第315页，赫然写着'全书完'。你会怎么办？你会把作者掐死，把出版商大卸八块，把书商枪毙。不过，要我说，你何必这么大火气？你明明已经知道了凶手是谁，不是吗？"

班克林是用英语讲的这番话，字斟句酌，一脸郑重。接着他放松下来，招呼服务生。

"酒不太够，但已经让我感觉好多了。小伙子，再来一份白兰地。"

"先生生病了？"

"没有，只是我最近空余时间都在读大部头。"班克林转向布莱斯和柯蒂斯，"我可不会那么吝啬，我会告诉你们凶手是谁，作案动机是什么。然后你们就会明白我的难处。"

"你不会要说凶手在短剑、尸体或其他什么东西上留下了指纹吧？"布莱斯问道。柯蒂斯注意到布莱斯有点吃惊。

班克林脸上露出嘲讽的表情。

"不，没有指纹，也没有脚印，更没有大衣上脱落扣子那样的好事，不过我们的鉴定科能够判断出一些东西。他们的结论让我无所适从。我稍稍动了动脑子，就得出了答案，但是我对案子本身几乎仍然一无所知。我走到了迷宫的中间，却出不来了。本案存在各种各样的可能性，就跟大理石别墅里散落的物件一样多。我不明白为什么一小瓶毫无害处的香槟被偷走了。现场那几样可能的凶器有的我能够解释，有的则令我一头雾水。就算我能说清那把锲子和烟灰缸边缘那十根香烟的关系，它们出现在现场的原因仍然是个谜。我想不明白为什么——哈，问题太多了。但是有一点我可以肯定：那个屋子里的每一个线索都有用处，不是障眼法或者无关的琐事，只是我们还没找到正确的理解方法。我不可能简单地把凶手关到笼子里，然后带着满肚子的疑问离开，因为我手上的证据还不够。我甚至不知道该问些什么。我该怎么开口？'你杀了她？''没有。''我们知道你杀了她。''没有。'然后我就词穷了。不行，我不能着急，得给那个凶手一点自由空间，至少等验尸报告出来之后我再行动。那份报告或许能帮我解答几个难题。"

布莱斯·道格拉斯深深地吸了口气。

"和往常一样，你总是要打击别人的积极性。"布莱斯抱怨说，"我找你来是为了给你提供一些信息——你目前还不知道这些信息，可能也不太方便获取。你们警务部门总是瞧不起我们，认为我们不够专业，甚至连盯梢电影明星都盯不好。我来这里是要告诉你谁没有谋杀罗斯。"

"好啊，那么谁没有谋杀罗斯？"

"劳特雷克没有谋杀罗斯。不过如果你已经知道谁是真凶，那你对这个话题就没什么兴趣了吧。"

班克林坐在那里盯着布莱斯好一会儿，满是皱纹的眼皮在帽檐下面开合了几下。布莱斯心满意足，故作平静地捋着胡须。

突然，班克林两手抓住桌角，似乎有意把桌子向前推。

"你真的确定？"

"非常确定。是的，整个巴黎都在猜测劳特雷克是凶手——如果巴黎人还知道我们怀疑劳特雷克出售国家机密，罗斯·科罗奈克在监视他,那他们就会对此深信不疑。遗憾的是,我们碰巧知道他是无辜的,你可以把他从嫌疑人名单上划去了。听我说,"布莱斯从公文包里拿出了一封信,"我不会在公共场所宣布机密事项。马赛特今天下午已经发出了声明,明天早上就会公布出来。首先,我们盯错了人,劳特雷克并没有泄露国家机密。我们已经找到了真正的泄密者,是部长的打字员:昨天晚上我们的人已经把她弄回伦敦了。"

"这跟谋杀没有任何关系。"

"听我说!你认识梅西耶吧,和我同一个部门?昨天晚上,干完所有脏活之后,我和梅西耶按照一条线索去盯梢。提供线索的人说劳特雷克周末要离开巴黎,结果我们发现这其实是个幌子。消息还说如果我们当晚十点半跟着劳特雷克离开公寓,就能知道他去哪里,和谁接头,如何获得报酬和新的指示,等他从接头地点一出来,我们只要抓住他就能得到证据。当然了,那时候,我们还认为劳特雷克是嫌疑人,因此都觉得这个计划可行。"

班克林皱起眉头道:"所以你们得到的线索本身就是一个骗局?一个——你们怎么说来着?——错误引导?哦,我明白了。是罗斯·科罗奈克给你们提供的消息?"

"是的,最妙的就是这一点。她当天下午给我打了电话。她肯定已经知道劳特雷克不是我们要找的泄密者。她只是想让我们抓走劳特雷克,这样他就不会去打搅她和拉尔夫的约会。在你说我们被她牵着鼻子走之前,请允许我先问问在这种情况下,你会怎么做?"

"继续说。"

"在十点半之前,我和梅西耶就已经准备好了。劳特雷克住在荣军院大道的一栋新公寓楼里——"

"罗斯·科罗奈克也住在那里,还是另有住址?"

"她也住在那里。当晚,劳特雷克直到十点四十五才离开,可能也是因为这个,罗斯十一点之后才到大理石别墅。劳特雷克自己开车出了门,我和梅西耶坐出租车跟着。这个城市里有几百万辆出租车,看起来都一样,所以乘坐出租车是最不容易引起怀疑的方法。不管什么时候,只要你从车子后窗往外看,总会有一辆出租车在后面,谁能分清楚那是不是之前在你后面的出租车?这是我个人总结的小窍门,警方完全可以效仿。

"劳特雷克先顺着拉布尔多内大道走,然后从耶拿桥上过河,穿过布洛涅森林,来到布洛涅森林和隆尚跑马场[1]之间一块荒凉的地方。在一座山丘上的树林里坐落着一栋房子,周围是石头围墙,四面一片漆黑。劳特雷克在离房子有点距离的地方停了车,下车朝大门走去,我们也步行着一路尾随。到了房子前,他砰砰砰地用力敲门,一个看门人从里面的门房出来,也没有拿灯照一照,就让他进去了。我感觉这次有戏。我们侦查了一会儿,但是不敢弄出太大动静,因为月光很明亮,还有另外几个人也进了房子——都是偷偷摸摸的。

"哈!你们能明白吗?我当时确定这次会抓到大鱼。那房子只有两个门:一个前门一个后门,我和梅西耶可以确保他没

---

1. 编者注:位于法国巴黎市郊。后文的"隆尚"亦指该区域。

法偷偷溜走。我考虑要不要叫增援，或者爬墙进去调查。可是我们不能离开前门和后门，否则他可能会溜走；我们也不敢让出租车司机去找人，万一劳特雷克出来了，我们还需要出租车。所以我们在那里苦等了三个多小时。有一次我离围墙太近了，那个看门人还出来四处查看。在两点二十分，劳特雷克离开了房子。那家伙挺年轻，个子很高，看起来脾气不好，他曾经在伦敦的哈罗地区住过一段时间，英语几乎听不出口音。我们暗暗等着，看到看门人让他出来了，我赶紧打了个信号，招呼梅西耶作好准备——哈，围上去——"

"你模仿猫头鹰的叫声吹了个口哨。"班克林一脸严肃道。

布莱斯一怔。他刚才在全神贯注地讲述，两眼放出狡黠的光，那专心劲儿和拉尔夫神似。柯蒂斯能想象到他藏在大门附近，头戴圆顶礼帽，手拿公文包的样子。很快，布莱斯回过神来，又恢复了不冷不热的态度。

"是哪，我模仿了猫头鹰的叫声，但那不是口哨。"他郑重地更正道，"这是我个人的专长，不过对于其他人而言可能没有太大的价值。总之，等劳特雷克离大门快有二十米远的时候，我们围了上去，要求他跟我们去外交部一趟。他拒绝了，说我们是疯子，还试图硬冲出去——"

"你做了什么？"

"我把他放倒了。"布莱斯出人意料地镇定，"像我这样的小个子必须有点摔跤的基础知识。梅西耶搜了他的身。一开始，我们确信抓了个正着。因为他的钱包里尽管没什么文件，却装着二十张一千法郎的钞票，五十张一百法郎的钞票。另外，他身上还有一些值钱的女式珠宝——"

班克林坐直了身子。

"随后那些煞风景的事，我就不详述了。"布莱斯闷闷不乐地说，"他自然认为我们是强盗。等他确定我们真的是为政府工作后，他吵嚷起来，要求我们带他回到那个房子，以便说明他是怎么得到那些钱的。我们担心他在耍花招，但还是回去了。"布莱斯自嘲地往后一靠，"你知道那是什么地方吗？只是一个规模极小、非常豪华的高级私人赌博场所。经营者是杜塞什侯爵夫人，她还有几个女伴在那里兼职打下手。那天晚上只有六名客人，在玩'百家乐'。我认识其中两个人，事情——有些尴尬。我觉得我没有必要向劳特雷克道歉，我们只是在履行职责。但不管怎么说，他确实是在牌桌上赢了钱。我今天才了解到劳特雷克的财务状况很糟糕。他最近经常去侯爵夫人那里，想捞回来一些钱。至于珠宝，他最终同意解释一下——被逼无奈才说——"

"具体是什么珠宝？"班克林突然发问。

布莱斯看了看他："珠宝？哦，他解释完之后，我没有记录下来详细信息，不过我记得有一个镶嵌了五粒宝石的吊坠，一只蓝色钻石手镯，还有一些东西我不记得了。你瞧，它们其实是一种抵押物，如果客人一时现钱不够用，可以把珠宝抵押给侯爵夫人换取现金。劳特雷克当天下午向罗斯·科罗奈克借了珠宝。实际上，当天晚上这些珠宝并没有派上用场，根本没有从口袋里被拿出来，因为他一直在赢钱。他到那儿的时候口袋里有两千法郎现金，最后顺风顺水地带着两万五千法郎离开了赌桌。"

"这是一个很重要的问题，你明白吗？劳特雷克十一点进入房子，两点二十分出来。在这期间，我和梅西耶分别守着前门和后门，我们敢保证他没有离开过那栋房子；更重要的是，房子里的人——我有完整的名单——都发誓劳特雷克没有离开过那里，因为他们都在牌桌边看着劳特雷克赢牌。他一离开房子就被我们抓住又带回去了。等我们把所有的事情都搞清楚，已经差不多三点十五分了。因此，他不可能是那个穿棕色雨衣、戴黑色帽子的凶手。你的关键证人霍滕斯说凶手是一点十分到了别墅。我们也知道法医声称死亡时间是一点到三点之间。就是这样。"布莱斯冷冷地合上了公文包，像在宣告谈话的终结，"把你的猎犬都撒出去吧，再试试看。劳特雷克不仅有一个不在场证明，而且它还如此完美、如此圆满，几乎和拉尔夫的不在场证明一样漂亮。"

第 10 章

打靶场的密谈

急促的枪声接连响起，带着一种近乎愤怒的音色。若在开放的空间，这些枪声可能只比甩鞭子的声音稍大一些，但是在这间地下室里，它们的回声非常响亮，在每一个回声的末尾，都会跟着铃铛被打中时的叮铃声。一位神枪手正漫不经心地靠在一个齐腰高的柜台上，几乎百发百中。他的胳膊肘支在台面，支撑着 .22 口径步枪的枪管，鼻子贴在枪身上，眼睛盯着准星，左手时不时地拉动，把弹壳弹出来。在打靶场的尽头，成排的黑色铁板背景前面，漆成白色的图形板在缓缓地移动，其中包括一排"警察"，一排"牧师"，两排"乱跑的兔子"，上面有一圈圈的计分标志，正中间是一个铃铛。被铁网罩住的电灯在提供照明，照亮了通向健身房、游泳池和电梯的门。

黄色的灯光也照亮了那位神枪手。他看着很年轻，身条细长结实，穿着白色的丝绸衬衫，一件白色毛衣的袖子系在脖子上；浓密的黑发涂了发蜡，而且侧面剪得极短，显得下巴两侧有点发白。他的长相带有典型的法国人的特征：深色的眼睛略微外突，目光敏锐，长脸，方下巴，不过同时你也能从中看到一点英国人的影子。

身着制服的服务员碰了一下他的胳膊道:"劳特雷克先生,有几位从警局来的先生想要见您。"

这天十点的时候,班克林和柯蒂斯出现在了荣军院大道81号。此前班克林建议柯蒂斯和布莱斯陪他一起去找劳特雷克。柯蒂斯立刻就同意了,但是布莱斯说自己得先去克利翁酒店"安慰"托利太太。于是他们坐着班克林的车子离开了咖啡厅。

过了一会儿,柯蒂斯终于有机会向班克林发问:"我可以问大人一个问题吗?"

班克林嘟囔了一声。

"那该死的钟表到底是怎么回事?我特别在意这一点。香槟酒瓶和四种'凶器'的问题可以放在后面,先说说那个钟表。您说了,不管拉尔夫是否有意使了障眼法,"柯蒂斯注意到正转向玛索大道的班克林脸上出现了笑意,"您都认为他是无辜的。可是当您看到那个钟表的时候,您的表情非常古怪,我不相信您那些似是而非的解释。"

"我的表情很古怪?"班克林道,"也许是我的老毛病又犯了,我龇牙咧嘴只是为了给嫌疑人施加压力。朋友,你这是在没有意义的事情上寻找意义。你完全没有明白那个钟表的含义。"

"那个钟表到底有什么问题?"

"没问题,至少我没有看到问题。"

"好吧。我想到了各种各样离奇的可能性。比如说,罪犯是否有可能利用电流来远程控制钟表?那个钟表依靠电流的频率计时,也许他能靠电流让指针前进或者后退?如果可行,那可是个了不起的计谋,但是我觉得不可行。除此之外,表上还可能有什么漏洞?霍滕斯非常确定那些时间点没错,昨天晚上,那个钟表一直在她的视线之内——"

"你终于说到重点了。昨天晚上,那个表应该一直在她的视线之内。但是,她的眼神怎么样?"

一阵沉默。

"这个女人,按照你的说法,跟瞎子差不多。"班克林接着说,"她甚至都说不清楚和她在同一个房间里的男人长什么样,又怎么可能如此确定一个小钟表上的时间?即便是你我这样视力没有问题的人,第一眼看过去也有可能看错,特别是十二点左右或一点左右,两个指针的位置很接近的时候。这个案子里最关键的证词就是霍滕斯说那个男人到达的时间是一点十分。

"再考虑一下钟表的位置:在一个很高的冰箱上面,而且靠着后墙。这个钟的外面还有一层厚玻璃罩,更不要说在空房子里放了这么久,它上面必然满是灰尘。从当晚九点开始,也就是霍滕斯的眼镜被打碎之后,她的证词在法庭上就毫无用处了。"班克林打了个响指,"唯一有用的信息是她说她在十二点五十把钟表从厨房挪到了自己的房间,当时她很可能把鼻子贴在玻璃罩上面看清了时间——其实这也算不上是有说服力的证据。除此之外,她不可能整晚上每隔十五分钟都把脸贴在钟表上看时间。更不可信的是,霍滕斯声称穿棕色雨衣的男人一点过十分到达了别墅,她说她'开了灯,看了看我那间小屋子里的表',但是没有起床。不行,不行,就算传奇故事里的'鹰眼男孩'也不敢这么自信。要是让我们的'鹰眼'霍滕斯去法庭作证，我保证想说凶手在几点作案，我都能够说服法官。"

柯蒂斯悄悄嘀咕道："那么，那些不在场证明——？"

"并没有那么糟糕。"班克林乐观地说，"别忘了，我们有法医的证词：罗斯的死亡时间是夜里一点到三点之间。当然，我也可以指出在判断死亡时间上，法医的证明是最不靠谱的证据。不过有一点可以肯定，如果凶手是拉尔夫或者劳特雷克，那他们的作案时间一定是在三点到四点之间。你明白吗？'瞎眼的男人'酒馆里的证人证明你的朋友拉尔夫从十点五十五分到三点十五分一直在他们视线之内。从巴黎开车到大理石别墅大概需要半小时。劳特雷克的情况类似，私人赌场里的人发誓他那晚十一点到三点十五分之间都没有离开。如果随后他们两人之中有谁来了大理石别墅，那到达的时间就是三点四十五分左右……可是我们全巴黎最可靠的法医说死亡时间是一点到三点之间，他不可能错得这么离谱。所以，我倾向于相信拉尔夫和劳特雷克都是无辜的。作为朋友，我只想给你一个建议：不要轻易听信霍滕斯信誓旦旦的证词。"

柯蒂斯盯着挡风玻璃，觉得自己之前的推论都不可信了。

"看来我整个下午都在冒傻气？"柯蒂斯懊恼地说，"老天，我真想踢自己几脚，我竟然完全没考虑到她近视的问题……"

"没关系。"班克林说，"由于霍滕斯的绝对自信和你的雄辩，现在所有巴黎人都相信你的客户是无辜的了。你已经成功了。只是别太指望霍滕斯能坚持很久。"

"什么？！难道您想说霍滕斯是凶手？"

"我现在要让你动脑筋。"班克林阴沉着脸道，"一直以来，别人都指责我故弄玄虚,现在我不想这么做,却必须这样。我说过我知道凶手是谁。我知道只有他可能是凶手,我能够证明,可是我又不肯相信他是凶手。我现在就是在为此而烦恼。我刚才在咖啡厅发表让你头晕的长篇大论,也是因为我有这个烦恼。我不相信明显的证据所导向的结论。如果我能够推翻证明某人有罪的证据,我也许就能说通本案中其他几个可恶的矛盾之处,并进而否定所有的前论。如果明天早上你能来一趟巴黎警察总署,我可以告诉你谁必然是凶手——不用等到结案我就能推断出来。现在,我们先去听听劳特雷克有什么想说的。"

荣军院大道81号是一栋用白色石头建成的崭新建筑。前台服务员说劳特雷克在躲避记者——确实有好多记者在那里埋伏着。其中一个服务员带他们去了地下室,找到了那位漫不经心的神枪手——此人正在不停地射击,似乎想借此释放情绪压力。

穿着制服的服务员碰了一下他的胳膊:"劳特雷克先生,有几位从警局来的先生想要见您。"

铃铛又响了两次之后,劳特雷克稳稳地把步枪放下,转过了身。这个清瘦结实、穿着白衬衫的年轻男人客气地看着他们,但似乎带着几分谨慎和抵触,就像要被迫接受并不愉快的面谈。同时,他的眼神也透出一点紧张。

"我一整天都在等你们出现。"劳特雷克说道,"你是班克林先生?我见过你,很高兴是你来找我。"他飞快地挥了一下左手,"可是我能说什么,又能做什么?这是个可怕的事件,真的很恐怖。我并不是——我和她算不上亲密,请你们明白,虽然你们都清楚她的生存之道。可是——"

"劳特雷克先生，我们明白你的感受。"班克林犹豫着，"我有一个不情之请。你能否用英语和我们交谈？这位是从伦敦来的柯蒂斯先生——拉尔夫·道格拉斯先生的律师，他只能听懂几个简单的法语单词。"

"完全没问题。"劳特雷克迅速而热诚地答应了。

柯蒂斯暗暗吃惊，觉得有种违和感：劳特雷克的英语是那种只有英国广播公司才能教出来的腔调。当英国人听到一个法国人说出地道的"嗨，老兄！"，肯定都会这样惊诧。眼前这个法国人居然说得这么流利，几乎听不出口音！更古怪的是，用外语交谈似乎让劳特雷克放松起来了。他甚至露出了笑容，还用双手从后面一撑，坐在了那个齐腰高的柜台上。

"很高兴见到你。"他继续急切地说，"我很高兴能给你们提供协助。先生们，你们想知道什么？"

"首先我想说，"班克林道，"你昨天晚上有一个如此完整的不在场证明，真是幸事——"

劳特雷克吐了口气。"看来你们已经知道了。很好，感谢上帝。"他用拳头捶了一下柜台，黑眼睛里流露出真诚的神色，"感谢上帝，我能够证明那一切和我无关。当时我真是恨不得掐断那两个跟踪我的特务的脖子。柯蒂斯先生，据说你们英国曾有这样一位法官，他'没有理智，没有知识，没有教养，比十车娼妓还要无耻——'"

"这是哪个法官？"班克林好奇地问。

"你肯定不认识。"柯蒂斯说，"劳特雷克先生说的是一个叫杰弗里斯[1]的人,已经死了两百多年了。"

"我在一本历史书上看到的,给我的印象很深刻。"劳特雷克兴致勃勃地微笑着说,"用这句话形容那两个特务再合适不过。不过,他们倒也帮了我的大忙。他们怀疑我——算了!总之,最后我被迫辞去了雷诺阿先生的秘书一职。私下里说,我恨透了那份差事,仅仅是为了取悦我父亲才去干的。你们想问我什么?"

"关于罗斯·科罗奈克。我听说她和你住一起差不多一年了?"

"是这么回事。"劳特雷克的语调仍然轻快、流利。

"你和她的关系很融洽?"

"哦,还好。可以说就跟结了婚差不多。"

"你爱她?"

劳特雷克想了想,感觉像在仔细权衡。最后他回答:"算不上,我只是嫉妒。"

"我们还听说你在5月13日,星期四,给拉尔夫·道格拉斯打过电话,说你想购买大理石别墅,还给出了很优厚的价格。你为什么要提议买房?"

劳特雷克的神情又变了,他的亲切友好像一阵风似的消失了。他用手抓着柜台的边缘,一副高高在上的样子:"我无可奉告。"

"你拒绝回答?"

---

1. 编者注:乔治·杰弗里斯(George Jeffreys,1645—1689),英国法官,曾主持"血腥的巡回裁判",因残忍和贪污而臭名昭著。

"我拒绝。"

"但是你不否认曾经给出这样的提议?"

劳特雷克微笑着:"我猜你有线人,所以我没必要否认。但是这和眼前的谋杀案有什么关系?"

"朋友,你的财务状况不容乐观,这不算什么机密吧?"

"这违法了吗?我们都有背运的时候。不过现在我转运了。我已经一口气赢了——"

"然而大理石别墅,加上家具,必然价格高昂,甚至可以说非常昂贵,至少得三四十万法郎。所以,你出价并不是真的想买,对吗?"

"我已经说了,无可奉告。"

"那么换一个绝对安全的问题。"班克林进入了交战状态,"你对拉尔夫先生说你无法立刻见面,因为你周末要离开巴黎。可你周末的打算仅仅是去侯爵夫人的房子玩'百家乐',你为什么要对拉尔夫说出城?"

劳特雷克字斟句酌地说:"老兄,请原谅,我觉得这和你没有任何关系。我没有谋杀罗斯。你知道不是我,干吗来纠缠我?也许星期四的时候我确实打算出城,后来又改变了主意。"

"也许根本没有改变主意。朋友,这理由可不够专业!一个内阁部长的秘书应该能想出更好的借口。"

"好吧,告诉你也无妨。每逢周六,我总是去侯爵夫人那里玩牌,而且总是玩整晚。昨天晚上我不到两点半就离开,只是因为我一直在赢钱,我能感觉到什么时候好运会用尽。听我说,"劳特雷克睁大眼睛,用两个手指指向班克林,"我不是那种鲁莽地冲上去,光想着撞大运的蠢货。我知道什么时候运气来了,我能感觉到。就像在骑一匹训练有素的马——等一下,你问我什么来着?对了,因为我整晚玩牌,而我和罗斯住隔壁,所以出城是一个很合适的借口。"

"她知道你赌博吗?"

"不知道。"

"她会反对你赌博?"

劳特雷克试图开口,但是努力了几次都找不到合适的词汇。最后他放弃了,改用法语回答——就像是遇到了有趣的问题。

"先生,这个问题很有意思。通常,像罗斯这种类型的女人都痴迷于赌博,可罗斯从来不感兴趣。她完全体会不到赢钱之后的兴奋感。要知道,她出身于不错的农民家庭——父母目前住在普罗旺斯,她每个月都给他们寄点钱——我感觉在她的价值观中,撞大运的收益远远抵不上现实的风险。她曾经说她愿意拿任何东西赌——除了钱。"

班克林把胳膊支在柜台上。

"昨天晚上你不幸撞上了他们,他们从你身上搜出来三件很值钱的珠宝,我们刚才讨论过,罗斯·科罗奈克是一个很现实、很精明的女人,她不喜欢赌博,也没那么喜欢你——请原谅我这么说——现在我想问,她会愿意'给你'珠宝作为赌资吗?"

听班克林说话的时候,劳特雷克一直在摇头,脸上是狡黠的笑容。他回应得如此迅速,柯蒂斯怀疑他早就在肚子里打好底稿了。

"不,不。人不可能突然改变习惯。罗斯不会给我珠宝让我去赌博,绝对不会!她以为我是带着珠宝去帮她改款式。其实,我告诉她我'周末出行'是要去布鲁塞尔。欧洲最有名的珠宝商'佩勒迪斯'就在布鲁塞尔,所以我才声称去那里。我说我可以把珠宝带过去,让他们重新设计款式。你们明白了吗?"

"你解释得很清楚。"班克林严肃地回答,"她是什么时候把珠宝交给你的?"

"周六晚上,就在我离开这栋楼之前。"

"你昨天才出发去'度周末'似乎太晚了,不是吗?"

"不,我的计划是到巴黎北站乘坐夜间特快,下周二晚上才回来。"他突然停下话头,似乎说漏了什么,敏锐的眼光盯着班克林,"我对她说我的行李已经准备好了,放在车子里。"

"下周二晚上才回来?你计划在侯爵夫人那里待三天?"

"我受够了!"劳特雷克猛地拍了一下柜台,嚷道,"信不信随你,就是这么回事。见鬼吧!"他最后这句用的是英语。

"别这样!"班克林厉声道,"你周六都干了什么?我是指在你的'旅程'之前。"

"周六白天吗?我们去野餐了。你似乎很吃惊。是的,去野餐!罗斯那天就是有这种兴致。她想要带着一篮子食物,坐船优哉游哉地顺河而下,梦想着大自然——或者是梦想着拉尔夫·道格拉斯。"他的脸色阴沉了下来,"就因为这个,我直到晚上才拿到她的珠宝。从中午到日落,我们一直都在河上。因为划那条可恶的游船,我手上现在还有水泡。如果你不相信我,去问安妮特——罗斯的女仆。安妮特在后面一条船上,有专职的船夫;那家伙一直在向安妮特抛媚眼,搞得他俩的船总是横在河上,像个怕生的马一样跟在我们后面。哦,真是美妙的一天。你们看看我的手。"

"安妮特,罗斯现在的女仆?她这会儿在这里吗?"

"不在。这儿的记者像蚊子一样多,我把她弄了出去,送她去了她父母家——在蒙马特区。不过我可以给你们地址。很好,你们满意了?"

"我很满意你对我撒谎了,劳特雷克先生。我还想补充一句,你是我有幸见过的极糟糕的骗子之一。"

在那个温热的地下室,打靶场尽头的黑色背景前,那些白色"人影"仍然在机械链条上顺次前进,发出轻微的嗡嗡声,那些"兔子"仍然无休止地跳来跳去。劳特雷克看起来若有所思。他从柜台滑下来,手下意识地向右边摸索,触碰到了堆在那里的一盒.22口径子弹。于是他拉开步枪的枪膛,用强健有力的手腕迅速把子弹推进去。周围只能听见靶子移动的嗡嗡声和远处健身房的隐约声响,直到劳特雷克啪的一声合上枪膛。

"朋友,这么说很伤人。"他平静地说,"你最好小心点。"

"你最好诚实点。你知道罗斯·科罗奈克是谁吗?"

劳特雷克笑了:"我很清楚,先生!"

"那么你是否知道她也为情报机构的马赛特工作?是否知道她已经监视你的行动很久了?你觉得是谁招呼那两个人昨天晚上跟踪你?难道你认为她不知道你那神神秘秘、持续到黎明的'周末出行'?你认为她不知道你周六晚上去了哪儿?你觉得她不清楚你的财务状况?你仍然认为她会乐意把三件值钱的珠宝交给你,让你去扔在'百家乐'的牌桌上?觉得她有可能相信你会把珠宝送去布鲁塞尔重新设计？你说话简直像个四岁的孩子。"

劳特雷克随意拿在手上的枪不知怎的调转过来了，距班克林的胸口只有两英尺远。班克林看着枪口，笑了起来。

"恶棍。"劳特雷克转身面向远处的靶子，把脸颊贴在枪身上，开了三枪。三个"警察"图样的白色靶子消失了，就像被人从石板上一口气扫落。他又开了一枪，但却打偏了。

"射击'兔子'好了，老兄。"班克林说，"我觉得它们更容易得手。"

劳特雷克放下了步枪。

"看来你认为我偷了她的珠宝。你打算怎么证明？"

"我并不想证明。实际上，我并不认为你偷了珠宝：罗斯·科罗奈克是一个精明的女人，应该比你更狡猾。瞄准左边那个靶子的中心，就是现在！真正的故事应该更有趣，也是我想要知道的……事实就摆在眼前。你打算摆脱罗斯，而且越早越好，原因只不过是你养不起她了。这是第一点。我们已经听说了，罗斯特别擅长让她的仰慕者给她买珠宝。她收藏了不少珠宝，以至于她的前女仆霍滕斯今天早上宣称凶手肯定是为珠宝而谋杀了她；不过她带到大理石别墅的几样首饰都好好的。至于你呢，你在她身上花了那么多钱，你觉得有权利从她那里拿回一些利益，特别是那些首饰能够帮助你在侯爵夫人那里翻盘。这是第二点。最后一点，大家都说你特别容易嫉妒，会嫉妒得发狂，罗斯·科罗奈克对此坚信不疑。"

"这能证明什么？"劳特雷克狠狠地说。

"不能证明什么。我已经是个老头子,早就不像以前那么自信了,觉得自己随便推理的结论必然正确。"班克林摇了摇头,"但是,朋友,我是在提醒你,我说得很清楚了。除非你能证明我所说不属实,否则我会给你带来些烦恼的。就是这样。"

他把两手都撑在柜台上,牢牢地盯着劳特雷克。

"通过某种方式(我很想知道),你听说了罗斯·科罗奈克打算重拾旧爱,也得知她打算周六晚上去大理石别墅和拉尔夫见面。有可能你周四就知道了。所以——我说'所以'——你给拉尔夫打了电话。你希望这两个旧情人见面,心里很想促成他们的好事。你给拉尔夫打电话的目的就是告诉他你周六准备离开巴黎,要到下周二才回来,这样那对情人就不必顾忌你这个极端善妒的男人。你这次挺有肚量的——我不得不承认,和你用枪决斗没什么好结果。问题是你和拉尔夫没什么交往,你不能突然直接打电话给他,说你准备离开巴黎,你必须找个借口才行。你为什么提议买大理石别墅?是为了能和拉尔夫通话——我猜你从一开始就想到了这个主意。当然,还有一个原因。"

劳特雷克似乎怒火中烧,锐利的眼神扫射着四周,柯蒂斯看着,不由得担心他会朝电灯开一枪,好发泄心里的愤怒。情况越发戏剧化了,劳特雷克始终阴沉的脸色后面,像是藏着什么秘密。

"你很看重第二个原因。"班克林接着说,"你猜测拉尔夫可能会把这个消息传递给罗斯。你的电话或许能让拉尔夫安心,却只会让罗斯多想——她会猜测购买别墅这件怪事可能是你的试探，说明你这个极端善妒的男人起了疑心。但这不会阻止她和拉尔夫见面：除了钱，她什么都可以赌，为了和旧情人在一起，她心急如焚，会在所不惜。你的打算是以此作为铺垫，等时机到了好实施你的小把戏。当然，你的如意算盘还是打错了，因为实际上拉尔夫从来没有和罗斯约定过什么，他接到你的电话只是感到困惑。

"现在说说你计划的小把戏。你一直等到了周六的下午，也许是在塞纳河上惬意游玩，罗斯兴高采烈的时候。阳光明媚，罗斯正期待着晚上和拉尔夫见面，然后你突然发飙，上演了一出精彩的戏——一个男人刚刚发现了情人背信弃义的证据，变得怒不可遏。你表现得像疯子一样，你因为遭到背叛而发狂，发誓要杀死拉尔夫。你可能发出了相当可怕的威胁，就像你刚才想要吓唬我那样——"

"我还是提醒你小心点。"劳特雷克插嘴道。

"罗斯对你善妒这一点深信不疑，所以她非常不安。对于罗斯来说，和拉尔夫复合不仅能让她的自尊心得到满足，还有现实的意义：你的钱快用光了，而拉尔夫仍然很富有。不要忘了，罗斯是一个非常现实的女人。如果你向拉尔夫挑起决斗，就算你没有杀掉拉尔夫，引起的骚动也会把拉尔夫吓跑。哦，那可是罗斯不愿意见到的结果。于是，在那条小船上闹了一阵之后，你接受了——劝解。为了安抚你那受伤的心灵，为了让你答应不再找麻烦，她需要按你的要求，给你一点补偿。你向罗斯承认了，说你在'百家乐'上输得很惨。如果她愿意给你几件像样的珠宝，你就找个角落自己疗伤。

"我还要提醒你,"班克林漫不经心地说,"昨晚罗斯·科罗奈克到达大理石别墅的时候,霍滕斯说:'哦,太太这个周末希望有自己信得过的仆人,是因为可怜的劳特雷克先生太喜欢嫉妒?'罗斯听了这话,脸色铁青,回答说:'是啊,他嫉妒得发疯,让他见鬼吧。你都不知道这个周末让我破费了多少。'然后,为了终结这个话题,罗斯说:'我希望他能够享受这个周末。'这话可能是在暗指她为了报复你,已经派了两名外交部的特务去给你找麻烦——尽管她很清楚你和泄露机密的事情毫无关系。罗斯明白你也在从现实的角度考虑利益,但她还是气疯了。她不得不用昂贵的珠宝来买通你。这次她冒傻气了,因她那种过于现实的思维方式而落入了陷阱。"

"真是不得了。"柯蒂斯忍不住低声嘟囔。

劳特雷克只是耸了耸肩膀,不过他的前额已经渗出小小的汗珠,悄悄滑下,钻进了浓密的眉毛。他正色说:"这不算犯罪。"

"当然不算。"

"可是——你知道的,这种故事传到街上会让人说闲话。会有人在背后笑话我。"

"恐怕会这样。"

"既然我没犯罪,那你为什么还要惹我?"劳特雷克咬牙切齿道,"这并不能帮助你抓住罪犯。"

"这么说,你承认我的推断正确?"

"是的。我承认了又怎样?"劳特雷克颇感惊讶,"她从我这里榨走了很多,我为什么不能从她那里拿回一小部分?"

班克林倚在柜台上说:"你还没有明白?有人在牵着你的

鼻子走，而且手法非常巧妙。有人冒充拉尔夫·道格拉斯和罗斯·科罗奈克联系，给霍滕斯一百法郎和机打的信件只是他计划中的一部分，你知道吗，事情远没有这么简单。如果拉尔夫真的打算和罗斯复合，他不会寄出一封打印好的信件，要求罗斯哪天在什么地方见面——就算是商务会面也不可能这么唐突。拉尔夫必须要和罗斯当面说，至少也会先给罗斯打个电话。在大理石别墅的会面是怎么约定的？在哪里约定的？那个凶手是怎样骗过了罗斯，让她相信真的是拉尔夫在联系她？罗斯知道拉尔夫脸上的每个线条，完全熟悉拉尔夫的声音！这是真正的难题，只有你知道答案。"

"我明白了。"劳特雷克似乎松了口气。

"很好。看来你通情达理。那么，你怎么说？"

"如果我把关于这件事我知道的信息都告诉你，你就没必要再提其他方面的事了，你明白吧？"

"我向你保证不会再提其他事。"

"班克林先生的诚信众所周知。"劳特雷克突然严肃起来，声音也变得低沉。不过紧接着，他一脚把地上的一个空子弹盒踢开，又跟过去再把它踢了回来，于是那种严肃劲儿便荡然无存。他再次抬起头的时候，脸上甚至带着几分笑意："很好。听着，我接下来说的都是真的。我知道拉尔夫打算和罗斯复合，因为我无意间听到了电话的内容，那是在周三夜里。你知道，我和罗斯的房间挨着，电话分机也是串在一起的。我在自己的书房里拿起话筒，打算给一个朋友打电话，结果听到罗斯正在和别人通话。我觉得对话的内容很有趣。"

"她在和谁通话?"

"我不知道。不过对方是一个女人。"劳特雷克笑嘻嘻地说,"你总想着考验我的智商,却没有意识到你自己很迟钝?难道你没有想过犯下这桩谋杀案的无疑是一个女人?"

劳特雷克微笑着再次拿起步枪,背过身去。紧接着,闪耀的火光便和枪声、铃铛的撞击声交织起来。

第11章

《智慧报》的犯罪学专家

毫无疑问,这一次劳特雷克正中靶心。班克林看上去非常惊诧,这让柯蒂斯有些意外。劳特雷克放下了步枪,似乎怕它被人抢过去。接着他用诚挚的眼神望着班克林和柯蒂斯,足以证明(至少在刚才那一点上)他没有撒谎。

班克林清了清嗓子,问道:"你为什么这么说?"

"等一下。"劳特雷克大步走进了健身房的大门,回来的时候拿着一件粗花呢外套,他从外套口袋里拿出一份折叠起来的报纸。"你可以看一下,"他晃动着报纸,"看完你就会明白——"

"一份报纸。老天,他给我拿来一份报纸!"班克林嚷道,"报界的那些业余爱好者都把屁股钉在弗朗西斯酒馆里,品着美酒给我支招。我们刚才在讨论给罗斯打电话的事情,你说给她打电话的是个女人。你不会想说一个女人能伪装成拉尔夫,或者拉尔夫通过另一个女人和罗斯约定了见面的时间地点吧?"

劳特雷克感觉自己已经摆脱了麻烦,于是便打开了话匣子。他的长脸上表情丰富,每一个想法都写在上面。

"不管怎么说,你最好看看?"他挑逗般地晃动着报纸,"我承认,多数记者侦探都不怎么样;但是《智慧报》的奥古斯特·杜平有点水平——你说什么？当然，当然，我不是要给你灌输什么，只是准确地报告我听说的东西。"

"拉尔夫，或者说那个假冒者，通过一个女人联系罗斯？罗斯会不会相信这个电话的内容？"

"我还是觉得你最好看看这个。"劳特雷克坚持道，他把报纸扔在了柜台上。

班克林一低头就看到了上面头版的大标题。

我们的专家已解决大理石别墅一案！
奥古斯特·杜平的精彩讲解！
警察先生，请多关注吧！

《智慧报》很荣幸在第一时间向您通报案发现场的情况，我们的著名专栏作家奥古斯特·杜平先生将向您讲解发生在大理石别墅的可怕凶案。全巴黎的人都熟悉"奥古斯特·杜平"这个名字，这是一位著名犯罪学家的笔名——

"他真正的名字叫罗宾逊，不过他是个法国人。"班克林撇着嘴说，"他是一个不太成功的律师，整天在法院晃悠。邪门的是，尽管这家伙像眼镜片一样浅薄，却总是能出人意料地猜到真相。当初正是多亏了他的灵感，杜兰德才抓住了文森森林里的绞杀犯。他的另一个特长是给警察找麻烦——无人能及。好，让我们看看他说了什么。"

——杜平先生在尸体被发现后不到六小时的时间就破解了这桩可怕的谜案,我们呼吁警方认真参考他的重要见解。我们会尽快进入正题,我们相信,杜平先生解答的准确性将很快得到验证。其中最重要的一点就是那惊人的判断(接下来将引用杜平先生的原话):

穿棕色雨衣、戴黑帽子的人实际上是个女人!

大理石别墅,下午六点。坐在那些高耸的树木下,一边吸烟斗,一边准备着给《智慧报》的文章,我意识到——

"我根本不在乎他意识到了什么,"班克林不满地说,"但是家庭主妇喜欢这种故作姿态,他自己也觉得必须摆个臭架子,哪怕这和办案毫无关系!他是怎么收集信息的?哦,我明白了,在这里:'我找到了一位很有气势的执法人员,赫科勒·雷纳尔先生,在小酒馆……'原来如此。现在赫科勒肯定酩酊大醉,话都说不清楚。让我们回到正题。"

我无须再详细介绍我所掌握的事实,相信诸位已经从别的报纸上了解过了。但是我得出了什么结论呢?这才是重要的!我承认我冥思苦想了整整一个小时——

柯蒂斯忍不住说:"这家伙还挺谦虚的,不是吗?"

然后,突然,我灵机一动!我想到了一种解答,准确地说,是唯一可行的解答,可以说令我豁然开朗!请允许我把我在笔记本上的记录摘抄如下：

1. 霍滕斯·弗瑞看到穿棕色雨衣、戴黑色帽子的那个男人俯身在一块粗糙的油石上磨刮胡刀。他磨的手法如此拙劣，警方发现刮胡刀不仅被磨钝了，刀锋也多处受损。正常的男人绝对不会用油石磨刮胡刀，更不可能磨成这样。相反，女人则完全有可能做出这样的事情。

2. 由此，我又联想到了穿棕色雨衣的男人第一次出场的情景，也就是当晚九点，他打破霍滕斯的眼镜的时候。对此，霍滕斯是怎么说的？她说那个人脚底下打滑，绊了一下，几乎摔倒，她不得不赶紧抓住他。霍滕斯非常详细地描述了那个男人差一点点摔倒的样子。当然了，我们可以认为也许那人真打算找什么借口弄坏霍滕斯的近视眼镜，但是他有必要几乎摔倒在地，来让霍滕斯相信他只是无意碰到了眼镜吗？我觉得这么做难度很大，也太过火了。现在，再说说那个男人的相貌。他穿着一条宽松的牛津裤——那种既过时又可憎，只有花哨的英国人才会穿的裤子，不过穿上之后，如果走路小心，就可以完全遮挡住鞋子。让我们想想，关于他为什么几乎摔倒，还有没有其他可能的解释呢？我已经调查过了，拉尔夫·道格拉斯先生身高五英尺十一英寸。能达到这种个头的女人可不多。也许那人穿一条过时的裤子是为了隐藏鞋子？也许那人的鞋子已经加高了——就像某些特殊患者穿的那种鞋——目的是让一个女人看起来显高？可是穿这种鞋子会导致行走不便，所以那个人才差点摔倒？

"这简直太离奇了!"柯蒂斯一时忘了自己的设定是不懂法语,他注意到劳特雷克在斜眼看他,不过劳特雷克没有说什么,"甚至可以说可笑。这个想法——"

"你想到了你的朋友托利小姐?"班克林微笑着说,"别担心。按照这上面的说法,拉尔夫·道格拉斯先生有五英尺十一英寸高。而托利小姐的身高最多也就五英尺二英寸。如果她想增加九英寸的身高,那就得穿着九英寸的高跷鞋在别墅里行走——这都扯到月球上去了。另外,还有声音的问题。不管怎么说,报纸上的这段描述很有启发性。劳特雷克先生,你说得对,尽管杜平常常将人引入歧途,但他确实是个能给人灵感的家伙……"

"你是指关于牛津裤的描述?"

"不,在我看来裤子的问题并不重要,我们的朋友杜平完全没有说到点上。我是指刮胡刀这件事。这里面确实有问题。让我们看看。哈,现在杜平已经热完了身,烟斗也冒着火星。来,听听下面的。"

3. 这个新的想法让我兴奋不已,我立刻仔细检查了那些房间——好心的朱尔斯·所罗门警官特许我去调查。我的调查重点自然是更衣室。在《智慧报》的另一页,您可以看到那些房间的照片。我解释的时候,您可以随时对照。

警方认为罗斯·科罗奈克是自己换了睡袍,依据是罗斯当晚穿过的晚礼服、袜子、鞋子都整齐地摆放在衣柜里,而且是按照她自己特有的方式摆放的。我坚决不同意!我认为是凶手给罗斯脱了衣服，可能是在罗斯被下药或打昏之后，目的是把她放进热乎乎的浴缸，加快血液从被切开的动脉中流出的速度，从而让她在苏醒之前就死去。我马上告诉你们我为什么这么说。

如果罗斯·科罗奈克是自己脱下晚礼服，换上了睡袍，那她为什么不穿上配套的晨衣，为什么不穿上拖鞋？已婚男人和爱运动的未婚男人，你们都可以作证！我在衣柜里发现了一件桃色的蕾丝花边晨衣，肯定和她身上的睡袍是一套的；那件晨衣毫无褶皱，不像有人碰过。另外，我没有找到拖鞋。我不相信罗斯小姐会光着脚在更衣室里走来走去——那里可是没铺地毯的大理石地面！

所以，事情的真相一目了然。凶手脱掉了罗斯的衣服，让她在浴缸里失血过多而死，然后给她穿上睡袍，把她安放在床上。如果从正确的角度来分析，您就会发现这个动作本身就很说明问题！谁会这么做？一个男人才不会费这么大工夫。男性凶手会把罗斯留在浴缸里。只有女人才会保留死者的体面，在离去之前给罗斯穿上衣服。再者，有哪个男人能把其他衣服放回衣柜，像罗斯本人那样摆放？您自己想想就明白了。

4. 这最后一点是决定性的。我向自己提出了一个问题：不管凶手是谁，都不可能认为罗斯小姐会相信他真的是拉尔夫·道格拉斯，只要见了面，罗斯就会意识到这是个陷阱，因此，进入那间房之后，凶手必须立刻出手，既然如此，凶手为什么还要特意把一个沉重的、装满夜宵的推车搬到楼上？就算罗斯没有被下药弄昏倒，他们也不可能享用夜宵。那凶手为什么打开推车上的一大瓶香槟，还明目张胆地在两个酒杯里留下了残渣？《智慧报》的读者们，全世界的读者们，我来告诉你们！凶手真的是一个女人，她故意安排了这些道具，目的是让人相信罗斯·科罗奈克在和一个男人享用烛光晚餐。

地下室的空气很温暖，混杂着一点火药的味道，一片寂静中，只隐约听得见远处靶子移动的声音。

柯蒂斯吹了一声口哨。"喔！"他下意识地模仿了奥古斯特·杜平先生的经典口吻，"这家伙挺行的。就算你想说他太早下定论，他的论点也很有说服力。我知道他的推论中有一些漏洞，比如，他没有提及消失的香槟酒瓶（除非凶手正是利用香槟给罗斯下了药），但不管怎么说，这是我目前为止听到的最靠谱的解答。"

班克林似乎挺不高兴。他用指关节敲了几下柜台，然后把那份报纸拿起来，又猛地掷下。

"好，他动脑子了，算他行！不过我可不愿意领他的情——那个小不点让-巴蒂斯特·罗宾逊！整体而言，他判断错误了，他肯定错了。不过我记得在以往的案子里，他有几次差一丁点就能抓住真相。我自己也想过类似的问题，你应该还记得，我特别仔细地盘问了霍滕斯，问她罗斯是否是自己换的衣服。当时我还提醒你不要太相信霍滕斯的证词。另一方面，我发现了一些迹象，足以让我相信罗斯确实是自己换了衣服。不管怎么说，如果一个凶手已经除掉了受害者，还把人家的衣服仔细放进衣柜，那他也太讲究了。

"其实我也想到过很多种夸张的解答——正如《智慧报》上

的那位朋友一样。我甚至考虑过也许穿棕色雨衣的人就是本尼迪克特·托利太太自己：这想法太荒唐了，任何见过或听说过托利太太的人都不敢想象，所以我暂时把她放到了一边。"

班克林转向劳特雷克，继续道："让-巴蒂斯特·罗宾逊害得我们跑题了。之前你说有个女人给罗斯打电话，以拉尔夫·道格拉斯的名义和罗斯约定见面，关于这件事，我想再听你多讲讲。我感觉你没有撒谎，但是——"

劳特雷克咯咯地笑了几声。刚才在读报纸的过程中，柯蒂斯觉得劳特雷克的眼神有点古怪，让人不安。而现在劳特雷克看起来很放松。

"非常感谢。我还能告诉你什么？电话那头是一个女人的声音，但我不知道是谁的。我只能说我以前从来没听过那个声音。"

"她说法语还是英语？"

"说法语。"

"你还记得具体的对话内容吗？"

"我当然记得！那个通话对我很重要。不过我拿起听筒的时候，她们显然已经说了一阵，或者快要结束对话了。那个女人好像在说：'你明白为什么拉尔夫先生不能直接联系你吧？他的未婚妻和她的母亲现在都在巴黎，那个女孩子疑心很重。'"劳特雷克停了一下，似乎在回想，"这应该能够回答你刚才的质疑。你说要是拉尔夫这么草率、没诚意，那罗斯不可能简单地相信别人的传话，继而投入拉尔夫的怀抱。但如果把他的未婚妻抬出来，使用一个中间人，一切就合情合理了——至少在罗斯看来不会显得可疑。"

"嗯,有这个可能。"班克林表示赞同,"不过等等。你说你相信穿棕色雨衣的人是一个女人。也就是说,你真的相信奥古斯特·杜平的说法?"他敲了敲报纸,"按照他的解答,情况看起来会简单得多。一个神秘女人充当拉尔夫的中介,给罗斯打了电话,因为罗斯不会接受其他类型的借口。同样是这个女人在霍滕斯面前假扮成了一个男人……你觉得是这么回事?"

劳特雷克耸了耸肩膀:"有何不可?《智慧报》上列出了所有支持这种推论的证据。前后应该是同一个女人。"

"我并不觉得有什么可靠的证据。不过,你接着说。"

"关于电话?好像没什么可说的了。罗斯打算结束对话,她说:'好的,好的,不过你不应该给我打电话,劳特雷克先生在这里。你直接来找我吧。'电话另一头的女人说:'那我可以告诉拉尔夫先生你同意星期六晚上和他在大理石别墅见面吗?'挂断前最后的话是罗斯说的:'好,好,我们见一面,然后你告诉我拉尔夫的情况。'就这么多。说真的,我都不敢相信自己的运气这么好。之后我做了什么,你都猜到了。我次日就给拉尔夫打了电话,这样可能有些冒失,不过我急着把事情敲定,想听听他怎么说,另外也想让他知道我周末准备离开巴黎。然后,正如你演绎的那样,我给罗斯设了个局,为的是得到珠宝。不过有一点你说错了:我没有在塞纳河上发难;我不相信有谁敢在小船上大闹。所以,我一直等到我们回家之后,等到她急切地想见拉尔夫,急切地想让我走开的时候,眼见她已然望眼欲穿,我才开始表演……具体的你已经猜到了。正是因为这个,我们两个人离开的时间都晚了,或许也正因如此,她到达大理石别墅的时候仍然愤愤不平。我们的争吵很精彩,我保证。没有旁人干预,安妮特当晚放假了,在我们回家之前她就和我们分开了,所以——"

劳特雷克说最后几个词的时候,班克林的脸色已经变得异常古怪。劳特雷克见状犹豫起来,然后开始加快语速,提高声调,似乎想以此来强化可信度。班克林打断了他。

"劳特雷克先生,我们已经占用了你太多时间——"班克林突然停顿了一下,搞得柯蒂斯以为是哪里出了问题,"肯定已经过了零点,我们得向你道别了。我今天晚上就不检查罗斯的公寓了,但是我必须先确定两件小事情,其中之一是为了保险起见:罗斯·科罗奈克收藏的珠宝是保存在这里,还是在银行?"

"在这里,在墙上的保险柜里面。我不知道密码。她的法律顾问(没错,她有一个法律顾问)今天下午来了,就是为了这些事情。但是没有人知道怎么打开保险柜。"劳特雷克一本正经地说,"他明天早上还会来,带一个专家来把保险柜打开。"

"我知道了。那么,关于安妮特,你刚才提到了——你说你可以给我她现在的住址?"

"是的。全名是安妮特·福维尔。蒙马特圣鲁昂大道,88号。"

"她是哪种类型的女孩子?"

劳特雷克似乎有点迷惑:"这个……我不知道该怎么回答。她的受教育程度比同等出身的人要高,我记得她曾经做过家庭女教师。我感觉她很能干。她确实看起来很能干,她个子挺高,金发,健壮,声音——"

他忽然停了下来。

班克林追问道:"声音?"

"我刚刚突然想到这一点,"劳特雷克失神地盯着远处的靶子,"你肯定也在想同样的问题。那不可能——至少我不相信。感谢上帝,我不是什么犯罪学家。我在电话里听到的声音并不是安妮特的,至少我觉得不是。她完全没有必要和她的雇主那样说话,对吗?除非她在故意伪装成另一个人?好吧,如果是这样,她就会用假嗓音。我不知道。哎呀,也许真的是这样?有可能,是不是?不论身材还是声音,在我认识的女人当中,她扮演穿棕色雨衣的男人的成功率最高。"

"她有什么动机吗?"

"我不知道,这是你的工作。"

"我们会考虑这一点。再次向你告别,另外,我想给你一个忠告:不要痴迷于奥古斯特·杜平的推论,除非他能拿出可靠的证据。"

"证据?"劳特雷克惊讶地望着班克林,"我们到底在争论什么?这上面不是证据吗?难道我没有说过有证据表明凶手是一个女人?你自己没有看见,还是说你没有看完那篇文章,因为后面有很多广告和煽情内容?我知道了:你没有看完。"

劳特雷克坏笑着拿起《智慧报》,目光转向了报纸的一角。

现在我要作一个总结。我能猜到有些读者在嚷:"哦,他挺聪明的!杜平真是个了不起的魔法师,他会向我们展示真相,就像他在普罗顿案里做的那样,还有殉道者大街的抢劫案,文森森林的绞杀案！可是说到底，他有什么证据？他能提供给警方什么证据，以便他们向大法官报告？"别担心，小家伙们！杜平老爹不会让你们失望。我把最精彩的、最漂亮的部分留到了最后，你们现在就会知道——

"难道说他把整个案子浓缩到一个大标题里，然后就这么收尾？"柯蒂斯说道，"写完了整个故事，然后把最重要的东西留在后记里？他也许得上不错的侦探，但作为专栏记者，他这样会把报社的编辑逼疯。"

如果我公开手头的证据，就免不了要辜负一个酒友的信任——我们在"布瓦西之星"一起喝了两杯——但为了真相，应在所不惜！我相信那位诚实、聪明、勇敢的执法者，我之前提到的赫科勒·雷纳尔，会第一个为我鼓掌。

在检查大理石别墅的过程中，我发现雷纳尔先生的表现很奇怪：一个如此正直的人，却像是在隐藏什么秘密。他看起来心神不宁，这很不正常。检查完更衣室之后，我大声地说："那么，凶手是一个女人！"雷纳尔先生的反应没有逃过杜平老爹的眼睛。我决定搞个水落石出。从他坦率的面容可以看出，他不会拒绝一杯好酒，所以我邀请他去"布瓦西之星"喝一杯。然后没过多久，他便向我讲述了前一天晚上发生的事情。

周六那天，在午夜时分，雷纳尔先生回家时正好经过大理石别墅。他推着自行车，没有骑，因为他感觉一个脚蹬子松了。喝一两杯不是法国人的特权吗？自由人的权利！他醉了吗？没有！他在履行职责吗？当然！有人要求他留意大理石别墅，所以他真的留意了。看到别墅的方向有灯光，他决定在一个树丛里坐下来，悄悄观察一下。他守望了很久。遗憾的是他最终还是失职了：他睡着了。

他不知道睡了多久，也不知道是什么把他惊醒的。但他确实被惊醒了。借着月光，他看到一个人影从别墅出来，关上大门，然后顺着去往布瓦西的路快步走去。

接下来的事情真叫人哭笑不得！他跳起来打算追上去，可他忘了自行车还在旁边，就靠在他身上。结果他被绊倒了，重重地摔在地上，一时起不来。这个时候，那个陌生人已经走了。雷纳尔先生又失望又伤心，觉得还是回家好了。到了今天早上，他匆忙地赶过来，想再次查看别墅的情况，却听到一个被锁在一楼盥洗室的女人在尖叫——他明白出事了。得知这里发生了谋杀，他更加心慌了，因为他知道他看见了凶手。可是他不敢说出来。我奉劝他最好说清楚，而他跟我说他真的做不到。鼓起勇气，雷纳尔先生！法律不会特意为难你。

至于你们，我的读者们，你们肯定想知道雷纳尔先生看到的那个诡秘而敏捷地离开大理石别墅的人影到底是谁。我现在打算继续收集证据，让我的论证无懈可击。不过我可以告诉你们雷纳尔看到了什么，你们不妨自己判定杜平老爹的推理有多么可靠！

他看到了一个高个子女人。

第12章

班克林的情绪

真想睡一觉。一张大床,法国风格的豪华舒适的床;把高窗完全敞开,把厚重的蕾丝窗帘拉到一个特定的角度,只让一点路灯的光透进来,只放一点清风进来;周围是巴黎夜间广袤而深沉的寂静,只有偶尔从窗外经过的车子留下一阵轻响;窗外树木的香气飘进来,好让人安然入睡……现在理查德·柯蒂斯最大的愿望就是睡一觉,可是他偏偏没有机会。深夜十二点十五分,他下了班克林的车子,面前就是协和广场的克利翁酒店。

"您今晚不可能见到托利太太,"柯蒂斯说道,"现在太晚了。"

但是班克林完全不听,还板着个脸。刚才在路上,他坚持要先喝一杯白兰地。柯蒂斯永远不会忘记班克林在路边的小棚子下面喝白兰地的场景:班克林坐在那里,长腿伸到外面,黑色软帽下面的脸上露出邪恶、暴躁的神情。

"赫科勒的秘密,"班克林说,"无疑让罗宾逊先得了一分。我竟然没有想到这一点。当时我也注意到了赫科勒的异常,但是我把它归结为其他原因了。也许是我好久不干活,脑子变迟钝了……那么,凶手是一个高个子女人?"

"这个推论很有说服力。"

"你没有发现什么漏洞？"

"我注意到杜平的证据中有一个问题，"柯蒂斯从口袋里拿出那份报纸，"也许它不重要，但是我认为有价值：与他对更衣室内衣服的描述有关。他说那件桃色晨衣挂在衣柜里没人动过——这绝对没错，您也这么说。但是关于拖鞋，他完全说错了。他说到处都找不到拖鞋，并且把这个作为一个重要推断的依据。要么是他在胡说，要么是有人把拖鞋拿走了——今天早上我第一次察看更衣室的时候，梳妆台下面绝对有一双黄色的锦缎拖鞋。"

"是我拿走了拖鞋。"班克林回答，"请把注意力集中在梳妆台上：梳妆台下面是一双拖鞋，台面上有一罐打开的面霜，还有一圈酒瓶底留下的痕迹，抽屉里放着那把短剑——霍滕斯说她把短剑放在那个抽屉里了。我推断的起点是这些证据，和杜平先生的起点有所不同。我最讨厌的就是那种似是而非的论调，什么'只有女人会这么做'，或者'只有男人才能做得出来'。算了，不管怎样，《智慧报》的文章肯定会引起骚动。我们最好去克利翁酒店找托利太太。"

柯蒂斯的预测完全错了，他们的拜访并没有遭到拒绝。两人走进酒店大堂的时候，一个疲惫、焦虑的职员正在左手边的前台打电话。看到他们走近，那个职员捂住了话筒，小声地说："我们很高兴见到您，先生。"他指了指电话，"是斯坦菲尔德先生，从英国女士托利太太的套房打过来的。您能不能立刻上去？"

"出什么事了吗？"

"他们总是有重要的事情。"那个职员阴沉着脸,然后又打起精神,用惯常的口吻说,"在二楼,三号套房。侍者会——"

"等一下。斯坦菲尔德先生经常来这里找托利太太?"

那个职员来了兴致:"这很正常,先生。斯坦菲尔德先生帮助打点那位太太的生意。"

"你知不知道他昨天来过没有?"

"来过,是昨天晚上来的,不算太晚。我记得很清楚。"

"为什么?"

"那位太太的套房有一个专用电梯,她的熟人可以直接乘那个电梯出入,不用经过这里,也不会被别人看到,不过昨天晚上,斯坦菲尔德先生进来和离开的时候都经过了大堂。他是大概八点到的,八点四十五分离开了。"

"真棒!你怎么这么确定时间?"

"关于他到达的时间,我不敢打包票。但是我可以确定他离开的时间,因为当时他走到柜台跟前,看了一下座钟。他似乎心神不宁,这可不常见。走到这里的时候,他的高顶礼帽掉了下来,在台面上滚了几下,我帮他抓住了礼帽。"

"还有一件事。酒店里的去电和来电信息都有记录吗?"

"所有的去电信息都有记录。先生,我们要把电话费加到客人的账单上。"

"来电呢?"

那个职员犹豫着,语调变得冷淡:"如果先生是在说托利太太——是的,有来电记录。托利太太在金钱上的谨慎态度令人敬佩,超出常人的想象。有时候她怀疑酒店把打进来的电话也算进了她的账单。因此，我们保留了完整的来电信息，以便那位太太查验。"

"太走运了。你能不能告诉我昨天早上一点之前，托利太太有什么电话打进来？"

那个职员跑去和什么人秘密地商讨了一阵，然后带着一个账本回来了。

"很乐意为您效劳，先生。我们立刻就查到了，因为那个时间段托利太太只有一个电话打进来。我们当然无法记录对方的号码，但是总机的人说应该是斯坦菲尔德先生打来的。请问您现在能否上楼呢？"

在二楼套房的外间，乔治·斯坦菲尔德正等着他们，就像在为将他们引入"圣殿"作准备。斯坦菲尔德肯定有什么心事，今天他穿了普通的西服，显得身材臃肿。他们进入的"圣殿"是一个宽敞、豪华的房间，主色调是粉色和白色，到处垂着流苏，两扇敞开的窗户外面，协和广场一派灯火通明。本尼迪克特·托利太太正笔直地坐在桌边的一把扶手椅上。一看到她，柯蒂斯立刻就明白了很多事情。

托利太太是一个身材颀长的漂亮女人，面无表情，棕色的卷发规规矩矩，呈波浪状，看起来就像羽毛。有人说你只要看到托利太太就会浑身发冷，这并不夸张。托利太太精力充沛，过于机敏，自带一种气场。就她而言，"漂亮"这个形容词也不算贴切，因为她几乎完美的脸庞被一个又大又长的鼻子破坏了：她鼻翼宽大，鼻尖还有点翘。柯蒂斯想起了亨特对此人的形容："令人厌恶。"大概是那个鼻子让人对她望而生畏，不过柯蒂斯认为她真正令人不快的原因是那种绝对冷漠的态度。就算吊灯坠落或者炸弹爆炸,她大概都不会动一下睫毛,而且那双冷静、机敏的浅蓝色眼睛可能会无比轻蔑地看向任何作出其他反应的人。布莱斯·道格拉斯的冷漠是装出来的,托利太太则是真的冷冰冰。她肯定是那种自认什么都能办到的女人,如果有得不到的东西,她必须知道原因。

她和班克林之间的敌对情绪一触即发,这是本案最奇怪的事情之一。在他们开口之前,空气中就已经有火药味了。托利太太坐在那里,不耐烦地用靴子拍打地面。斯坦菲尔德介绍客人的时候,她匆匆地看了一眼班克林,然后怒气冲冲地瞪着柯蒂斯。

"实际上,"斯坦菲尔德说,"实际上——"

"我认为没有必要兜圈子。"托利太太平静地打断他,"我们遭了贼。"她看着班克林道,"或者说,这像是窃贼干的。如果你能让我明白这是怎么回事就好了。"

班克林露出一个假笑:"托利太太,恐怕你得先让我明白是怎么回事。丢了什么东西?"

"没丢东西。"

"是嘛。那么?"

"也就不到十分钟之前,"她似乎刚刚下了决心,"我听到卧室里有动静,像是玻璃碰撞的声音。我立刻进去,只见一个人影从窗户出去,顺着消防通道跑了。有人翻了我的桌子和梳妆台。但事情很不寻常:梳妆台上放着一个钱包,里面有不少现金,可窃贼没有动那个钱包。"她停止了脚上的动作,语调变得更加冷静,"你为什么不告诉我真相?"

"真相?你认为我是窃贼?"

"我知道法国警察会干出一些英国警察想都不敢想的事情。那个窃贼唯一感兴趣的就是我桌子抽屉里的英国武器执照。我听说在那栋死了女人的别墅里——我没有必要提她的名字,那等于高抬她了——你们发现了一把.22口径的自动手枪,枪柄上面刻着很大的编号'D3854'?"

"是的。"

"那是我的手枪——我猜你们现在已经调查出来了。"托利太太直盯着班克林,"但是我警告你:如果你想借题发挥,或者借此搞什么诡计,那你将面临非常糟糕的后果。"

她停住了,因为班克林在咯咯地笑。

"我很高兴能让你发笑。"她补充道。

"不,不,这是敬仰之音。"班克林认真地说,"我喜欢你把我逼进死胡同的手段。说真的,我猜到那是你的手枪了。我感觉今天我在斯坦菲尔德先生鼻子底下晃动那把手枪的时候,他已经认出来了。可是,接下来发生了什么呢?你隐藏了关键的证据,直到再也瞒不住。斯坦菲尔德先生也隐瞒了重要证据。直到纸里包不住火、迫不得已的时候,你开始含沙射影地威胁我,说如果我对在凶案现场发现的某样武器穷究不舍,你可能会以犯罪之名指控我。我的朋友杰夫·马勒词汇丰富,要是借他的话来形容你,那就是:'热狗!真有胆子。'"

"我拒绝回答无礼的问题。"

"亲爱的女士,你拒绝回答任何问题。"

托利太太冷笑了一下："我警告你，如果有必要，我可以让好几个部长朋友帮忙，到时候你可没什么好果子吃。你瞧，我完全可以证明那把手枪已经有两天多不在酒店了，也就是说，它当然不在我手里。"

班克林一下子专注起来："那么是谁拿着那把手枪？"

"是我。"答话的是斯坦菲尔德。他刚才一直在摆弄手帕，似乎在擦手心，此刻他小心翼翼地把手帕放回前胸的口袋，转向班克林，带着一点歉意，但是很诚恳地说："不，我不是说我是谋杀犯。"他的语气很诙谐："我现在想起来了——这让我安心多了——我昨天晚上是八点四十五分离开的酒店。我们都知道那个穿棕色雨衣的人是九点出现在了大理石别墅。除非有翅膀，否则谁都不可能在半小时之内从这里赶到大理石别墅。所以如果你的嫌疑人名单上有我，那你可以把我排除了。现在说正经的：关于那把手枪。因为托利太太打算在法国逗留一段时间，所以我建议她也申请一个法国的持枪执照。这种事情虽小，但是绝不容疏忽。我们的旅行社包办各种相关手续和证件：护照、身份证、驾驶执照等等。所以我把枪拿走了，放在我办公桌的抽屉里。不过我最近工作繁忙，把这件事忘了。"

"你什么时候把它放在你办公室的？"

"周五下午。那天我来这里喝茶，随后带走了手枪。据我所知，手枪应该一直在我办公桌的抽屉里。今天你在我面前晃动那把手枪的时候，我真的大吃一惊。"

斯坦菲尔德的额头上出现了皱纹，他的语调轻松而诙谐，态度诚恳如僧侣。

"我承认,我当时没有报告这件事。"他又说,"因为我想先跟托利太太商量一下。我不太清楚你所说的'隐瞒重要证据',没有这回事。不管怎么说,今天早上人们才刚发现凶案,我必须要确定那真的是托利太太的手枪,而不是另一把看起来一样的手枪。我原本打算明天早上向你报告整件事情。"

"谢谢。"班克林严肃地回应道。

柯蒂斯搞不清楚班克林的态度。他不喜欢班克林的这副神情,另外两个人显然也不喜欢。他们沉默了许久,耳边只有协和广场的车流声。

"那么我可以推断,把手枪带到大理石别墅的人,不管出于什么目的,是从你的抽屉里偷走了手枪?"

"是的。我只能说我自己没有拿走手枪。"

"你似乎还不明白,"班克林朝斯坦菲尔德凑近了些,"这可能是本案中最关键的证据。它能帮我们把嫌疑人范围一下子缩小,你明白吗?"

斯坦菲尔德一副吃惊的样子:"好吧……真的这么重要?不,没必要这么夸张。科罗小姐——托利太太提到的那个女人——不是被枪杀的,那把枪也根本没有被使用过。你不能说偷走手枪的人就一定是谋杀犯。"

"没错。但是我们可以说偷走手枪的人昨天晚上应该在大理石别墅?这样看来,此人是凶手的可能性很大,你同意吗?"

"我什么推断都没法同意。"斯坦菲尔德突然态度强硬起来,"那是你的工作。我的职责是向你提供事实,因为你急需事实。别随便把嫌疑扣在别人头上——"

"托利太太,你同意吗?"

那位太太根本不屑回答。

"现在必须要扳着手指数嫌疑人了。"班克林说道,"因为你已经帮我把范围缩小到屈指可数的程度了。谁能从你的办公室拿走手枪?"

"每天进出我办公室的人多如牛毛。"

"一千人一万人都没什么意义,有意义的只有几个人。星期五到星期六,谁找过你?"

斯坦菲尔德犹豫道:"当然,你知道有霍滕斯。我——"

"我知道霍滕斯找过你。还有谁?比如说,拉尔夫·道格拉斯是否找过你?"

斯坦菲尔德再次犹豫起来,目光飘向了托利太太。而那个女人一动不动,甚至没有回看他一眼。柯蒂斯感觉他在压力之下快要垮了。斯坦菲尔德的嘴唇在颤抖,他似乎正努力迈过什么障碍。

"我——"他气恼地说,"把你的手从我肩膀上拿开!你再用这种不道德的手段,我就让你的脑袋嗡嗡响!别看我岁数不小了!"

"很有气魄!"班克林急切地回道,"这么说话就对了。好了,说吧:拉尔夫·道格拉斯去找过你?"

"没有。"

紧绷的气氛一下子放松了,就像快要溺水的人突然呼吸到了空气。班克林开始向后退。在刚才的对话过程中,他并没有盯着斯坦菲尔德,而是盯着托利太太。现在他后退的时候,脸上挂着狡黠的微笑。不管他之前看向托利太太的眼神有什么含义,托利太太显然都明白。此刻,她摆出了一副百无聊赖的样子。你绝对想不到鼻孔那么大的鼻子还能翘得这么高,而且并不显得可笑。她就是那么一副若无其事的神情,保持着绝对的自信。

"今天晚上够了。请走吧。"

"我非常同意,太太。"班克林回答,"今天晚上来的时候,我本打算问上百个小问题。现在我认为没那个必要了,至少现在没有。我还有很多事情要考虑,请允许我告辞吧。我要求你和斯坦菲尔德先生明天去一趟法院大楼(上午十一点怎么样?),法官会就这件事正式盘问——"

"我们当然不会去什么法院。"托利太太满不在乎地说,她甚至有点吃惊。

"太太,"班克林温柔的言语中透着险恶,"你明天必须去法院大楼,就算我亲自抬也要把你抬过去。还望你作好心理准备。十一点会有车子来接你,到时候见!谢谢,斯坦菲尔德先生,你不必送我们出去。"

柯蒂斯和班克林穿过外间,走出了套房,然后进入了铺着华丽地毯的昏暗的走廊。刚转过一个拐角,班克林便停下脚步,开始咒骂起来。他骂得流利飞快,面面俱到,足足有一两分钟,那些词汇都不堪入耳。柯蒂斯谨慎地听着,在心里表示赞同。

"老——巫——婆!"班克林拖长了调子,挥舞着拳头,"三十九条尾巴的黄眼贼猫!猪鼻子的鸡鼬,头发和盔甲一样坚硬。"他越说越起劲,完全无视生物学法则,"哦!我真想把我的大炮拉出来,一炮把她轰到西班牙南边。会有她好受的!你怎么看？"

柯蒂斯咧着嘴笑了笑："您能不能暂时消消——"

"当然能。你知道托利太太在做什么吗？我猜得出来，我都能闻出来。"班克林若有所思道，"斯坦菲尔德声称周五那天他把手枪带到了办公室，这个诡异的小故事可能是真的，也可能不是。我们会想办法调查清楚。但可以肯定的是，他们还想在这个故事里加点佐料，而那完全是胡编乱造。你看见没有，斯坦菲尔德完全被她攥在手掌心了，不，是被按在她的拇指下面，就像这样——"他伸出拇指按在墙上，碾压着墙壁，"她已经让斯坦菲尔德准备好了说辞，他会发誓拉尔夫周五到周六之间曾来过旅行社的办公室，还会说在那段时间只有拉尔夫一个人来过，所以能拿走手枪的必然是拉尔夫。托利太太打算再把拉尔夫拉回嫌疑人的圈子里。她决心利用这个案子把拉尔夫缠住，不管是冠他以凶手还是一个普通到访者之名。她的最终目的是破坏拉尔夫和玛格达的婚姻，因为她希望玛格达嫁给布莱斯，就这么简单。"

"好家伙，她肯定对拉尔夫恨之入骨。"

"不对，她并不憎恨拉尔夫。她根本不憎恨任何人。如果她对别人有恨，我倒能理解她一点。她只是想要独断专行：这辈子都没有人敢忤逆她，直到玛格达的婚姻问题出现。尤其是玛格达还从她身边跑掉了，所以她更要让所有人都知道她的决定不容任何阻挠。于是，她捏造了拉尔夫出现在旅行社的说辞。斯坦菲尔德一直没有意识到这样说等于指控拉尔夫是谋杀犯，不过在最后一刻，他清醒过来了。是我让他意识到了问题的严重性。在最关键的时刻，他的谨慎，或者是所谓的'良心'，占了上风：他畏缩了。"

"这个说法在我看来太离谱了——我是指把手枪带去旅行社的事情。"柯蒂斯说，"真有这么回事？如果是真的，那么嫌疑人的范围就像您说的一样小了，斯坦菲尔德就成了最关键的证人。"

"我知道。我明天会好好问问他。"

"对了，那个想要找武器执照的窃贼是怎么回事？是您派的人？"

"不是我。也许是布里耶或者杜兰德派来的，不过他们应该不会把事情做到这种程度吧。我真的不明白这个窃贼是怎么回事。如果——"

突然，一个神秘的声音从他们背后传来："嘘！"

这一次柯蒂斯被吓了一跳，忍不住像班克林刚才那样咒骂了起来。在他们的身后，就在走廊拐弯的地方，有一扇挂着深色天鹅绒窗帘的窗户。从窗帘的缝隙里钻出了一个男人的面孔。那是一张非常严肃的圆脸，上面蓄着一小片方形的黑色胡须，戴了一副系着金链的眼镜。很可惜，若不是他还戴了个圆顶礼帽，那张脸看上去就更像装饰用的小丑面具了。他目光犀利地扫视了走廊，然后和气地开口了："啊，我的孩子们！晚上好。"

"原来是你。"班克林兴奋地说，"从那里下来，快点！"

窗帘剧烈地抖动了一阵之后，一个小个子男人从后面跳了出来。他胸骨突出，穿了一件破旧但不失体面的黑色外套，戴着一双宽大的白色棉手套，胸前的口袋里插满了铅笔。

"我来介绍一下吧。"班克林说,"这是柯蒂斯先生,这位是让-巴蒂斯特·罗宾逊先生。"

那位先生把一根手指插进马甲的两粒扣子之间,就像在摆姿势等着照相。

他郑重其事地说:"《智慧报》的奥古斯特·杜平,一个可怜的文科硕士,斯特拉斯堡大学法律系毕业生。现在,你们已经看到了,我致力于研究罪案,就像我的先驱爱伦·坡一样。"

"我还没见爱伦·坡写过谁去别人房间搜寻武器执照,然后从消防通道爬着逃跑的情节呢。"班克林嘟囔着,"又是个好素材。去托利太太房间翻东西的是你,对吗?"

"先生,爱伦·坡写别人登月都毫不费力。"罗宾逊振振有词,他又兴高采烈地转向柯蒂斯,用亲密的口吻说:"哈哈哈!我赢了这个老骗子一局,他很清楚。他现在正嫉妒我呢。在以往的日子里,只有我能让他吃点苦头。我没有他那么多随从,不可能到处耀武扬威;可是说到智力,那就是另一回事了。我看到他拿着刊有我文章的《智慧报》,这一点就能说明问题。"

"你知道因为你干的那件事,我可以把你关进监狱吗?"

罗宾逊像是被蜇痛了,生气地反击道:"谅你也不敢,报界会保护我的。你休想,我告诉你!另外(我现在不想长篇大论)我有东西作为交换。我有一些你很需要的东西。"

他掀开了外套,用戴白色手套的手从内侧口袋里拿出了一个空的侯德尔香槟小酒瓶,举在面前。

一阵沉默。只有班克林弄出了一点动静。罗宾逊慢慢地转动着酒瓶,笑容满面,透过瓶身能看到他的胸脯挺得更高了,眼镜片正闪闪发光。

"你不会是在托利太太的房间里找到了这个吧？"班克林说道。

"不，不，我是在大理石别墅找到了这个埋在土里的酒瓶。我很聪明，想得到该去哪里找。"

"你什么时候找到的？"

"今天下午稍晚的时候。"

"见鬼，当时你为什么不把它拿给我或者杜兰德？"

"我是一名记者，先生。"罗宾逊自豪地回答，"我首先要对我的编辑和读者负责，所以我先把它拿去给《智慧报》的编辑，让他检查了。"

"我估计这对他有所启发。我猜你从没听说过指纹这回事吧？"

"你大错特错了，先生。看看我戴的手套。《智慧报》的编辑部里有整套取指纹和转印指纹的工具。在'克利希下水道谜案'之后，我就劝说编辑买了一套装备。遗憾的是有太多人碰过这个酒瓶，结果我们采集到的都是我们自己人的指纹。不管怎么说，这个瓶子已经在地里埋了很多个小时，我觉得原来的指纹早就不存在了。"

班克林接过酒瓶，在手里转动着，闻了闻："泥土的味道。不，等等。"他又闻了一次。罗宾逊在旁边看着，鸡胸显得更高了，仍旧一副洋洋自得的样子。班克林把酒瓶拿到光线更明亮的地方，仔细地察看着。

"你找到瓶塞了吗？"班克林问道。

"没找到瓶塞。不过你应该看到酒瓶底部的问题了吧,那里有一个很深的凹洞——酒商通常在大酒瓶上搞这个东西,以便少装些酒。"

班克林盯着那里道:"是的,手法很粗糙。"

"有人把这个小酒瓶切开了,换上了大酒瓶的瓶底。"罗宾逊解释道,"我有一个同事在美国工作过,他说美国走私酒的商人就曾经这么干。那话怎么说的来着——酒被'切'了?实际上,他们是在酒瓶里装了劣质的酒,然后他们会拿一块玻璃,用高温将其熔化,补到酒瓶底部。但是我从没听过有谁把这种伎俩用在香槟上。在杜松子酒或威士忌上是可行的,用在香槟酒上就太荒诞了,我认为技术方面也行不通。"

班克林又瞪着酒瓶看了一会儿。然后他转过身,脸上满是惊喜和自信。

"太棒了!"他拍了一下酒瓶,声音低沉而有力,"我真的喜出望外。罗宾逊,你是这个世上最棒的家伙。如果我的推断正确,我会给你线索,你就可以跟《智慧报》的人解释你之前的推论错了。"他把酒瓶举了起来,"看。你看到的是一个有特殊用途的酒瓶,还从来没有人用它来……"

罗宾逊不安地看着班克林道:"哈,你在故弄玄虚。难道你想说有人在里面下毒了?"

"不是那回事。"

"那么就是安眠药。我想过这个可能性。我是说,我的推理——"

"你仍然没有掌握要领,也没明白其中的妙处。"班克林摆弄着酒瓶,看着柯蒂斯道,"明天中午,我会向你解释大部分谜团——我已经答应你了。不过我将要解释的内容会不同于原计划。我今天晚上跟你说我知道凶手的名字,但无法解释所有的现象。现在我的重心转移了,我开始从另一个角度来观察。我现在能够解释大理石别墅里的种种怪象,但是(真是最讽刺的笑话)我不知道凶手是谁了……我们要不要去喝一瓶香槟?"

第 13 章

野餐的可能性

尽管筋疲力尽,倒头就睡着了,柯蒂斯却睡得很不踏实。他一直在做梦。他梦境中的场景大多都符合常识,不像小说里常见的那么夸张,但是里面的人物却在不断变换。其中也出现了玛格达·托利的面孔,有时候她的样子很奇怪。柯蒂斯醒来的时候已经十点半了,这是个温暖、多云的早晨,几乎没有风。

正当柯蒂斯在窗边吃面包、喝咖啡的时候,电话铃响了。前台说拉尔夫·道格拉斯来找他了。拉尔夫进门时显得闷闷不乐,他坐了下来,手上摆弄着帽子。

柯蒂斯问:"今天早上你怎么样?感觉轻松一点了?"

柯蒂斯担心自己的态度过于殷勤,不过拉尔夫并没有注意。

"没见好。"拉尔夫答道。

"怎么回事?"

"我不知道。"拉尔夫闷闷地回答,"哦,可能是因为玛格达。她——状态不太对,给人感觉她很焦虑、烦躁,或者有什么心事。昨晚我们出去用餐的时候,我给她讲了一个关于赛马的故事。我发现她根本没有听我在说什么,我可是拿出了我最棒的故事。这种事情会让人心烦意乱。很多浪漫爱情就是从这里走向终结的。"

"也许她是在想离家出走,还有她母亲的事情。"

"不,不是的。如果玛格达下定了决心,就不会再多想。"拉尔夫停下来想了想,似乎突然意识到了什么,又咧嘴笑了,"还有其他事情。今天早上醒来的时候,我吓了一大跳。我小时候有一次早上起床——也可能是在半梦半醒的状态——看到卧室门外面有一条蛇伸出头,正看着我。那很可能是做梦,但是那蛇的样子可以说如假包换。今天早上,我又遇到了类似的事情。我醒过来时,看到有人正坐在我床边的一把椅子里。我不知道他是怎么进来的。似乎没有人知道。他是个小个子,脑袋圆圆的,蓄着希特勒那样的胡须——"

"哦?"柯蒂斯说,"这么说你遇到了让-巴蒂斯特·罗宾逊?我知道那个人。他从墨水瓶或者汤碗里跳出来也不足为奇。他最近正在纠缠我们。"

拉尔夫的愁容慢慢转为了嬉笑。

"反正他就很冷静地坐在那里,吸着我的香烟。他说他是《智慧报》的犯罪学家奥古斯特·杜平。我说我可以把他从窗户扔出去。我真的能做到。但是那家伙的表情如此严肃,说话跟机关枪差不多,弄得你根本插不上嘴,还不敢表达不满。反正我没敢打断他。"拉尔夫揉了揉下巴,"然后,我邀请他和我一起吃早餐——我也不明白自己中了什么魔。大家总是说法国人完全无法接受英式早餐,不过他是个例外,他能把一盘子培根和鸡蛋一扫而空。他那根本不是吃饭,简直是往嘴巴里灌。不过这不是重点。"

拉尔夫坐不住了,他站起身来,看着窗外,宽阔的肩膀耷拉着。他似乎在蓄力应付脑袋里的障碍物。

"他真正想知道的是班克林的想法;他似乎认为我能够告诉他班克林在想什么。我跟他说我是这个世界上最不可能的人选,我还说我最后一次见到班克林的时候,班克林对我恶狠狠的,我都担心他随时会拿出个手铐。"

柯蒂斯意识到了一个新的威胁。他匆忙地放下了咖啡杯,不过尽量保持着轻松的语调:"我说,你没讲什么多余的话吧?你没有表态吧?如果你真的说了什么,今天晚上的报纸上就会刊出来。我不知道法国对诽谤罪是怎么处理的,我甚至不清楚法国有没有诽谤罪。你都说了什么?"

"没说什么。"拉尔夫想了想,最后安心地回答,"我刚才说了,那个家伙自顾自地说个不停,我都没机会插嘴。不过他会偶尔停下来,问一两个问题。他的想法可真够奇怪的。他问我对托利太太有什么想法。我当然说她是个老贱人——"

"你说什么?"柯蒂斯脸色发白,嚷了起来,"光这个开场就够瞧的了。严格说来,这已经算诽谤了。我必须让那个罗宾逊闭嘴,哪怕我得把他掐死。你现在还不明白不能跟记者随便聊天吗?"

"啊,那家伙说他是个犯罪学家,不是记者。"拉尔夫嘟囔着,"反正他们总会曲解你的意思。夜总会的事情就是个例子。总体而言,我那不算诽谤,因为她确实是一个老贱人。如果她想就这个评价找麻烦,尽管让她来吧。要是你感兴趣的话,关于托利太太,我还有另一个评价:她对于禁酒和反赌博的顽固态度可能是障眼法，是为了欺骗诚实的人们。她是我遇到的最可恶的骗子。我跟杜平也这么说了。"

"我猜他很喜欢你这番话？"

"他非常喜欢。不过这事情挺奇妙。我实际上是给老贱人帮忙了，如果杜平喜欢我的评价，他完全可以印出来。"拉尔夫向前欠身，兴奋不已地说，"你知道他脑子里在盘算什么吗？他认为托利太太是谋杀犯。"

"哦。"

"你可能不相信，可他是认真的。他的想法是：托利太太看上了布莱斯，可是她自己又不可能嫁给布莱斯（除非用晾衣绳把布莱斯绑起来，然后在牧师来之前给他吸乙醚），所以她一心要把玛格达塞给布莱斯。"

"那么托利小姐——"柯蒂斯缓缓地说。

"为什么叫她托利小姐？这么疏远？"

"好吧，我是说玛格达喜欢布莱斯吗？"

拉尔夫用一种全新的、粗野的眼神打量着柯蒂斯："哦，我觉着玛格达喜欢布莱斯，但是没到布莱斯自认为的程度。所以让我们按照精力充沛的让-巴蒂斯特·杜平——他是叫这个名字吗？——的思路来考虑一下托利太太的可能性。杜平说这整个事情都是为了搞臭我，毁掉我在玛格达心目中的形象，同时把声势弄大，这样我和玛格达的婚约就会被解除。我挺自豪的。真的，我感觉自己挺有分量。另外，我不喜欢托利太太，所以如果有人能够证明她是一个有双重身份的杀手，那我求之不得。但是，杜平的这个推论实在太荒唐：除了疯人院的家伙，谁会为了搞臭一个人的名声而特意进行谋杀？这完全说不通，毕竟想搞臭一个人的话，还有各种各样更好的方法。你说是不是？"

"是的。"柯蒂斯回答，"我一直都这么认为。"

"且不说没有人会疯狂到这么做，"拉尔夫开始在房子里大步地转悠，"还有一点也讲不通：谋划者至少也应该明白这么做只会起到相反的效果吧？如果我真的杀死了罗斯，那等于说我是要除掉罗斯，让她闭嘴，以免玛格达听到风声。如果一个女孩子听到这种事情，她肯定会说：'你这么做全都是为了我。'然后会亲密地靠在你的胸口，更紧地抱着你。你明白吗？当然，如果这场谋划就是为了让我以谋杀之名被抓起来，那么——"

拉尔夫用手掌的边缘在脖子后面比划了一下，做了个很逼真的躲避的动作，然后他的表情又严肃了起来："如果是那样，我的脑袋就会和身子分家，确实没法娶任何人了。不可能，这太戏剧化了。如果真凶真的费尽心机要把罪名栽赃给我，他怎么会蠢到疏漏了最重要的环节？我是说，他应该确保我无法证实案发的时候自己在哪儿。我的不在场证明一下子就能让他的整个计划泡汤。如果是侦探小说里，至少会有个神秘电话之类的伎俩把我引到什么地方，对吧？可是凶手根本没有这么做。要我说，这完全说不通。"

"看来你今天早上很有灵感。"柯蒂斯盯着拉尔夫道，"到底怎么了？似乎所有人都想了不少问题，除了班克林。现在他是时候给我们看看他那广为称颂的真本事了。"

拉尔夫停了一下，似乎有点羞愧。

"嗯——是的。不过事情还有其他进展，我也非常关注这些进展可能引出的结果。我对杜平说了，不可能有人真的打算陷害我，我们应该弄一份罗斯以往的情人的名单，从中我们或许能找出凶手。他们说现在劳特雷克已经安全了，不在重大嫌疑人之列了，真的吗？"

"似乎确实没他的事了。"

"那我就不明白班克林还有什么戏法了。听我说，朋友。"拉尔夫犹豫了片刻，"我说了这么一大通，其实是想说下面这个。杜平说班克林邀请你今天去他的办公室，他会就本案给你介绍或讲解点什么。杜平告诉我他不惜代价也想到现场听听，但是班克林误解了他的动机，不肯让他过去。他说他去调查线索的时候经常乔装改扮，但是如果他戴着假胡子去警察总署，他们肯定会把他扔出去。那么，你觉得我能不能去听听？他们会把我扔出来吗？"

"不妨一试。"柯蒂斯说，"跟我来。"

他们并没有被扔出来。他们下楼走到酒店大堂的时候，柯蒂斯（吃惊地）发现玛格达·托利正在那里等他们。她看起来心情不错，没什么心事，甚至透着点调皮劲儿，身上穿了一条柯蒂斯所见过的最精致的白色裙子。

"我搬到了圈圈街附近的一栋公寓里，不过现在这还是个机密。"他们钻进拉尔夫的车子时，玛格达解释道，"很豪华的公寓，我感觉住在那儿就像被人包养了。"

天气阴沉而温暖，他们驱车穿过新桥，来到西岱岛。那里树木成排，掩映着灰色的建筑。法院附近照例有很多人。柯蒂斯觉得会遇到让-巴蒂斯特·罗宾逊，他一到地方，就立刻注意到在较远处有一个人很可能就是那位记者，正和他说话的那个女人很像是霍滕斯·弗瑞。但是柯蒂斯的动作慢了一步，等他赶过去的时候，罗宾逊瞥了他一眼，然后按紧头上的小圆帽，小短腿像轮子一样，飞快地溜走了。柯蒂斯挤过人群，冒着汗；他认定那个犯罪学专家又在打什么鬼主意。也许班克林能想个办法控制住罗宾逊。

他们从一个低矮的门进入了巴黎警察总署，一名警员带着他们在一个满是灰尘、杂乱不堪的建筑里穿行（进入一个大实验室的门之后，他们都莫名地沉默下来），最后到了顶楼。那地方隐隐传出嗡嗡声，散发着若有若无的消毒水的味道。班克林就在其中的一个房间里，他正坐在桌子后面，对面是一个身材健壮、染了金发的女孩。那个女孩子正在轻声啜泣。

"进来。"班克林说着从桌子后面站了起来，"欢迎你们所有人。抱歉，这个房间不太像样。这里平时没有人用，当时我也不知道以我的身份应该用什么样的办公室。总署的长官，布里耶先生，没在巴黎；预审法官正在盘问托利太太和斯坦菲尔德先生。"他向后晃了一下大拇指，"就在后面的房间里。我现在处于两个部门之间，算是一个中介。然而大家似乎都指望我来拿主意。吉罗，拿几把椅子来！哦，我忘了。这位是安妮特·福维尔小姐，科罗奈克太太的女仆。我刚给她录完口供。"

那位健壮的金发女孩掩着红肿的眼皮站了起来，立刻就显出了高大的身材；她还在啜泣，那声音听着更像是歌唱家在轻哼。安妮特衣着得体，说话时带着那种所谓的"法国戏剧腔"——在法国这种腔调容易惹人笑话，就像口音过于浓重的人在英国会被嘲笑一样。

"先生,"安妮特字正腔圆地说,显然是要在陌生人面前表明立场,"我已经把所有我知道的都告诉你了。我不明白你在怀疑我什么。我向你保证,如果需要的话,我能够找到比科罗奈克太太更有身份的前雇主来担保我的信誉。不知道为什么,我觉得你好像在怀疑我惦记太太的珠宝。"她把一条小小的蕾丝手帕按在鼻子上,然后站了起来,"现在你应该知道了,今天早上太太的律师已经打开了她公寓里的保险柜,就连水钻都没少一粒。就是这么回事。"

班克林安慰了她一下,随后又说:"在你走之前,我想再确认一下:你清楚你刚才给出了什么证词吧?比如,你刚才说,在星期六,你陪同科罗奈克太太和劳特雷克先生去野餐了。"

金发女孩闷声表示赞同。

"你们那天早上十点半离开了公寓,然后开着劳特雷克先生的车子到了奥特伊。劳特雷克先生租了船去河上玩。在此期间,他一直没有离开太太的视线,也没有离开你的,对吗?"

"完全正确。"

"上船之后,你们一直在奥特伊和比扬古之间的河上。你和一名船工在后面的一条船上。在此期间,科罗奈克太太和劳特雷克先生一直没有离开塞纳河——"

"不完全是这样。期间大概有两个小时的时间,他们把船停在一个小山头下面的柳树荫里,吃了野餐,然后躺着休息,聊天;不过他们没有离开河面,因为他们没有下过船。我能看到他们。"

"可是,如果船工在跟你'调情',你能确定你——?"

"先生！"安妮特愤怒地嚷了起来。

"我只是想搞清楚。"班克林说，"好的。快日落的时候，你和他们一起回到巴黎。你晚上放假，所以在军事学院地铁站就下了车。你认为他们之后就回家了。是这么回事？谢谢，再见了。不，小姐，那边是洗手间的门。从这边出去，对。"

安妮特出门前还是扭头仔细地端详了一下拉尔夫，搞得他有点不安。班克林跟在后面关了门，然后坐了下来，凝视着他的三个客人。在这个小房间里，班克林显得大了一号。今天他的下巴似乎变长了，粗犷的眉毛更卷曲，整个人看上去更加阴郁了，就像讽刺漫画中的人物。就像昨天在大理石别墅时一样，柯蒂斯再次感受到了他身上那种强烈的陌生感和邪恶感。

"那么，你们想知道关于香槟酒瓶的事情？"班克林的开场还算温和，"是的，道格拉斯先生，我知道今天早上罗宾逊去了你的房间。所以你应该掌握不少细节了。不管他说了什么，我相信他没有提到香槟酒瓶和.22口径的手枪。不过，我猜托利小姐听说过这两样东西。好，我们从头开始。吸烟吗？"班克林拿出一盒香烟，"这是从皮埃尔·沃尔辛的行李里缴获的，我们两个月之前抓住了他，把他处决了。他有一千包土耳其香烟和弗吉尼亚香烟，从那之后署长的办公室里就不缺烟了。不，别不好意思，这香烟挺不错的；皮埃尔是割人家喉咙的凶犯，又不是投毒犯。这边是土耳其口味，这边是弗吉尼亚口味。"

"我要来一支。"玛格达的表情同样温和，"他们说（让我们就事论事）你昨天在别墅找到的手枪是我母亲的？"

"托利小姐，你昨天看到那把手枪了，斯坦菲尔德先生也看到了。你没有认出来？"

"没有。麻烦就在这里。一个普通人，比如斯坦菲尔德先生，怎么可能看一眼就认出一把特定的手枪？它们看起来都一样，至少在我看来都一样。"

"斯坦菲尔德先生的眼力很特别，"班克林断言道，"这一点我已经考虑到了。不管怎样，你知道你母亲有一把这样的手枪，对吧？"

"哦，所有人都知道。我想说的是——我是说她用手枪这事太……你明白我的意思。这事太蠢了，我都提不起精神生气。每次一想起来，我就想笑。"

"这是罗宾逊的推论，不是我的。"

"那么你是怎么推论的？"拉尔夫平静地问。

班克林拉开办公桌的抽屉，抽出一个大号的米色文件夹。接着他把之前点着的香烟放在桌子边缘，任由它慢慢燃烧，但他并没有拿起那个文件夹。

"你们刚才进来的时候，应该看到我们的实验室了。别太兴奋，里面没什么神秘技术，甚至算不上先进。除了毒理学检测，其他大多时候我们都是依靠照相机和显微镜，或是依靠两者的结合——显微照片，以便看清楚肉眼无法看到的东西。我记得最早在侦办过程中使用显微照相技术的案子是五十多年前的尤斯塔奇案（马布斯可以纠正我）。现在，我的任务是指挥实验室的主管干活，判定谁有可能是凶手，凶手可能干了什么，然后告诉主管在哪里有可能找到呈堂证据。

"现在，我们来说说罗斯·科罗奈克遇害案。就从星期六晚上十一点十五分左右,罗斯到达大理石别墅说起吧。在这方面,我们只有霍滕斯这一个证人,所以我们不得不接受她的证词——除非我们之后能发现什么漏洞。到目前为止,霍滕斯的可信度还算不错。

"霍滕斯告诉我们罗斯到达别墅的时候在生闷气。这可以理解,毕竟为了抚慰劳特雷克,她刚刚和她的一些珠宝说了拜拜。霍滕斯还说因为道格拉斯先生没在别墅等她,她又失望又气恼。这也没问题。为了这次约会,她期盼了一整天,被迫忍受了令人难堪的事,受到了精神刺激,还损失了一大笔财富。然而拉尔夫竟然不在别墅,甚至没有留下口信。在十一点十五分的时候,她的情绪就是这样。

"随后,她沐浴更衣,收拾好了床铺。时间已至午夜,拉尔夫还是没有出现。霍滕斯说到这个时候,罗斯已经憋着气,惹不得了。她让霍滕斯拿来小瓶香槟,然后打发霍滕斯去睡觉。香槟被放在了起居室桌子上的一个冰桶里,为的是保持凉爽。霍滕斯是从起居室的门出来进的走廊,当时那扇门没有锁。

"如果对罗斯而言,之前的时间已经过得很慢了,那么现在呢?别忘了,她没有钟表。而拉尔夫一直没有露面。

"昨天第一次检查那些房间的时候,我就有一种想法:在十二点到一点之间的某个时间点,罗斯决定要给她的情人一个教训!她不会跑回巴黎去;不会,罗斯是个精于算计的女人,不会为此失去抓住拉尔夫·道格拉斯的机会,赌气走开也不符合她的性格。她想到了一个更好、更有效的办法。她要把通向自己房间的所有门都锁住。她会去睡觉,甚至会吃剂量很大的安眠药，这样不管拉尔夫来了之后搞出什么动静，她都能坦然入睡，既不会被吵醒也不会受刺激。她会先喝一瓶睡前的香槟酒，然后上床。等不够殷勤的拉尔夫最终到达别墅，让他自己想办法进来吧。需要给他一点教训，这样也能刺激他的热情。我甚至能想象出那个迷人的栗发女人冷笑的样子。"

说刚才这段话的时候，班克林语调沉稳而严肃，柯蒂斯有点怀疑这种演说式的讲述有什么别的意图。果然，柯蒂斯发现班克林的眼中闪过了一丝窃笑。

班克林换了腔调，点点头道："我看出来了。你们认为我说话和罗宾逊是一个风格？好吧，让我们看看是否果真如此。继续说案子吧。

"先考虑第一个问题：锁住的房门。提到这个，你们可能会说我在第一关就跌倒了。从起居室到走廊的门是锁住的——正确。从更衣室到走廊的门也被锁住了——正确。但是从卧室通往走廊的门并没有锁——你们昨天早晨就是从那扇门进入卧室，发现了尸体——尽管钥匙就插在门内侧的锁孔里。

"昨天你们三个人离开别墅之后，我和马布斯就着手工作，我着重研究了那把钥匙。那是一把很普通的钥匙，和多数钥匙一样，上面有一层轻微的锈斑，因为长期插在锁孔里，还蒙了一层灰尘。在马布斯的袖珍放大镜下，能够看到钥匙的尖端有一圈横向的刮痕：钥匙表面有锈斑，所以刮痕看着比较明显。我在卧室里看了一圈，注意到的第一样东西就是一把镊子。

"多数镊子尖端的内侧都有一系列细小的横纹，就像布上的条纹，目的是让镊子在光滑的表面也能产生足够的摩擦力。所以我想到用显微照相技术比对钥匙和镊子。"

班克林从文件夹里拿出一张大照片,上面是一片黑乎乎的东西,隐约能分辨出那是钥匙的边缘。但是由于拍摄角度很特殊,照片上只凸显了五条平行的白色横纹。其中三条不太平稳,模糊不清,另外两条则相对清晰。

"只放大了五倍。"班克林说,"好在这些刮痕是新出现在钥匙上的,而且我们的摄影师很专业。下一张是镊子的照片,我们把它掰开,分别拍摄了镊子腿。另外,我这还有钥匙另一侧的照片。经过比对,我们发现镊子的齿纹与钥匙尖端上的刮痕完全吻合。用卡尺量一下,也是分毫不差。

"这是个很有力的证据。据此可知,罗斯·科罗奈克原本从内侧锁住了那扇门,但是有人从门外面用一把镊子穿进锁眼夹住了钥匙的尖端,然后扭转钥匙,打开了门。此人大概就是我们所说的那个穿棕色雨衣的男人。"

班克林放下了照片。

"请记住这个事实,我们在随后的分析中可能还会用到。这不仅仅是一把用来开门的钥匙,也是解开整个谜团的钥匙。你们明白吗?"

第14章

三扇锁住的门

没有人说话。班克林拿起那根快要烧到桌边的香烟,把它放进了烟灰缸。

"我们继续往下看。锁好门之后,罗斯自己换了睡衣,准备睡觉。我猜她打算直接入睡,所以她做的第一件事是在浴室用一杯水冲服三片安眠药:水合氯醛会慢慢地起作用,给她充足的时间换衣服。她在浴室的杯子上留下了指纹。吃完药后,她回到了更衣室。

"现在来说说我为什么推断罗斯决定自己睡觉。我们已经发现了证据:她的衣服都挂在衣柜里,按照她自己特定的方式叠好了。不仅如此,你们仔细看看她的脸,就会发现她根本没有化妆,尽管她的梳妆台上有一整套化妆品——唯一被用过的是一瓶面霜,打开的盖子就放在旁边。

"我也年轻过,按照罗宾逊先生的说法,我也经历过'充满热情的单身汉'时代,所以我能作出一些特定的推断。现在,我想请托利小姐评判一下我的推断是否准确。那种面霜是女人——特别是三十多岁的女人——在睡觉之前涂脸用的,目的是在第二天早上让自己显得面色好看。那么,托利小姐,请告诉我：如果你打算晚上接待一个情人，尤其是已经快一年没见过面，而且你特别想吸引到的情人，那你是否会卸掉妆，涂上面霜？"

玛格达摇头道："我肯定不会！可是——"

"什么？"班克林立刻问。

"也许不值一提。我——我只是在想——"

"说说看，没关系。"

"我只是在想她为什么没有用完之后把盖子盖回去。如果敞开盖子，那种东西很快就会变硬、变干，要是长时间暴露在空气中，就完全废了。把面霜的盖子盖好按说是一种下意识的动作，而且你说过，她是一个非常整洁的女人。"

"很好！"班克林又挤了一下眼睛，"我们一会儿还会说到面霜，因为随后我还有一个相关的证据要讲。现在罗斯·科罗奈克已经换上了睡袍，坐在了梳妆台前面。我们必须说说那件没人碰过的晨衣了，这一点挺有意思。你们应该注意到了，在涂面霜前，她已经穿上了拖鞋；但是她没有穿晨衣。托利小姐，再帮我们解释一下，为什么？"

"她当然不会穿那个。"玛格达不耐烦地说，"如果你是指衣柜里挂着的那件花哨的、满是蕾丝的晨衣——她是绝对不会穿的，免得把满手的面霜沾在上面。"

班克林往后一靠："很好。现在罗斯·科罗奈克坐在梳妆台前面，穿着睡袍和拖鞋，正准备或者正在涂面霜。她还没有作好睡觉准备，因为她还没来得及去关起居室那几扇通往露台和美妙夜色的窗户。她绝对要把那些窗户关上——如果窗户开着，把三扇门锁住就毫无意义,因为露台外面有一个通到楼下的楼梯,她那没诚意的情人可以轻轻松松翻窗进来。这个时候,她想起来睡前的一小瓶香槟了,那东西仍然在起居室的冰桶里放着。于是她去那边把酒瓶拿了过来:到这时候为止,酒瓶还没有被动过。

"啊,你们会说,这不像罗宾逊在匆忙下定论吗?你们会问,你怎么能这么肯定?你怎么知道罗斯在此之前没有打开过酒瓶,喝上一两口?要知道霍滕斯早在十二点十五分就离开了。听我说,我们检查房间的时候,就已经看到了证据。你们看到了吗,在梳妆台表面靠右的位置,漂亮的红木台面上分明有一处圆形的痕迹——那是小瓶香槟留下的,是香槟里的酒精弄脏了台面,而不是水。大量的酒水从酒瓶里冒出来,顺着瓶壁流淌到了台面上——马布斯已经鉴定过了。所以说罗斯在梳妆台上打开过香槟酒瓶,给自己倒了一杯,然后开始卸妆。可是有人打断了她。"

"打断了?"拉尔夫问道。

"因为有人进来了。请注意那个梳妆台,几乎所有的事情都和它有关。你们感觉到气氛的变化了吗——那个女人的动作突然停止,所有场景定格在半空中?她是正在涂面霜的时候被人打断的,因为她没有来得及盖上盖子。她是在那人进来之前刚刚打开了一瓶泡沫丰富的香槟,因为作为一个爱整洁的女人,她却没有将香槟酒的痕迹从贵重的红木台面上擦掉。第二天,我们在梳妆台下面发现了她的拖鞋——罗宾逊已经说了,她不会光着脚在大理石地面上走动。起居室的大窗户没有关上——

可她原本因为生气，计划要把窗户关紧，以便把迟到的情人关在外面。然而，就在那个梳妆台旁边，一切突然停滞。如果她不是穿着拖鞋从梳妆台边走开的，那她是怎么离开的？在那一瞬间的停顿之后，她做了什么？

"只有一个线索能告诉我们答案。在那把短剑的柄上有一圈清晰的指纹，是罗斯的，也就是说她曾经紧紧地攥着剑柄。我想事情是这样的：她坐在梳妆台前的时候，看到或听到了什么，吓坏了。她唯一能用来自卫的就是那把短剑，所以她匆忙从梳妆台的抽屉里把它拿了出来。"

班克林一边叙述一边比划着，在场的人都感到一丝不安。这是班克林第一次显露出自己的表现力，柯蒂斯并不喜欢他这样。

短暂的停顿之后，坐在椅子边缘的拉尔夫·道格拉斯说道："我想，她肯定是听到凶手从楼下上来了。那人先到了楼下，磨了刮胡刀，然后他准备上楼。别墅的走廊也是大理石地面，如果他把一个装满夜宵的推车搬上去，在走廊里推着走，肯定会发出很大动静——"

"不对。"班克林说。

"这不合理。"班克林思索着，用缓慢而深沉的语调说，"我知道走廊是大理石地面，也知道要把满载着餐具的小推车搬上楼而没什么动静是不可能的，毕竟餐具原本的设计就是要叮当作响。同样，不管穿棕色雨衣的男人计划得多么周详，他也不可能——任何人都不可能——悄无声息、毫不费力地用镊子打开锁住的门，让屋子里面的人毫无察觉。看看，这些照片上有模糊的痕迹，证明镊子曾经打滑！但是真正的问题不在这里。罗斯听到那种动静为什么会惊慌失措？是什么东西吓得她匆忙抓起武器，差点把一整瓶香槟碰翻？正相反，罗斯应该在期待那些声音，甚至可能会为此感到得意，毕竟她的决心获得了回报。可是在某一瞬间，她为什么突然停下动作，来不及穿拖鞋就从梳妆台前跑开了？别忘了，她什么都看不到。她认为房子里只有霍滕斯。我再强调一遍，她什么都看不到：房门锁好了，卧室的窗户也锁好了，窗帘都拉上了；更衣室的窗户也锁住了，外面的百叶窗关着。实际上，如果有人能突然接近，那他只可能从一个方位来。"

柯蒂斯坐直了身子，轻声说："我明白了。是起居室里那些通向外面露台的窗户。"

"是的。现在，厄运正蹑手蹑脚，一步步向罗斯逼近。你们回想一下，梳妆台摆放的位置是不是正好可以让梳妆镜侧着朝向通往起居室的门？我昨天观察了，如果往镜子里看，我可以看到你站在通向起居室的门口。请注意，我们只是在推想。我要求你们想象一下四面都涂着镀金漆的更衣室，黑白相间的大理石地板，两个房间里明亮的枝形吊灯。有人从外面的楼梯上到露台，轻手轻脚地穿过了起居室。但那人再轻手轻脚也没用，因为罗斯·科罗奈克一边放下酒瓶和酒杯，一边抬起头来，从梳妆镜里看到了另一张面孔。有人正站在门口，拿着一把自动手枪——我们已经从斯坦菲尔德先生那里听说了，罗斯唯一畏惧的武器就是枪械。"

"穿着棕色——"拉尔夫说到一半，却被班克林抬起手制止了。

"不对。"班克林又问,"有谁要香烟?"

"我说,您在吊我们的胃口。"柯蒂斯平静地抗议道,"您满意了吗?"

"我只是给大家一点时间思考。给,香烟。别落入那种糟糕透顶的误区——我昨天也犯了这个错误——认定从露台进来、拿着手枪的人就是那个穿棕色雨衣、戴黑帽子的男人。惯性思维会让真相扭曲,让事实变样。我也因此走了一段弯路。我的问题是这样的:我认定——我现在仍然这样认为,因为这是真的——就在神秘的X拿着手枪进入房间之后,罗斯立刻遭到了袭击。她被拽进了浴室,然后残忍的凶手用短剑在她的胳膊上开了个口子,为的是让她失血过多死去。

"认为翻窗进来的是那个穿棕色雨衣的男人,这想法也很正常,不是吗?如果他要绕到房子后面去,他必然先走上车道,经过那个通向露台的楼梯。就算不打算直接进去,他也可以爬上去往里面窥探。好,我们推测他从露台进入了起居室,杀死了罗斯,正如我刚才说的那样。

"可是如果按照这个推论,他之后的做法就变得匪夷所思了,说荒诞离奇都不过分。

"他用短剑杀死了罗斯,然后沿原路离开了罗斯的房间,通向走廊的门仍然全都从里面锁着。接着,他绕到别墅后面,从后门进来,吵醒了霍滕斯。他特意让霍滕斯看到他在磨一把刮胡刀——一件他不可能用于谋杀罗斯的武器,因为他已经用那柄短剑把罗斯杀死了。现在我们又遇到了那个老问题:现场数目惊人的武器。这个男人来别墅的时候带了手枪和刮胡刀，但是他一个也没有使用。如果用刮胡刀，他满可以一刀切开罗斯的胳膊，可他最终却选择了笨拙、低效的方法：用短剑去刺动脉。杀完人，他又下楼去磨根本用不上的武器。

"说到这里已经够离奇了，而他之后的行为就完全可谓疯狂。在已经堆得满满的小推车上，他又添了一大瓶香槟。接着他把这个推车搬上了楼。刚才在罗斯的卧室里，他没有把门锁打开，现在却大费周折地用一把镊子去从外侧捅开门锁。他——算了，我没必要再说下去了。相互矛盾的例子数不胜数。

"然后，我突然清醒了。我能够清醒过来，是因为我不得不自问：除非这家伙比'三月兔'还要疯狂十倍，否则这些做法能通向什么结论？

"结论很简单：这桩谋杀案中有两个凶手，他们相互独立地展开行动。一个是穿着棕色雨衣的男人，另一个就是我们的X。前者打算用刮胡刀杀死罗斯，还为她设计好了一个小陷阱。等一会儿你们自己都能猜到他设计了什么陷阱；不过我可以向你们保证，如果分析的思路正确，你们就会明白他的做法有多疯狂。不巧的是，他遇到了麻烦：X突然闯入了他的计划。

"穿棕色雨衣的男人还在准备阶段，X就已经展开行动了。手枪实际上是X的。X从露台进入了起居室——时间大概是夜里一点，可能不到一点——然后袭击了罗斯·科罗奈克。等X结束了疯狂的行径之后，罗斯死了，那时穿棕色雨衣的男人还没到达别墅。之前我们觉得穿棕色雨衣的男人有不少举动都很疯狂，现在其中的大部分慢慢变得清晰起来了。他在按照计划进行表演，完全不知道他的目标已经死了。他料想罗斯应该穿着睡袍，盖着被子，正平静地躺在床上睡大觉，可他真正看到的却是一个死去的罗斯——我猜他必然大惊失色。"

班克林停了一下，又道："不过我们现在在讨论 X。你们知道 X 做了——？"

玛格达·托利打断了他。

"X？到底什么意思？"她嚷了起来，还忍不住挥了挥胳膊，不小心把手包从膝盖上碰掉了，"他们说得对，你是在吊我们的胃口。你不能这么做。这——这不公平。你没有权利这么做。谁是 X？如果你知道，你能不能告诉我们？是谁干了所有这些事，是谁割开了罗斯的动脉？"

班克林把胳膊支在桌子上，非常温和地说："是你，托利小姐。"

第 15 章

炼金术士的瓶子

我们的理解速度往往比想象中滞后；我们习惯于只听到自己希望别人说的话。所以当这样的话响起时，人的头脑就像留声机上没有被针头碰到的唱片一样，在那里空转。至少柯蒂斯是这种感觉，尽管他可能比拉尔夫早一秒理解了那句话的含义。

柯蒂斯转头望着玛格达。她往后靠在椅背上，肩膀微微耷拉着，头也略微低垂，一头黑发因而向前偏，几乎触及她的脸颊。她从斜扣的白色帽子的帽檐下面瞄着班克林，眼神闪烁——柯蒂斯昨天在大理石别墅也曾见过她的那种眼神。然后她笑了，嘴角又出现了酒窝。

"真是可笑。"她说。

如果没有听到玛格达的声音，柯蒂斯可能会笑出来，但是他听到了。他一下子明白班克林说对了。已经没必要考虑其他可能性了。

"哦，我的天。"玛格达低声道，她的眼睛湿润了。

并没有人大叫大嚷，因为连拉尔夫似乎都没明白到底发生了什么。他先是断断续续、语无伦次地咒骂了一阵，最后他说："别胡扯了。"他的语调如此空洞，满是狐疑，就像远方飘来的风。他突然注意到玛格达在发抖,这时他清醒过来了。

"嘿,听着!"拉尔夫嚷了起来,"这太过分了!这玩笑开得太过分,太无趣了!如果我真把你的话当真,我会——我不知道——我会——"

班克林一动不动,仍然把胳膊支在桌子上,拳头抵着下巴,平静地望着玛格达。听到拉尔夫的吼叫,他不满地皱起了眉头。

"请放低你的声音。"班克林说,"别忘了你在什么地方,这里是警察局。我的一些同事对于谋杀可不像我这么宽厚。麻烦你去把门锁好。我并不打算把你们关起来,但是我希望在我们作决定的时候,外面的人别来打搅。"

玛格达在无声地、剧烈地颤抖,柯蒂斯看在眼里,开始考虑自己能做点什么。不管怎样,他必须帮助玛格达摆脱这件事。和班克林对抗似乎没什么胜算,但是他打算试一试。班克林这会儿从抽屉里拿出一个酒杯和一瓶白兰地,往杯子里倒了一些酒。看了一眼玛格达之后,他又往酒杯里加了点酒,然后一声不吭地把酒杯递给玛格达。

"我不知道您说那番话时是不是认真的,"柯蒂斯对班克林说,"至少我们绝不相信那种胡扯。托利小姐,"他又转向玛格达,"你被警方算计,突然被扣上谋杀的帽子,这会儿肯定心烦意乱,不知所措。如果我是你,我会什么都不说,免得让他们借题发挥。"

"哦,有必要这样吗?"玛格达焦躁地问,紧接着又非常急切地说,"我打算交代情况,摆脱这一切,我的第一步走得相当不错,不是吗?"

"老天啊,玛格达,不可能是你!"拉尔夫接口道。

"就是我。你真应该看看你现在的脸色。我这辈子还从没见过这么可笑的脸色呢。砰!"玛格达扮了个大鬼脸,还把手像爪子一样举起来,在空中来回晃动,她的声音已经接近歇斯底里,"你就坐在一个供认罪行的杀人犯旁边,你没有起鸡皮疙瘩?你不想逃跑?你为什么不逃跑?"

"别激动。"拉尔夫觑了一眼房门的方向,确定那门锁住了,然后正色对玛格达说,"没有人会抛弃你。问题只是——这是他们的恶作剧,就是要出其不意地吓唬你,是不是?总有人会搞这种事情,然后说:'好了,我们都挺开心的,让我们忘了这个,继续干正事吧。'不加这句话会让人很不习惯。如果有人要说,看在上帝的分上,赶紧吧。谋杀!这是最糟糕——我是说——"

"你怎么了?她因为爱你,才会被人指控谋杀罗斯,你听到后为什么这么惊慌?"柯蒂斯的苦恼快要盖过他的谨慎了,"她听说你因为爱她而被指控谋杀的时候,也像你这么惊慌了吗?"

"没有。但当时她完全没有必要。"拉尔夫回答,"她知道那不是真的。"

这句话一下子击中了要害,柯蒂斯完全没预料到,只是眨了眨眼睛。拉尔夫的话准确无误,毫无破绽:法律的圣洁不容玷污,否则就再也不会有赞歌和引述。然而这一刻,柯蒂斯满脑子都是反抗的意识。"我杀了人"这几个字的分量意外地变轻了。柯蒂斯头脑一片混乱,为了寻求出路,他瞥了一眼班克林。班克林已经坐回到椅子上了,正饶有兴致地观察着他们。

"我这么做并不是为了拉尔夫。"玛格达举着酒杯,急促地说,"或者说,他连十分之一的原因都算不上。我不知道自己为什么要这么做。我真的不明白。也许是因为我父亲被绞死了,所以我命中也不能幸免。我听妈妈说了拉尔夫和罗斯的秘密约会,就决定去别墅亲眼看看,即便在那时我也没有杀人的打算……但是当我看到她站在更衣室里,脸色惨白、冰冷,一副酩酊大醉的样子,手上还沾着面霜,我就想到她之前的所作所为了。天知道我怎么了,我就是无法接受她一直都能如鱼得水地逃脱。然后她拿着那把短剑朝我走过来,我——"

玛格达无法再喝下去了,她把酒杯放在了桌子上。

"从那之后,我一直在试图搞清楚我当时到底怎么了。就算我手里拿着枪,我原来也根本没打算开枪——但这个可怕的念头竟然冒了出来。想到她像吸血鬼一样把她遇到的所有人的血都吸干了,我突然觉得作为报应,她也应该被放干血。我并不是要为自己辩护,只是我事后一直无法接受自己的行为。她趴在浴缸上的时候,我受不了了。我突然吓坏了,感到很恶心,于是赶忙抓起一条毛巾,试图给她止血:我想要让她醒过来,让她知道那不是我的本意。但是她身体里已经没多少血了——比你们想象的少得多。已经来不及了。等我稍稍冷静下来,我发现她已经死了。"玛格达用双拳挡住了眼睛,"我现在想知道的是,你怎么知道是我?我非常小心。我没有立刻逃跑,而且我是隔着毛巾握那把短剑的,还把所有我可能触碰的地方都擦拭了,避免留下你们所说的指纹。然而最讽刺的是,我在那些小细节上如此细致,走的时候却忘了拿那把手枪,就把它留在地板中央了。"

玛格达笑了起来。

"看着我！"班克林严厉地说，他牢牢地盯着玛格达的眼睛，吓得她移不开视线，其他人也都不敢动，"这是别人的罪案，你明白吗？不是你的。你是在从外人的角度看这个案子。我马上就告诉你那晚到底发生了什么，为什么会发生，但是在这期间，你不能再胡思乱想了。

"托利小姐，你留下了不少痕迹。找到这些痕迹并不是我的功劳。听完我的解释，你就不会这么歇斯底里了。"班克林的态度又变得温和了，"昨天我们粗略一查就已经发现了不少线索。罗斯·科罗奈克被人费了好大劲从更衣室拖到浴室，拖鞋留在了梳妆台下面。她并没有完全被放进浴缸，而是被放在浴缸旁边，把右胳膊垂到了浴缸里面。

"当然了，有很多迹象可以验证这一点。杜兰德在浴室的衣服筐里面发现了三条毛巾。其中两条仍然潮湿，但是并没有血迹。第三条毛巾是干的，上面有一处新鲜血液的痕迹。如果罗斯被放进装满水的浴缸里面，从动脉流出来的血液会被水稀释，那她被拖出来的时候，稀释过的血液肯定会在她身上留下痕迹。即便浴缸是空的，但是有水流经过，那么尸体上也会有这样的血迹。但事实上，罗斯身上没有这种血迹。而那三条毛巾的状态足以证明凶手并没有用毛巾擦干罗斯的身体：两条湿毛巾上没有血迹，有新鲜血迹的第三条毛巾却完全是干的。

"那条染了血的毛巾其实还有一个用途，马布斯昨天已经告诉过你们了：为了避免在短剑上留下指纹，凶手用那条毛巾裹着剑柄，其中一部分毛巾触到了三角形的剑刃。短剑上面确实没有指纹，但是在剑刃不到一英寸宽的边缘上，能够看到手部碰触的痕迹。在浴缸的边缘也有手掌留下的类似痕迹，证明有人曾经将手压在浴缸边缘上。手枪也是：有人擦拭了手枪，但是在枪柄的背面留下一点手印。这些痕迹面积都很小，最大直径也不到半英寸，也许有人会认为它们不重要。实际上并非如此，这是危险的证据。"

拉尔夫声音沙哑地插话道："没有用。根据手掌的印记并不能确定人的身份。我在文章里读到过，它不像指纹那样有辨识度——"

"手上有汗孔。别这么看着我。这不是什么新技术，是洛卡德博士[1]发现的，早在1912年审理里昂的西蒙宁案件时就开始应用。我只是一个旁观的门外汉，是马布斯完成了分析工作。原理是这样的：在显微镜之下，手上的汗孔清晰可见，是有间距的，像针刺出来的小孔，借助显微拍照技术就能看得出来。计算一个指定区域里汗孔的数量，就能确定是否与某人身份相符。正如每个人的指纹是独特的，每个人手上的汗孔数量也是独特的。看这个，"班克林打开了文件夹，"我们有四张手部照片，拍的都是相同的指定区域。皮肤上隆起的区域显示为白色，周围以黑色的线隔开；在白色的线上有一些针尖一样的黑点，就是汗孔。除了一些特定的隆起部位，每个隆起处都有八百零四个汗孔。"

---

1. 作者注：埃德蒙·洛卡德，里昂警察实验室的主管。参见《犯罪调查及科学方法》（埃德蒙·洛卡德著，巴黎，1929年）。

"可——是谁——?"

"是你的掌痕,托利小姐。"班克林说,"前三个分别来自短剑,浴缸的边缘,手枪;第四个是从你的车门把手上取的。

"你昨天在大理石别墅的表现引起了我们的注意。我们在现场发现三个类似的掌痕之后,就一直在尝试寻找可能与之匹配的人。昨天中午,你出现在别墅实在出人意料。我看着你进来。你开车进门,迅速到了别墅的侧面,然后突然看到拉尔夫先生从后门走了出来。看到拉尔夫,没有人比你更吃惊了。你甚至有点不相信自己的眼睛。拉尔夫问你为什么在周日中午出现在那个地方,你匆忙地回答说有人早上给你打电话,说拉尔夫在大理石别墅遇到了麻烦。如果真是这样,你一看到拉尔夫何必那么吃惊?这也许不算大事,但是值得深究。就算没有匹配上掌痕,我们也会去克利翁酒店查询周日早上一点之前是否有人给你们的套房打过电话。只有一个电话,是斯坦菲尔德先生打给你母亲的,所以你不可能收到什么电话通知。

"知道你是曾经拿着短剑的那个人之后,剩下的推断就相当容易了。甚至看起来易如反掌。因为霍滕斯·弗瑞拿了一封署名为拉尔夫·道格拉斯的信去找乔治·斯坦菲尔德翻译,所以你也被卷了进来。信上说拉尔夫和罗斯旧情复燃。斯坦菲尔德向托利太太报告了这件事。他选择了一个你不在的时机,也就是你去和拉尔夫吃晚饭的时候。我们已经从酒店的前台那里确认了斯坦菲尔德先生是周六晚上八点到达了酒店。他在八点四十五分离开,而且情绪激动,差点拿不住帽子。你是在十点半回到酒店,见到了你的母亲。

"我不想谈论什么感情问题，大家已经听得够多的了。不过我想你心中无法抑制的冲动，是要弄清情况，亲眼看看那是不是真的。等所有人都睡觉了，你就可以避开你母亲和其他人，轻松地从酒店溜出去，因为你们的套房有一个私人电梯。你有你自己的车。你从起居室的桌子上拿走了手枪。斯坦菲尔德先生声称他周五将这把手枪拿到旅行社了，这个谎也太低级了，我们根本不会在意；尤其是我们已经发现了手枪上有你的掌痕。我们感兴趣的是他为什么要撒这个谎。有可能——你大概也想过——你母亲怀疑或者知道你干了什么，所以设法把嫌疑从你身上挪开。这个推测并非不可能，但是我并不相信。我想这背后有另一个原因。

"不管怎么说，你开车去了大理石别墅，把车停在相当远的地方。你很容易就能判断出别墅里有没有人，因为露台上的几扇窗户敞开着，透出了灯光。你顺着楼梯上了露台。该发生的总归会发生。最后，你多做了一件事，也是唯一你能做的事情：你把一个死去的女人放回了床上。"

玛格达平静地说："你最好说快点。酒劲儿快过去了，过不了一分钟，我就会大闹一番。不，拉尔夫，别靠近我；我是个谋杀犯，别忘了。说起来，我们就在警察局里面，还挺方便的。现在你要把我送到哪里？你要做什么？"

班克林往后一靠。房间里的气氛发生了微妙的变化：就好像一些活力、生命力从他的身体里消散了，他变成了一个喜欢唠叨的、温和的老绅士。

"什么都不做。"

"什么都不做?"玛格达傻乎乎地重复了一遍。

拉尔夫站起来,朝着班克林的桌子走了两步。

"昨天晚上,我一点也不觉得兴奋。"班克林接着用若有所思的语调说,"根据明明白白的证据,我知道谁必然是凶手,可是我又不肯相信……托利小姐,我已经过了喜欢说教年轻人的年纪,就算有说教的题材我也没兴趣这么做。你没有那种犯罪的天性。你是本尼迪克特·托利太太调教出来的淑女,如果我不是那么讨厌托利太太,我可能也不会这么喜欢你。我不想去猜测你这辈子被多少次提醒你有不光彩的出身;所以看到你坚持离开了托利太太,我也并不觉得奇怪。你已经受了不小的刺激,现在你最好知道真相。你曾徒劳地试图挽回对别人造成的伤害,你甚至无法相信自己犯了罪……这些我都能理解。实际上,罗斯·科罗奈克不是你杀的。"

空气一下子变得如此安静,理查德·柯蒂斯甚至感觉视线都模糊了。他没有看拉尔夫或者玛格达,但是他听到玛格达在深深地吸气——女人睡着的时候才会发出这样的声音。在柯蒂斯的脑海里,那些支离破碎的东西正渐渐拼合到一起,几乎马上就要变得清晰。

"我昨天就不肯相信凶手的身份,但是我没有办法否认,只能等着检验科的报告。"班克林说,"在那间浴室里发生的事情真的很惊人。受害者并没有被放进浴缸,而是靠在浴缸边,胳膊被搭在浴缸边缘上。凶手俯身朝向罗斯,用毛巾裹住短剑,手抓着剑刃一半的位置。罗斯的动脉被切开,留下一道很长的伤口:既然是动脉,血应当不是流出来的,而是喷涌而出。可是离伤口很近的那条毛巾上只有一小点血迹。"

他停下来看着玛格达。

"现在跟我说说。你必须要勇敢!嗯,这样好多了。刚才你告诉我们你进入更衣室时,看到了罗斯·科罗奈克,她'酩酊大醉'。你为什么这么说?"

"因为——她就是那样。至少在我看起来是那样。她站在梳妆台旁边,醋栗色的眼睛又大又丑,眼神很古怪;她已经又打开了一瓶香槟,正在大口地喝酒杯里的酒,就是为了不浪费一点涌出来的酒沫子。她打算用那把短剑刺我的时候,她的身子摇晃着,就像醉鬼一样。还有一股气味传来,让我直犯恶心——"

玛格达突然停了下来。

柯蒂斯接口道:"我想我明白了。"

"什么?"

"第一个解答,也是真正的解答,"柯蒂斯说,"和那个见鬼的香槟酒瓶有关。听着!那里面真的有安眠药:很大剂量的水合氯醛。真正的凶手早就准备好了酒和里面的安眠药——罗斯必然会喝那瓶香槟,因为别墅里只有那一个小瓶装的侯德尔香槟——这样等真凶出现的时候,罗斯应该已经呼呼大睡了。凶手必须让罗斯昏睡过去,因为他是在假扮拉尔夫。但是他没有预料到,罗斯在喝香槟之前,已经照常自己吞下了三片水合氯醛。

"也就等于罗斯自己服下了六十格令的安眠药。为了确保罗斯昏睡过去,凶手肯定在酒瓶里放了更大的剂量,我们先假定不超过六十格令。为了不浪费喷涌出来的香槟,罗斯·科罗奈克一口气喝了好几杯。所以在已经服下六十格令安眠药的基础上，再加上六十格令，这剂量足以杀死罗斯了。因此她直接就倒下了！难怪她动脉被切开的时候没有那么多血迹！她死于过量摄取水合氯醛，在被短剑刺破手腕之前就已经死了。"

因为过于激动，柯蒂斯不由自主地走到桌子跟前，俯身过去，用手指指着班克林一字一顿地说完了。那位前侦探像是在微笑，眼睛周围漾起了细细的皱纹。

"不对。"

"必然是这样！没有其他——"

"可以说你已经触及了本案中的一个关键点：为什么她突然就被制服了，甚至没有机会反抗？我自己也摸索了很长时间，现在我来带你走出迷宫。就算她已经服下了三片安眠药，任何安眠药的效果也不可能像手枪或者刀子那么直接。哪怕她从香槟酒里摄取了三百格令的水合氯醛，药力也需要过几分钟才会发作。而且几分钟后症状刚产生的时候，罗斯仍然有机会反抗；她因用药过量而死亡至少需要一个小时。所以你的解答不成立。"

"那么——您是想说香槟酒里面有能立刻生效的毒药，比如氰化物？我刚才说她被切开动脉之前就已经死了，您同意对吧？虽然您发誓酒瓶里面没有毒药，但我觉得那里面的肯定是毒药。"

班克林摇了摇头："不，在这个问题上，我们面临的谜团更复杂。不管酒瓶里面放了什么，都是那个穿棕色雨衣、戴黑色帽子的男人干的。如果他真的放了氰化物，或者其他能够立刻致死的药物，那他之后的行为就显得毫无意义。他何必磨刮胡刀？何必用镊子开门？何必把小推车搬上楼？"

"可是她确实被谋杀了。总不可能是巫术吧？"

"不。"班克林回答,"她是被所谓人类行为背后固有的无常杀死的。在穿棕色雨衣的男人执行他那令人厌恶的、我所见过的最丑恶的谋杀计划之前,罗斯已经死了。"

班克林弯腰从下层的抽屉里拿出一个空的小型侯德尔香槟酒瓶,亮给大家看。

"昨天晚上,罗宾逊给了我灵感。他总是能用错误的判断给我正确的灵感。你们看,有人把这个酒瓶切开,然后换了一个瓶底,目的是往酒里面掺东西。罗宾逊误以为这仿照了美国禁酒期间酒类走私犯的手法:把酒瓶切开,然后再用高温熔化瓶身底部的玻璃,以便封合酒瓶。这个法子理论上可行,但是代价高昂,而且很危险,可能十次有七次酒瓶都会爆炸。真正的封合手法是用轻型胶粘剂:一种类似鱼胶的透明粘合剂。不过似乎有很多人都像罗宾逊一样相信那些人用的是高温法。穿棕色雨衣的男人也不例外,他就用了高温熔化的方法。这家伙聪明灵巧,就算在他一知半解的领域,比如化学领域,也自认为能靠机智扫清一切障碍。

"第一个难题是如何把药物放进一个小香槟酒瓶。他没有其他选择,因为罗斯·科罗奈克独自一人时必然会喝的酒就是小瓶香槟。如果把香槟从酒瓶里倒出来,加入药物,香槟里的气泡就会变少。气泡散失多少,取决于香槟暴露于空气中的时间长短。穿棕色雨衣的男人觉得他必须给香槟添加一点'人工'气泡,就像常见的碳酸饮料那样。他选择了碳酸氢钠,就是那种常见的小苏打,碱性很强。"

拉尔夫将胳膊撑在玛格达的椅背上,不解地望着班克林:

"好吧，那又怎样？我想掺了碳酸氢钠的香槟味道不会好到哪儿去。况且一个人即便喝一大桶香槟和苏打水也并不会死掉，不是吗？"

"当然死不了。不过碳酸氢钠并不是最重要的添加剂，他随后放的东西才是致命的。"班克林看了一眼柯蒂斯，"正如你所说，三百格令的水合氯醛。这个剂量非常大，如果整瓶都被她喝下去，那足够致命。但是那人知道罗斯不会把一整瓶都喝下去，因为被他动过手脚的香槟味道变了，罗斯只要喝一杯就知道酒坏了——就算她不知道哪里出了问题。所以那人必须确保一杯之量就足以让罗斯昏睡过去。他希望罗斯失去知觉，这是他的主要目的。

"然而命运的反复无常开始作怪。在这个案子里，巧合与厄运贯穿其中。你们明白发生了什么吗？昨天在大理石别墅的那间卧室里，你们已经看到马布斯的复现实验了，只不过规模很小。"班克林打开了文件夹，"这里有记录。如果往酒里加入一勺子碳酸氢钠，即 $NaHCO_3$，三百格令（或者超过三分之二盎司[1]）的水合氯醛，即 $CCl_3\text{-}CH(OH)_2$，再把酒瓶封好，然后用极高的温度……"

班克林把文件扔在桌子上，往椅背上一靠，露出了邪恶的笑容，搞得他整张面孔都变了样子。

"穿棕色雨衣的男人简直是个诗人。"他热情洋溢地说，"他是一个强大的、不自觉的下毒者。他在浑然不知的状态下，像

---

1. 编者注：盎司为英美制质量或重量单位，1 盎司约等于 28.35 克。

炼金术士般在瓶子里炼制出了一种和氰化物一样致命的毒物，几乎和氰化物一样能立即见效。由于碳酸氢钠的缘故，酒瓶被晃动后开始喷出酒浆。罗斯·科罗奈克是个好酒之徒，她尽可能地大口喝掉了那些冒出来的香槟，以免浪费，所以她没有觉察到喉咙里的刺激感——那些毒物就漂浮在香槟的表层。手枪、刮胡刀、短剑和安眠药片：这个案子里出现的四样'凶器'全都不对。罗斯·科罗奈克死于她的精打细算。在托利小姐进入更衣室之前的一两分钟里，罗斯已经吞下了超过两百格令的纯液态氯仿。"

第 16 章

梳妆台前发生了什么

班克林变得严肃起来："托利小姐，让你感到恶心的味道就来自氯仿。更衣室旁边房间里的窗户一直开着，所以第二天早上几乎闻不到氯仿的味道，尸体附近也闻不到什么气味。在我的记忆里，因吞下液态氯仿而中毒的案子只有1886年伦敦的托马斯·埃德温·巴特利特中毒案。在那个著名的案子里，托马斯的妻子被指控谋杀，但最终审判结果是无罪。托马斯的症状和罗斯·科罗奈克非常接近，从外表看没有中毒的迹象。"班克林的手指在文件上挪动着，"他的医生发现'死者口中没有气味，脸色惨白，但表情正常；没有明显的痉挛迹象'。最初医生认为他死于动脉瘤，与此类似，罗斯·科罗奈克最初被认为是死于失血过多。

"从罗斯的外表上看，没有什么迹象和失血过多这一结论相悖。但是一旦开始怀疑其他致死因素，我们立刻就检查了罗斯的胃——昨晚的检验报告清楚地告诉了我们那个香槟酒瓶里面到底有什么。不过，罗斯算是幸运。她的死亡很迅速，几乎没什么痛苦。和穿棕色雨衣的男人为她准备的死法相比，氯仿对喉咙的刺激根本不算什么。那个男人明白真正发生了什么之后，肯定气得发疯。"

"那他打算怎么办？"拉尔夫问。

班克林沉思着说："如果我猜得没错，你脑子里已经出现了一些不好的联想。我以前已经说过，我现在再说一遍：我们想抓住那个家伙，越快越好。"

"可是，"拉尔夫嘟囔着，"和之前一样，我们要想揭露他的身份还是很难。"

"你认为还是那么难？我觉得不一定吧。"班克林的眼神有点朦胧，"不管怎么说，现在我们和那个罪犯之间的障碍已经被排除了，至少没有那些红鲱鱼了。我刚才之所以详详细细地介绍这些，是因为你们需要时间冷静下来。托利小姐应该能给我们提供很多帮助。"

玛格达轻声说："我所做的也并不光彩，不是吗？不，拉尔夫，我不打算扭头看你，你没必要一直盯着地板。我知道你们都非常努力地想保持体面，头上长着角、甩着尾巴的侦探大恶魔也对我表现出了我不配得到的宽容，但是——"

拉尔夫肯定是想试着给玛格达鼓劲，就像给瘪瘪的轮胎打气，但他显然很不自在，一个他抗拒很久的想法肯定又出现了。

"都是胡说，"拉尔夫嚷了起来，"胡说八道，我亲爱的。你不需要担心，什么都不用担心。重点是，你没有真的杀人，对吗？"

"哦，亲爱的，"玛格达的语气冷淡、阴郁，"我是不会去断头台的——如果你想确认的是这个。关键的问题不在于我没有杀人，而在于我所做的事情，或者说我试图做的事情。我知道你们所有人的想法。我坐在这里，每次有人提到……动脉、凶器、血等等，我都会心头一紧。很奇怪的是我完全没有负罪感。我只是感到非常羞愧，就好像我做了什么难为情的事，而不是犯了罪。可你们却在想：'要是她拿那把手枪一枪打死了罗斯——利利索索地，反正她已经疯了——案子可能就好办多了。现在事情太麻烦了。'哼！"她搓了一下手，往外一摊，"这就是你们的想法。我甚至算不上一个合格的暴力杀手，我没有勇气干净利落地杀人，然后堆着笑对你们发誓不是我干的。班克林老爹，你有没有那种法国人参加葬礼时戴的黑色面纱？我都不想回家，也不想离开这四面墙壁。要是我能把脸藏起来，永远藏起来，那该有多好啊。"

"现在没事了。"拉尔夫劝道，"不过你得承认——我是说——因为——"

听到这里，理查德·柯蒂斯已经完全丧失了理智。

"谁在乎你做了什么，没做什么？"柯蒂斯看向玛格达，"一个有感情的人会一辈子向往着看到你的脸。"

这些话如此诚挚、热切，在场的人听到后都愣住了，吃惊地看着柯蒂斯，就好像发现挂在墙上的肖像画突然说话了似的。在随后的一秒钟，柯蒂斯很可能会咬到自己的舌头——这是真的，因为他确实用舌头顶着牙齿，感到一股热气从喉咙那里涌上来。

玛格达瞥了一眼柯蒂斯，然后把头扭开了。

"哈，哈。"拉尔夫犹豫道，"现在的律师都很擅长说漂亮话，是不是？我们说到哪儿了？"

班克林的脸上则是一片平和。

玛格达拿起喝了一半的白兰地。"你早就想问我一些问题。我已经准备好了。我相信我现在没有理由保持沉默或者说谎。"她犹豫了一下,"另外,我——如果我能避免惹上麻烦,我想我可以给你一些帮助。其实我不应该帮你。"

"为什么?"

"你真的觉得我能全身而退?就算你愿意出力,我也不相信自己能够幸免于难。我是说,你的做法已经很了不起,我感激不尽,但是等你找到真正的凶手之后,你必须向全世界解释罗斯的胳膊上为什么有一道伤口。正如我刚才说的,我不大可能上断头台,但是我能猜到自己会有怎样的待遇。我不是在抱怨,真的。我会接受对我的惩罚。但是至于干预执法——"

"亲爱的女士,"班克林温和地说,"我可以在我喜欢的时间和地点,用我的方式干预执法。我以前就这么干过,这次我也打算这么干。你可以暂时忽略法律,只当你遇到的是私人麻烦。如果你准备好了,那就开始跟我说吧。"

"首先,你提到了气味的问题,你说得对。我现在想起来了:是氯仿。我当时没有想到这一点,因为我以为罗斯吸入了乙醚,你明白吗?有的女人会使用乙醚让自己陷入醉酒的状态,这也是我厌恶她的原因之一。其次,似乎所有的事情都取决于时间点——我是说,霍滕斯告诉你穿棕色雨衣的男人到达公寓时是——"

"啊!你明白了。"班克林几乎难以抑制他的急切,"接着说!"

"说起来可笑,霍滕斯给你提供的所有时间点——"

"都是错误的?"

"不,霍滕斯提供的时间都绝对准确。"玛格达有些恍惚地答道,"真可笑,霍滕斯的视力那么差,却能给出那么准确的时间,或者说她猜得很准。我是说,凶手真的是一点十分到达别墅的,霍滕斯说得没错。这么看来,之前我们已经知道的不在场证明,不管是劳特雷克的还是可怜的拉尔夫的,都变得无比牢靠。我知道凶手在那个时间点到达,是因为我自己也在注意时间。我——我看到了他。"

班克林双手猛地一拍桌面,挺直了身子。那动静把在场的几个人都吓到了。柯蒂斯看着班克林的脸,暗想如果这家伙使出威压,肯定能把人压扁,让人哭爹喊娘。

"托利小姐,如果你现在对我撒谎,不会有好结果。"

玛格达面色苍白地望着班克林,坚定地说:"我就知道你会这么说。但这是真的。我发誓,是真的!我为什么要偏偏对你撒谎?"

"我很快就会知道你是否在撒谎。现在我们换一种方式,我会问问题,你来回答。你是几点离开了酒店?"

"大概十二点二十分。"

"你母亲当时在哪里?"

"在床上睡觉,打呼噜。我当时在门口听了听,所以我敢确定。你不会还在想那个可笑的——?"

"当晚,在大理石别墅外面,道路另一侧,有一个'勤勉'的警员就醉躺在草丛里。不知夜里几点,他醒了一会儿,正好看到一个女人从别墅走出来,离开了。赫科勒当时喝多了,也许他的证词在法庭上不管用。他发誓他看到的是一个高个子女人,而你的个子显然不算高。现在我们回到正题。你是几点到达别墅的?"

"可能不到半个小时就到了。路上没有多少车,我开得很快,所以我到达别墅时应该是十二点四十五分。"

"你没费力气就找到别墅了?"

"是的。"玛格达轻轻咬着嘴唇,"你应该明白,我对那个地方很好奇。大概一个月之前的一天,我自己开车去看了一眼。"

"你把车子停在哪里了?"

"离别墅有点距离的一条小路上。"

"朝布瓦西的方向?"

"不,是相反方向。"

班克林看起来不再和蔼可亲了,他的声音非常单调,但语速很快。

"你看到灯光后,立刻顺着楼梯上了露台?"

"是的。我尽量轻手轻脚,不过她肯定从梳妆台的镜子里看到了我。她已经喝了很多那种东西,味道很冲。看到我之后,她开始用一种我无法理解的语言朝我尖叫,不是法语也不是英语——"

"波兰语?"

"也许吧。我不知道。我刚才说了,我以为她喝多了,还吸了乙醚,好让自己更加烂醉如泥。她从抽屉里拿出短剑之后,突然就倒在了梳妆台旁边:她身上穿着那件桃色的睡袍,粗壮的胳膊腿都伸展开来。我走到梳妆台旁低头察看。我记得当时酒瓶就放在梳妆台上，旁边还有一个香槟酒杯。我大声地对她说话，我记得我最后说的是：'你知道你应该得到什么报应吗？你应该被放进浴缸，把血都放干净……'然后我开始觉得头昏脑涨，陷入了那种有点癫狂，但是生理上并没有痛感的状态。我是说，就好像我知道自己在干什么，却完全停不下来。你不会明白的。但我其实不清楚自己干了什么，我不记得自己曾把她拖进浴室。我甚至不知道那里有一间浴室。接下来我记得的就是，我俯身在浴缸边上，手上拿着裹了毛巾的短剑。随后我就开始感到——我刚才说过——感到不对劲，我试图给她的伤口止血。但是已经太晚了。"

班克林对玛格达的叙述已不仅仅是感兴趣了。他向前探着身子，一副急切的样子，似乎他都赞同，也感到解脱，或者说理论得到证实之后的满足。

"我就不说那些可怕的细节了。"玛格达突兀地补充道。

"不，正相反，你一定要说那些可怕的细节。你可能不明白它们有多重要。继续说。"

听到班克林的语气，玛格达吃了一惊。她接着说："之后就没有什么了。我——我去了洗手池，在脸上拍了点水。然后我开始浑身发冷，因为我突然意识到自己做了什么。我和所有人一样，明白指纹的重要性。于是我开始用毛巾清理浴室，确保不留下指纹。之后我看了看手表，发现已经一点过五分了。我吓了一跳，完全没有意识到时间过得这么快……"

"时间过得这么快？"

"是啊。我到达别墅时还不到十二点四十五分。等我再次看手表的时候,已经过了二十分钟,我只是在——你知道的。我又去了套房,看看哪里可能会留下指纹。我甚至把那把手枪都擦干净了。我也不知道自己为什么那么做,我是打算把手枪带走的,然后不知怎么回事,我竟把它落在了别墅。我简直蠢到家了,连孩子都不会犯这样的错误。不过人们往往就是会干这种蠢事,我现在知道了。

"后来,你知道吗,时间似乎又变慢了,不像之前那样嗖的一下就过去了。等到一点十分的时候,我已经把所有的事情都做完了。于是我把套房里全部的灯都关掉,又顺着露台的楼梯下去了。就是在那时,我看到了他。"

"他?"

"那个著名的穿棕色雨衣的男人。"玛格达靠在椅背上,双手抓着椅子扶手,望着天花板的一角,语调显得很疲惫,"我当然不知道他是谁。我担心是我刚才弄出了什么动静,所以有人来查看。但不管他是谁,我都不喜欢他的样子。

"当时我刚刚走到楼梯下面。月光皎洁,甚至带着点浅浅的蓝色。不过我站在别墅的阴影里面,那片长长的阴影一直延伸到沙子车道一半长的位置。在车道的另一侧有一片草坪,后面是一排高高的树木。那个人从大门的方向往别墅走,正走在树下面的草地上。我先看到了他的雨衣,然后是他的帽子,接着是丑陋的长下巴。我能够确定的是:我从来没有见过这个人。"

"他要是没化装呢?"

"就算他不化装,我也确定我从来没有见过他。"玛格达很肯定地说，"他举手投足都很奇怪。他的个头和拉尔夫差不多，脸刮得很干净，看起来光溜溜的——我只能这么形容。也不知道为什么，我总感觉他是一个邪恶、丑陋的人，哪怕他的外表没有任何缺陷。我也说不清楚。他的帽檐压得很低，他经过的时候并没有朝我所在的地方看，我——我跑掉了。现在你们明白第二天早上我为什么又回到那栋别墅了吧。那是因为我必须要知道真相，就算冒着在那里被逮捕的风险。现在我把我知道的都说完了，我可以回家了吗？"

班克林把椅子往后一推，站了起来。他走到窗口，望着绕过西岱岛的塞纳河的水流。等再次转过身的时候，他已经变得趾高气扬，堪比本尼迪克特·托利太太。

他如释重负地搓着手说："不，你不能回家。我会告诉你应该干什么。你应该去劳尔饭店，点那里能提供的最棒的午餐。等我忙完了立刻过去，我来付账。你给我上了一课：你教会我不要怀疑自己的直觉和常识。"

拉尔夫完全一头雾水，他板着脸，把门锁打开，然后又转过头道："我已经受够了。你真的认为有人有兴致庆祝？你对你的直觉和常识已经信任得过头了吧？"

"没有的事。举个例子吧，我的直觉和科学常识告诉我，你们面前的这个女孩子完全没有能力切开另一个女人胳膊上的动脉。有证据表明玛格达是凶手的时候，我就不敢相信。她刚才自己承认时，我还是不敢相信。也许玛格达曾经有过放血的想法，也许她曾经威胁罗斯·科罗奈克——她真的这么做了，但是我请你们留意：玛格达威胁罗斯时大声地喊了出来。"

"到底什么意思?"拉尔夫嚷道,"罗斯已经听不见玛格达的话了。"

"罗斯确实听不见了。"班克林回答,"但是有旁人听到了。我是指那个凶手。托利小姐,你可能会一次次被免罪。也许你自己都会大吃一惊,甚至惊慌失措——切开罗斯动脉的人并不是你。你觉得罗斯醉倒在梳妆台旁边之后,你就立刻着手给她放血了是吗?"

"是的,肯定是这样。我——我不会等着。如果我那么恨她,我会等着吗?"

"你大概不会等。那样的话,她根本不可能过那么久才死掉。液态氯仿是非常强效的麻药。致死的速度也极快,十到十五分钟就足够了。如果像你说的那样,你真的立刻把罗斯拖到浴室里放血,那她应该是死于失血过多。然而她的死因是氯仿中毒。这中间有将近二十分钟的时间差:无法解释的、神秘的时间差。你自己也完全说不清这二十分钟里发生了什么,你甚至不知道自己干了什么。请相信我,这个时间差并非错觉,不是什么头脑疯狂的凶手才会感受到的。如果你正为生活感到疲惫和苦恼,又处在一间空气中满是氯仿的小房子里,俯身跟一个已经失去知觉的女人说话,面前的梳妆台上还有两个盛放液态氯仿的容器……那么你会很容易陷入昏迷。如果随后你被挪到另一个房间,氯仿的作用力很快就会消退,然后你会从昏迷中醒来,发现自己手上拿着一把短剑,跪在一个女人的尸体旁边,那女人的胳膊上有一道可怕的伤口。

"割开那道伤口的狡猾的人,就是我们要找的凶手:那个无处不在的、穿棕色雨衣戴黑色帽子的男人。他的做法最终导致罗斯·科罗奈克死于氯仿中毒，可这并不在他原本的计划当中。他到达别墅的时候发现一个女人已经死了，另一个女人因吸入氯仿气体而几乎失去知觉。就在那时他发现了一个机会：把罪案推到你头上，甚至植入你的脑袋里。所以他拿走了那个至关重要的酒瓶，把它深深地埋在土里。然后他开始了表演，还添加了刮胡刀和小推车的戏码。如果你们仔细想想，就会明白这个有关刮胡刀的疯狂举动是整个案子的关键点。我十分钟之前才想明白。"班克林转向拉尔夫·道格拉斯，"道格拉斯先生，在'瞎眼的男人'酒馆泡了几个小时的是你，然而我才是真正的瞎子。好了，托利小姐，你可以走了，抛开所有烦恼，去喝一杯。你根本没有碰过罗斯。我们绕了一个大圈子，最终又回到了那个穿棕色雨衣的男人身上。等我把他捏在手里，他的脖子上也会多一条红道子的。"

玛格达、拉尔夫和柯蒂斯离开了警察总署，三个人都有点晕头转向。看到外面明媚的阳光和车水马龙，他们甚至有些胆怯。

"我说，"拉尔夫看了看手表，低声道，"才刚一点过五分。"

"我明白。"玛格达回答，"我星期六晚上也有这种感觉。我们被人用'精神氯仿'洗脑了，或者说，那人把我们的脑袋都掏空了。我可不想每天都有这种感觉。"

"听我说，玛格——"拉尔夫说到一半，脸色有点泛红。紧接着三个人都沉默下来，每个人都知道他想说又不敢说的是什么，大家都在努力避免那个局面的发生。

"你不喜欢大吵大闹，对吗？"玛格达平静地说，"那就不要再说什么了。你敢再多说一个字，我就会在大街上又哭又闹。咱们走吧，去吃顿饭，把巴黎的酒都喝光——就像那个老暴君建议的那样。然后我要去睡一觉。"玛格达没有看柯蒂斯，这让柯蒂斯莫名地有些失落，不过他能清晰地感觉到她强大的个性，就如刚才他碰到她的手时的触感那样清晰。"不管怎么说，有一件好事：现在我们已经习惯承受精神刺激了。我们见识过最可怕的……至少我已经见识过了。我们也已尝遍苦水和嘲讽，再也没有什么能吓到我们。"

这个断言并不准确。有很多事情她无法预料，就比如，她没有预料到《智慧报》的让-巴蒂斯特·罗宾逊先生已准备好了手榴弹，正等着投出。

第17章

"阿克恩山丘之畔"

落日的余晖渐渐消退，夜幕正在降临。此刻，柯蒂斯正坐在布洛涅森林多芬餐厅外面的树木之间，他的情绪很低落，内心觉得有点孤单。他没有和拉尔夫以及玛格达去吃午餐。他认为在目前的状态下，最好让那两个人独处，而且他意识到自己对那个女孩的关心已经超出了正常范围。另外，他还有工作要做：找到让－巴蒂斯特·罗宾逊，确保今晚的《智慧报》上不会出现拉尔夫对托利太太轻率的评论。

柯蒂斯最终找到了罗宾逊，出人意料的是，那家伙竟然在《智慧报》的编辑部。柯蒂斯费了点工夫才得以进入：他必须说服门卫他不是来搞恐怖袭击的。似乎在几个星期之前，罗宾逊发表的某个推断导致一位绅士拿着左轮手枪闯进了编辑部。"我们最终说服那位绅士，让他相信杜平先生临时有事，去亚洲的某个国家了。猜猜那个脏兮兮的家伙干了什么？他瞄准我们的水冷却器，开枪把它打爆了。为了真理，我们有时候不得不付出代价。"

好在让－巴蒂斯特·罗宾逊当场发誓，说他绝不会引用拉尔夫对托利太太的评论。他的话如此诚挚，让人不得不相信。他甚至显得很吃惊，说即便是在英国，也不会有人在意一个男人怎么评价未来丈母娘的性格和历史。柯蒂斯最后离开编辑部的时候，仍然有点担忧这个小个子有什么其他把戏，但心中的石头总算落了地。他享用了一顿丰盛的晚餐，不过他的情绪极其低落，到达了从未有过的低点。两天前看起来如此浪漫的巴黎冒险故事，现在已然变得平庸而陌生，他脑海中曾经幻想的神秘人物和神秘任务，现在只让他感到自惭形秽。不管他往哪边看，总会看到玛格达·托利的面孔。他甚至开始怀念伦敦。

他就这么郁郁寡欢地坐在树下，碰都没碰小桌子上的咖啡，只是失神地望着眼前的布洛涅森林。天还没有完全黑，头顶的各个电灯尚未点亮，还没有给树叶打上奇异的绿光。此刻露台上没有几个客人，为数不多的服务生抱着胳膊，一动不动地站在成片的桌子中间，给人感觉像是沙漠中的住民。

就在此刻，柯蒂斯突然被什么吓了一跳。

"我看到了什么？不可能！"他大声道。

但那是真的。一个小圆顶礼帽和半张脸从一棵树后面冒出来，又偷偷摸摸地缩了回去。柯蒂斯恼怒地朝那个人影打了个手势。那人犹豫了片刻，终于下定决心，迈着轻快的小碎步走了出来。

"晚上好，柯蒂斯先生。"让-巴蒂斯特·罗宾逊彬彬有礼地摘下帽子，然后摇晃着身子，而不是鞠躬。

"晚上好，罗宾逊先生。请允许我评论一句。"柯蒂斯说道,"如果我是剧院经理,我就会让你扮演《仲夏夜之梦》[1]中的角色。"他感觉心情舒畅了一点,"你大概有分身术……请告诉我:谋杀犯不会就是你本人吧?"

罗宾逊吓了一跳。停顿片刻之后,他说:"哦,开什么玩笑。我能否请你喝一杯?好的。服务生!两杯苏打威士忌。"

"不,还是我请客吧。不过,请告诉我:为什么我突然成了你的关注焦点?"

"关注焦点?"罗宾逊的胡须都翘了起来,看来他真的很迷惑不解。

"像你这样优秀的记者,只会出现在有新闻价值的地方。可我不是什么新闻素材,对任何人来说都不是。"

"你今天下午没见到班克林先生?"

"没有。"

"也没有回酒店?"

"没有。"

"你肯定有什么烦心事。"罗宾逊非常自豪地说,"我找你有两个原因,柯蒂斯先生。第一件事情是让你看看《智慧报》。"他嗖的一下从外套下面拿出报纸,"这是今天晚上的报纸。来读读看,你自己判断一下我是否食言,自己看看我有没有引述拉尔夫先生对托利太太的评论。他对托利太太作何评价,以及(只是私下告诉你)我对托利太太有什么想法,都不会出现在报纸上。这边是我的分析文章,其中谈到了香槟酒瓶和手枪执照的问题,

---

1.编者注:著名喜剧,作者为英国文豪莎士比亚。

我觉得读者需要多关注这两点。对了，你应该看看这个，这才是今天最吸引人的新闻。"

柯蒂斯瞥了一眼大标题，几乎忍不住要发出咆哮。

真是个吸引人的新闻。

拉尔夫·道格拉斯先生已指出大理石别墅案的凶手！
如此猛烈的指控！
只有《智慧报》能查清楚罗斯女士的过往情人全名单！
来看吧！

里昂·康西丁先生，马赛大地中海银行巴黎分行总经理。（1929年—1930年）。

恩里科·托雷多斯先生，著名的斗牛士。（1930年—1931年）。

亨利·威瑟斯庞先生，美国猛犸酒店集团总经理，兼管银行业务等。（1931年9月—1932年5月）。

乔治·斯坦菲尔德先生，托利旅行公司巴黎分公司经理。（1932年5月—1932年11月）。

拉尔夫·道格拉斯先生。（1934年6月—1935年8月）。

路易斯·劳特雷克先生，内阁部长让·勒努瓦先生的私人秘书。（1935年8月—1936年5月）。

"绝对是这些恶棍中的一个，把他揪出来！"

在福奇大道的公寓里，拉尔夫·道格拉斯先生跳了起来，瞪圆了眼睛，声音因激动而发颤。他直指着上面列出的名单，接着说……

让-巴蒂斯特·罗宾逊兴致勃勃地扳着手指:"两位银行家,一个斗牛士,一个著名商人,一名内阁部长的秘书。这挺不错的,对吧?"

"简直糟透了。"柯蒂斯声音空洞地说,"你找不出一位大使或几个牧师什么的,对吗?上帝啊,这可能导致百万英镑规模的索赔。"

"多数信息来自霍滕斯,她帮我联系上了其他女仆。"罗宾逊说到这里,似乎突然明白过来了,他停下来,惊慌地问,"你不喜欢这篇文章?"

"我很难解释清楚。你是希望我把报纸扔到地上,然后在上面跳舞吗?"

罗宾逊大吃一惊:"可是,先生,怎么可能!我真的希望——这文章有什么问题吗?接着读下去,看看拉尔夫·道格拉斯先生是如何完美地为他未来的丈母娘辩护的——绝对能够否决任何指控!(这确实是个新闻,没错。)我觉得你会喜欢,所以我才写了出来。"

"有什么针对托利太太的正式指控吗?"

"当然没有正式的,不过——"

"如果我在《巴黎午夜》或者《拿破仑的旗帜》上面发表声明,说'我绝对否认让-巴蒂斯特·罗宾逊先生是骗子、窃贼、懦夫、叛国者',你看到了无疑也会喜欢吧?另外,那些被提到名字的绅士要是发现自己同时被列为情人和谋杀犯,他们会怎么说?"

罗宾逊挺起胸膛道:"如果他们有什么要抱怨的,先生,他们可以选择决斗。"

"和谁决斗？"

"当然是和拉尔夫·道格拉斯先生。他说——"

"没错。他说了什么？你能否看着我的眼睛，发誓你刊登的是他的原话？"

"啊，也许我添加了一丁点戏剧性成分。我们不得不这么做，否则新闻就会像平日那样索然无味。不过道格拉斯先生的大意就是这样的，给我们准备早餐的服务生也可以作证。也许我不能让他证明每句话，但是有些话他肯定听到了。"罗宾逊停了下来，不再是一副满不在乎、怒气冲冲的样子，还举起双手恳求道，"听我说！我放弃抵抗！我毫无防备了。请你踢我吧。我来找你，是想让你看看报纸，帮我个忙——"

"我也毫无防备了。帮你个忙吧！"

罗宾逊向前欠了欠身。

"刚才我说了，我给你带来了两条信息。我很难过我刚才的努力有些徒劳，没能让你满意。不过你肯定会很喜欢第二条信息。我这里有一封给你的信。"

"一封信？谁给我写的？"

"我相信是班克林先生给你写的信，他整个下午都在找你。吉罗警官把信留在你住的酒店里了。我劝了劝酒店的人，说我知道你的确切位置，一定会把信送给你。他们认识我，当然了，我也用了些其他的劝说手段。现在你明白了吧，我是多么用心、多么执着地要找到你！我没必要这么说，但如果没有我的友情相助，你可能永远也收不到这封信。也许你会找个女人去蒙马特，也许你会回英格兰。瞧,你刚才用词那么刻薄,我有什么怨言吗?我想过把信藏起来吗?没有。给,这是你的信。"

柯蒂斯此刻已经气得说不出话来。他接过信,撕开了信封——从信封的状态看,罗宾逊没有动过手脚。是班克林写的信。柯蒂斯本以为班克林的字会很大,格外粗犷、潦草。这会儿一看,他的字确实很大,但是非常圆润、工整。

你似乎消失了,我可不打算发布警方寻人启事。今天晚上我这边有个小游戏,如果你能及时看到来信,也愿意帮忙的话,可以过来给我帮把手。我已经说服拉尔夫·道格拉斯来帮忙了。不过,我有两个问题:你是否喜欢纸牌游戏?你有没有足够的财产?如果答案是否定的,就别管这封信了。如果答案是肯定的,而且你也想体验有趣的事情,那么请拿好信封里的名片——这是你的引荐证明——大概十点半的时候去杜塞什侯爵夫人的宅子。你跟司机说去"隆尚的阿克恩山丘之畔",司机就会明白。还有其他你认识的人会出现在那里,比如劳特雷克先生。不管劳特雷克先生玩哪种游戏,你都跟进,尽量下大赌注,然后等待时机。

信封里有一张名片,上面印着"莫帕松侯爵",还有一行用浅蓝色墨水写下的字迹:"亲爱的戴德丽,我想向你介绍来自伦敦的理查德·柯蒂斯先生。他会参加牌局,不论赌注大小。我听说你准备周一晚上给客人们一个惊喜。我真希望自己也能参与。"

柯蒂斯往后一靠,头顶上的灯光突然明亮起来,在树木中璀璨生辉,他也变得情绪高涨。这正是他需要的那种刺激,他感觉胸口也随之变得炙热。那个神秘的陌生人又匆匆出现了,又给他安排了神秘的任务。他回想起在那些耸人听闻的故事中,总是会不可避免地出现附带条件:一些莽撞的年轻人收到这种神秘邀请信的下场,往往是脑袋被缅甸匪帮敲一下。柯蒂斯觉得自己不会遇到这样的麻烦,至少他可以尝试一下。只要心有所指,他就义无反顾。另外,他来时带了一万法郎。他入住的酒店熟悉伦敦的律师事务所,应该可以接受他的支票,让他换取更多的现金……

然后他忽然意识到罗宾逊还在说话。

"先生?"罗宾逊的样子就像顽童,一心想得到香烟里附赠的卡片似的。

"你想知道信里的内容,是吗?"

"说实话,"罗宾逊激动得发抖,"是的。我觉得我有权知道。你应该记得吧,'老狐狸'答应过会让我知情。但之后他做了什么,你说说看?我有权知道他现在在搞什么把戏!"

"很好。你可以看这封信,但是我有一个条件:你得就报纸上的那篇文章写一份声明,否认拉尔夫·道格拉斯先生曾经说过那种话——"

罗宾逊痛苦地哀号了一声,说道:"我可以想想办法。"

"你要写两份声明,现在就写。一份给我。"

罗宾逊开始不停地抱怨,但是柯蒂斯毫不留情,直接叫服务生准备纸笔。柯蒂斯认为让罗宾逊看看信的内容也没有什么危害，毕竟他没有引荐名片，不可能穿过侯爵夫人宅子的铁门。不过罗宾逊此刻看上去很不安，柯蒂斯不明白还有什么问题。

"你认为'老狐狸'在谋划什么，是吗？"

"当然！"罗宾逊用力地敲了一下桌子，害得苏打威士忌都洒出来了。

"这么说，你不再怀疑托利太太是凶手了？"

"我很少出错，先生。我不是自夸，我的灵感历来准确。但是依靠灵感的人事后想解释清楚的话，就很麻烦了，我的朋友佩皮打算写侦探小说的时候也是这么说的。另外，我知道'老狐狸'在怀疑谁。你可能不相信，我们在警察总署也有消息来源。你知道他怀疑谁吗？一个女人。"

柯蒂斯立刻警惕了起来。他担心这是罗宾逊在耍花招，想要套他的话，他害怕自己会说漏嘴牵扯到玛格达·托利。和罗宾逊说话必须时刻警惕，比抓住一只涂了油的猪还要艰难百倍。

罗宾逊显然注意到了柯蒂斯的态度，他冷冷地说："朋友，别担心。他怀疑的不是你的英国小姐。要是那样就简单了。我说的是一个法国女人。"

"一个法国女人！那会是谁？"

"是谁？"罗宾逊也跟着嚷起来。

五分钟之后，柯蒂斯坐着出租车正穿过布洛涅森林。他的口袋里装着那封信，那张名片，还有一份罗宾逊签过字的声明。罗宾逊没有打算跟过来，刚才他读信时甚至没发表任何评论，似乎既不感兴趣，也不觉得失望。柯蒂斯走的时候，罗宾逊仍然坐在小桌子旁边凝神思考，手指捻着一根黑色的线头：他显然在衣领底下用别针藏了这种东西。

回到酒店之后,柯蒂斯点了晚餐,换上晚上的服装,然后兑换了一张支票。柯蒂斯估计自己勉强来得及赶到侯爵夫人的宅子,他匆忙地准备着,完全顾不上思考,还给警察总署打了个电话,找到了杜兰德警督,用隐晦的方式问了问,证实了今晚确实有那个约会。不过今晚具体有什么内容,杜兰德要么不知道,要么不肯说。一直等到上了出租车,在去往"隆尚的阿克恩山丘之畔"的路上,柯蒂斯才有时间在脑海里回想那些神秘的线索。

目的地的样子让柯蒂斯很吃惊,他完全没想到在巴黎周边竟有这样荒凉的地方:眼前看到的只是高墙和空荡荡的街道。"阿克恩山丘"位于一片林地上,山丘顶部坐落着一处大宅。出租车司机似乎很熟悉这个地方,柯蒂斯下了车往宅子走时,司机还在后面给他指点方向。最后柯蒂斯来到了树林的边缘,站在一片平地上,面前不远处是一道高墙。今晚看门人的小屋子里有灯光。

柯蒂斯走上前去咚咚地敲门,很快,一个胡须浓密的老人拎着提灯出来了。老人借着提灯的光检查了柯蒂斯提供的名片,然后一声不吭地开了铁门。等柯蒂斯进去,老人又砰地把门关上,并且锁住了。就在这种奇幻的氛围中,老人朝着橡树之间的一条小路点了点头,算是给柯蒂斯指路了。柯蒂斯并没有感到不安或者害怕,只觉得那无言的关门动作把他引入了一个新的场景,就像撩开幕布让他走进一个陌生的房间。他知道这么想很愚蠢,他很清楚对面房子紧闭的窗户后面有什么在等他。

杜塞什侯爵夫人会是一个精干、机警、漂亮的中年女人——用这个方法聚财的女人常常是这副样子。尽管今晚最多只有十几个客人，侯爵夫人也会安排好扎着黑色蝴蝶结的荷官[1]。那里会有休息室，甚至会有酒吧。

然而柯蒂斯完全猜错了。

进入沉闷的大厅，杂乱而拥挤的华丽家具让他眼花缭乱。房间里悬着金字塔形状的白色煤气灯，更给人昏暗的感觉。柯蒂斯猜测那些家具、厚重的地毯和窗帘都六十年没动过位置了。每一样东西都被打扫干净了，然而那些金色的镶边，奢华的绒面似乎都停留在几十年前的状态。这宅子给人的感觉就像一个帘幕重重的大帐篷，唯一的区别就是，这里更加昏暗。柯蒂斯担心随便往哪个方向走都可能撞上家具。

房间里最特别的一点就是寂静。这里完全听不到外面的声音，而且人人都全神贯注，因而显得格外安静。柯蒂斯报了自己的姓名，把名片给了一个管家，然后被领到大厅左手边的一间起居室。主人在那里和他打了声招呼，热情地迎了上来。

这个房间和外面的大厅风格接近，不过壁炉前面是空的。女主人从那里向柯蒂斯走过来。她是一个又矮又胖的老女人，满脸皱纹，脖子上也是皱纹密布，脸上化着浓妆，身穿一件带黑色蕾丝的低胸礼服。但是她的外表并不会让你觉得可笑，相反，你会立刻就接受这位杜塞什侯爵夫人的风格。最吸引柯蒂斯注意的，是侯爵夫人那双灵动的黑眼睛，从中他能感觉到侯爵夫

---

1. 编者注：又称庄荷，一种职业，在赌场内负责发牌、收回客人输掉的筹码、赔彩等。

人的精干和活力。她似乎对任何事情都感兴趣，手指也在不断地屈伸，像是正在集中精力。在她的旁边站着一个上了年纪的男人，目光暗淡，蓄着短短的方形胡须。

"你是柯蒂斯先生？"侯爵夫人热切地说。她说"柯蒂斯"的时候，用的是英语发音，紧接着她介绍了她身旁的男人，不过柯蒂斯完全没听明白那个人的头衔。随后她又道："我们欢迎菲利普·莫帕松的所有朋友。你以前去过勒图凯[1]吗？"

"没有，夫人。"

"那么布尔迪亚克侯爵的宅子呢？"

"恐怕也没去过，夫人。"听到这些响亮的地名人名，柯蒂斯有点不安。而且侯爵夫人问问题就像机关枪一样猛烈。

"你是英国人？"

"是的。"

"来自伦敦？"

"是的。"

"我是爱尔兰人。"侯爵夫人出其不意地用英语说道，然后她笑了起来，笑声里带着同样的热切，她讲英语时给人一种生疏、过时的感觉，就像在说外语，而且带着一种钟表指针般的节奏感，"你看，名片上我的名字是戴德丽——菲利普总是写得这么随意。德韦德是我父亲的名字；那是好多年前的事了，我是家族里失散的七百七十七个孩子之一。好了，我们还是说法语吧。告诉我，你会认真对待运气吗？"

---

1. 编者注：法国海滨度假胜地，距巴黎较近。

"运气迫使我们认真对待它，夫人。"其实柯蒂斯下过的最大赌注也就是在蒙特卡洛赌了一两英镑。但是他的话显然让女主人很满意。

"很好的回答！非常好的回答！我喜欢。我就喜欢这样的人。我跟你说过我朋友——不，没有必要提及名字，那样不太谨慎，不过你听说过他吗？"

"没有，夫人。"

"那是很久以前的事了，我也不会提到赌场的名字。那时候，他刚刚成婚，眼睛里只有他年轻的妻子，对她一往情深！不过他对小纸牌也充满热情。有一次，他在赌桌边待了很久，输到倾家荡产，但他没有放弃，打算等运气回到他身边。他紧紧抓住桌角，任谁也没法把他赶走，他就坚定地守在那里，连吃饭都不起身，可他还是在输。他的妻子完全无法理解，最终慌了神，绝望地在一张卡片上亲笔写下：'你妻子在给你戴绿帽子！你要是不相信，就去某伯爵的房子吧，你会发现她正在伯爵的怀里。'她叫人把卡片送给她的丈夫。他看了卡片上的字，脸色变得铁青，攥紧了拳头霍地站起身，不过他随即又坐了下来。荷官听到他说：'情场失意，赌场得意。'他把赌注加了三倍，赢了一百万。第二天，那位从未和他妻子有什么瓜葛的某伯爵收到了一份礼物：一大瓶白兰地，还附有一张卡片，上面只写了两个字：'谢谢。'"

她身旁眼神暗淡的男人也变得兴趣盎然。

"哦，挺不错。"那个老人飞快地说，"但是不如塔兰特先生的故事精彩。有一个女人（我忘记名字了）对塔兰特格外钟情，她临死时甚至命令把她的心脏和一些珠宝放进一个瓮里面，送给塔兰特，让他永远保存。这个瓮被送到了牌桌边，因为可敬的塔兰特先生当时正在玩牌，已经输得很惨了。他毫不犹豫地抓起那个瓮，一把把它推到牌桌上作为赌注。"老人吃吃地笑着，盯着柯蒂斯道："你肯定会说，这是最了不起的脱衣扑克？"

柯蒂斯觉得这两个故事都有点恐怖，但还是礼貌地微笑着，因为另外两个人显然都在期待他表示赞同。他向四周望去，心里猜想这大概是女主人引诱新客人的惯常手段。可他注意到了侯爵夫人的眼神，这让他联想到了昨天晚上劳特雷克谈起运气时脸上出现的那种表情。他忍不住又看向四周。在这个装潢过度但照明不足的房间里，将会响起什么样的鼓声？

"我不可能和那样的人对阵，夫人——"

"啊，试试才知道。"女主人脸上的皱纹拧成了笑容。

（这是什么意思？！我带的钱够吗？）

"我能否问问夫人和客人们平时玩哪一种？我猜是'百家乐'？"

侯爵夫人似乎正等着这个问题，她立刻接口道："你已经看过菲利普的名片了吧？他说到会有惊喜，不是吗？"

"那么是别的玩法？"

"特别的玩法。"侯爵夫人回答。

"那么夫人，我只希望我知道怎么玩。"

"你肯定不知道怎么玩。"侯爵夫人郑重地说，"不过你没必要感到抱歉。玩过的人都已经入土了。"

柯蒂斯尽量不露声色。这位侯爵夫人显然没有发疯，她是一个非常机敏的老女人，会不惜代价地从她的爱好中榨取乐趣。

"听我说,"她朝着柯蒂斯晃动手指,手背上的皱纹都开始上下挪动,"你一会儿就会明白我为什么这么兴奋!我们要玩的游戏已经有两百五十年没有人玩了。这是一种失传的游戏,除了一两个在尘封的记录中埋头探索的学者之外,只有少数几个人知道规则。那些记录已经相当久远,可一旦被发掘出来,就会散发惊人的活力。对吗,我亲爱的教授?"她看了一眼身旁眼神暗淡的先生,那老人显然完全赞同,"如果今晚有人能喊出'六十倍才够劲!',那就是第一次有人在王室的赌桌之外发出这种呼喊。他们跟我说,有人这么喊的时候,大地都跟着颤抖。这游戏如此摄人心魄,连王室跟前的贵族家庭有的都因此破败了。这么说吧,它就是最纯粹的赌博,因为玩这种游戏不需要任何技巧,一切纯粹靠运气之神主导。让我们看看劳特雷克先生的运气能不能打破历史纪录。先生,我所说的就是'巴塞特'——法国国王的专属游戏。"

就在这时,房间尽头的对开门被推开了,管家把沉重的黑色门扇完全敞开,说道:

"夫人,您的客人在等您。"

第 18 章

尸体俱乐部

杜塞什侯爵夫人挽着那位"教授"的胳膊，在前面带路。他们进入了一个昏暗的房间，但房子中央有一小片炫目的亮光：上方的煤气灯将惨白的光洒在了一张长条桌上，桌面铺了绿色的绒布。桌子旁边的人不多，柯蒂斯数不清楚，因为远离桌子的地方都很昏暗。和朴素的桌面形成鲜明对比的是旁边那些高背椅，它们看着和这宅子一样奢华，上面铺着厚厚的坐垫。周围的墙壁上似乎挂着武器作为装饰。这里格外寂静，可能是因为厚重的地毯有吸音效果，或者是因为在场者都怀着那种"大赛"前的焦急期待之情。

柯蒂斯第一眼认出来的是玛格达·托利和拉尔夫·道格拉斯。玛格达穿了一件露肩晚礼服。在目光交接的一刹那，柯蒂斯感觉拉尔夫的脸上闪过一个如释重负的表情。他们三个人都假装互不认识。在长条桌一侧的扶手椅里，有一个面色温和的男人正笔直地坐着，他略微发福，已经上了年纪，正在一个小本子上作记录。那张铺了绿色绒布的桌子很低，这样一来，客人坐在扶手椅里面也能轻松观看。

在较远处的一张沙发上坐着两个年迈的女人，她们正在低声交谈。更远的地方还有一个人影，柯蒂斯觉得那是劳特雷克，不过他不太确定。

女主人在屋子里转了一圈，和每个人热切地打招呼。柯蒂斯趁机走向了玛格达和拉尔夫——他们俩正站在一个餐具柜旁边。柯蒂斯不知道该不该表现出他们相互认识的样子，"老狐狸"的阴险计划中并没有明确地说明这一点。不过话说回来，指令中也没有说不允许他们相认。头顶的煤气灯给人一种轻微的窒闷感，一直在发出轻轻的嘶嘶声。一道光正照在拉尔夫的前胸上。

拉尔夫先讲话了。他几乎没有张嘴，就像腹语师那样，不过作为新手，他自然表现得不大自然，身子也轻微地摇晃。

"出了什么事？"

"我不知道。"柯蒂斯也在他身边用起了腹语术，"我正想问你们。我完全不知道都有什么计划。班克林在哪里？"

"不知道，但他肯定不在这里，要不就是没露面，我发誓刚才——"拉尔夫停了一下，"已经开始了——虽然我不知道是什么计划。我得到的指示就是玩牌，如果有可能，就和劳特雷克对垒。劳特雷克就在这里，不过他没有和我们搭话。"

"是的，我看到他待在那边的阴影里。他觉得他转运了，所以打算把我们榨干。你以前来过吗？"

拉尔夫转了转眼睛。"没有。这里可不符合所谓年轻人的胃口。朋友，据我听说，此地是赌徒的圣殿。尤其是老家伙们，他们风湿越是严重，浑身越是干瘪，赌博就越投入。约翰尼·圣克莱尔把这个地方称作'尸体俱乐部'。别看他们跟行尸走肉似的，一旦兴致上来，他们的游戏能让你头皮发麻。"他又转了一下眼睛,指向另一个客人,"你看到那个正在小本子上作记录,看起来很温和的家伙了吗?那是保罗·乔丹,在法国排得上第七或者第八的富翁,压根没办法去普通的赌场。在这里他们可以自己制定规则,因为这只是一个普通的小型社交俱乐部。另外那两个女人,我只知道其中一个——她在南部的赌场里靠专业赌博混得很不错。在多数需要技巧的赌博当中,她可能都会占优势,但是玩今晚这种纯粹靠运气的游戏,她的本事就派不上用场了。说起来,这种游戏挺适合我。"拉尔夫挪了挪重心,把手放在餐具柜的边缘上。柯蒂斯注意到他额头上的一根青筋在跳动。

"我不想动脑筋,也懒得集中精力,我只想扒掉某人的——嗯,衬衫。听我说,玛格达,待会儿别跟我说保持冷静。"

"你还没有跟我打招呼,你知道吗?"玛格达直视柯蒂斯的眼睛,质问道。

柯蒂斯随便打了个招呼之后,玛格达又说:"我不会提醒你们保持冷静。你们随便。这屋子里根本没有冷静的可能性。"

"怎么下赌注?"柯蒂斯问道,"我猜会用筹码?"

"是的,去找那个管家。等一下!"拉尔夫说,"女主人要说话了。"

只见杜塞什侯爵夫人走到桌子的上手方,用两根手指压着桌面。现在这个小个子胖女人似乎对眼前的绿色桌布没什么兴趣了,她看上去端庄尊贵,又无比贪婪。

"女士们,先生们,"她嗓子沙哑,一字一顿地说,"如果各位没有意见,今天晚上我们将试图复活一个古老的游戏——连幽灵都会赞同。我不想回顾最后一次有人玩'巴塞特'的情形。正如十七世纪的所有纸牌游戏,'巴塞特'很简单,只需要两分钟就能解释清楚。我现在就讲解玩法,同时告知各位这个游戏对于庄家的巨大优势。"[1]

侯爵夫人打了个响指。管家在她的旁边放了几包打开的纸牌,然后是一排不同颜色的圆形筹码,有金色的、银色的和黑色的。在炙热的光线下,她浓妆艳抹的脸庞变得格外清晰,而绿桌布周围的东西都陷入了昏暗。

"首先,女士们,先生们,我首先要说,在'巴塞特'游戏中,纸牌的花色完全不重要。你们没必要考虑是红桃、黑桃、草花还是方块,只需要在意从 A 到 10 的点数,J、Q 和 K。

"现在假定我是庄家。我面前有一整包纸牌。我把它们面朝下放好。我的对手可以是一个人,也可以是很多人。每个玩家都会有十三张牌,就是同一个花色的十三张牌。这些牌会从另外一包纸牌中拿出来,它们(当然)就是 A、2、3、4、5、6、7、8、9、10、J、Q、K。玩家把纸牌面朝上排列在自己面前。"

侯爵夫人从另一包纸牌里抽出十三张花色为方块的牌,仔

---

1. 作者注:从参与者的身份来看,在所有的纸牌游戏当中,"巴塞特"无疑是最高贵的游戏;准确地讲,该游戏只适合国王、王后、王子和其他贵族参与,因为它有可能导致倾家荡产。另外,庄家和玩家的胜率并不对等……庄家控制着第一张牌和最后一张牌,且发牌时享有特权,所以比玩家的胜率高很多。这种不平等过于明显,以至于法国国王专门发布法令,规定"巴塞特"游戏只能由王子或大贵族家的子嗣坐庄,目的是帮助这些子嗣在短期内获得巨大的产业。——查尔斯·科顿:《玩家大全》,1721 年。

细排好顺序,放在那个记笔记的小个子男人面前。

"我们假定乔丹先生正在玩。(其他人也可以同时参与,比如说劳特雷克先生拿了十三张黑桃,我的朋友安德烈拿了十三张红桃。)为了方便说明,我们就只考虑乔丹先生的牌。现在由他自己决定在一张牌或者多张牌上押注——每个人都可以在自己的十三张牌上下注,都是和我对赌。乔丹先生可以自由选择下多少赌注,以及在哪张牌上下注。这纯粹是赌运气。通常情况下,他可能会在多张牌上下注,不过为了简便,我们现在假定他只在 A 上下注,赌了一个路易(二十法郎)——我们这里最小的筹码,那么他会把筹码放在方块 A 上。

"所有人都下注之后,就不许更改赌注,直到这一轮结束。好了!现在我开始和乔丹先生玩。

"我先掀开我牌里的第一张。请记住,第一张牌永远都是庄家的主导牌,会给庄家带来好处。我掀开了,是一张 6。好,没人在 6 上下注,那么尽管这是我的主导牌,我也没法获益。再假设(如果是在有多人和我对赌的情况下)真的有人赌了 6 这张牌,他押注的筹码就都归我。

"继续下去!我翻开的下一张牌是玩家的主导牌——如果有人在同样点数的牌上下注了,那他押注了多少,我就要付出多少赌金。现在我翻开了,是一张 3。然而乔丹先生并没有在 3 上下注,所以他也赢不到我的钱。如果有其他玩家赌了 3,我就会付钱。

"我们就这么继续翻牌,一张是庄家牌,下一张就是玩家牌,直到所有的牌都用尽。到目前为止没有什么特别的。不过我们马上就要说到真正的运气。哦,来了!这一张是玩家主导牌,我翻开的是A。乔丹先生赢了。真正的好戏开始了。

"玩家赢了之后有两个选择:他可以让庄家付钱,然后就把那张牌上的所有赌注拿走,也可以先不兑现,把初始筹码继续留在牌上。现在的赌注还是一个路易。为了表明暂不兑现,他伸手把纸牌的一角卷了起来,让它像动物头上的角那样翘着。我们把这个动作称作'帕洛利'。现在他赌的是我之后还会翻开一张对他有利的A。

"继续翻牌。假定我真的翻出了另一个A,这一次,他可以从庄家那里得到七倍于初始赌注的钱,这叫作'七倍才够劲'(如果我们把古老的法语翻译过来,就是说'到了七,就行了')。这时候,玩家可以选择兑换赢到的钱。或者他也可以再次把筹码留在纸牌上。于是他把纸牌的第二个角折起来,表示他要继续。现在他赌的是第三张玩家主导的A会出现。此刻那张牌上的赌注是七个路易了,也就是一百四十法郎。

"女士们,先生们,现在游戏正走向高潮。我们继续。假定第三张A真的还是玩家主导牌,那么他就能得到十五倍于当前赌注的回报,这叫作'十五倍才够劲'。和刚才一样,他可以选择兑现,那么他的回报是一百零五个路易,换句话说,两千一百法郎。

"但是出于赌徒的执着,他拒绝收手。他要赌第四张,也就是最后一张A。于是他再次折起纸牌的一个角,示意继续。如果他赌中了,第四张玩家主导的A就意味着他实现了'三十倍才够劲'[1]。他将从庄家那里赢得三十三倍于当前赌注的钱,那么就是六万九千三百法郎。这数目挺大了?就一轮,在我们翻开五十二张纸牌的时间里,仅仅一个路易的筹码,就能变成将近七万法郎。

"这还没完。"

就在这时,远处的阴影里突然传来了一声轻响,然后又归于寂静。温热的空气里,只有煤气灯在嘶嘶作响。柯蒂斯往那个方向看过去,只见一簇打火机的火苗正跳跃着,火苗之上是路易斯·劳特雷克突出的下巴和红润的面颊:因为他在吸烟,那个下巴显得更加突出了。劳特雷克正在微笑。

杜塞什侯爵夫人也露出了微笑,活像一个石像鬼。

"如果一个玩家真的做到了'三十倍才够劲',"她继续用沙哑的声音说,"庄家就必须给他一次终极大冒险的机会。不过我得提醒诸位,这种大冒险很少出现,因为'三十倍才够劲'已经是很罕见的现象了。仔细想想吧!一副纸牌当中有四张 A,所以发牌时必然会出现四张 A。但是如果其中一张 A 出现的时候是庄家主导牌,那么庄家会立刻赢光玩家已经积累的所有赌注。其他牌也是同样道理。另一方面,第一张牌是庄家主导牌,(我再强调一下)最后一张牌也是庄家主导牌,但是如果一个真正强悍的玩家实现了'三十倍才够劲',他就可以要求庄家下额外的赌注,再玩最后一次,还可以要求重新洗牌,这样四

---

1. 编者注:在"巴塞特"游戏中,"三十倍才够劲"和"六十倍才够劲"里的数字是实际翻倍数取整十数后的结果,目的是方便称呼。

张A就又回到了牌堆当中。他需要拿将近七万法郎赌A第五次出现的时候还是玩家主导牌。这一次，女士们，先生们，这叫作'六十倍才够劲'。要是他赌赢，庄家就得付出六十七倍于他当前赌注的钱。我都算不过来了。估算一下，最终的数额超过四百六十四万法郎。

"女士们，先生们，我们开始？"

四周一片死寂。

柯蒂斯等着有人作出激烈的反应，至少该有人发表评论。可是什么都没有。那个矮胖的男人继续坐在那里，若有所思地盯着绿色绒布的边缘——或者说，他正饥渴地等待着。屋子另一头的两个女人没有动静，但是柯蒂斯听到了钱包打开的声音。

柯蒂斯自己想要说点什么。听到那个令人震惊的数字之后，他按照当前的利率换算成英镑，发现那大概是三万五千英镑。他瞬间感觉到自身的渺小。在路易十四寻欢作乐的宫廷小游戏面前，当代最豪爽的赌客也像是穷光蛋。当然，能赢得这个天文数字的概率很小，甚至可以说机会渺茫。但这就诠释了所谓的运气。

他转向拉尔夫。

"你要参加吗？"

"是的，他会参加，"玛格达说，"我喜欢敢于冒险的人。今晚真是邪门呢。"

拉尔夫仍然在考虑，他眯起眼睛说："我会参加，不过我打算坐庄，这样才能把别人的钱赢光。那个什么赢四次还不够，非要用第五张牌把庄家搞垮的噱头，完全是诱饵。等着瞧吧。

玩家可能赢一次或者两次,但是很快庄家就会全部拿下。赌博总是这样。说起来,如果有人真的最开始就下了大赌注,比如说一百法郎而非一个路易,而且很偏执地坚持到了'六十倍才够劲',那么庄家就要付出至少十万英镑。但这种事情是不会发生的。好了,你最好去把你的钱换成筹码。"

柯蒂斯照做了。管家带他去了一个办公室,把现金换成了一摞筹码:银色筹码是二十法郎,金色的是五十法郎,黑色的是一百法郎。等他回到赌桌边,其他人已经围在那里了。

劳特雷克拦住柯蒂斯道:"晚上好,老伙计。我看到你和你的朋友拉尔夫一起来了。"劳特雷克说英语也仍然拿腔拿调。他的嘴角上还叼着香烟,烟头上的火光映照着他苍白而严肃的面庞。

"晚上好,劳特雷克先生。是的,我和拉尔夫一起来的。你认识他,对吗?"

"是的,算是熟人。今晚我不想——说话,免得头脑发胀。我现在觉得脑袋上好像顶着一桶水。给你一个建议:如果你珍视自己的钱包,今晚就不要和我对赌。我不可能输。另外,这里赌的都是大数目,超出律师的承受范畴了。你看到那边的两个女人了吗?一个是职业的——我是说职业的赌徒,哈哈,另一个是理查德森太太,美国肥皂大王的老婆,或者是皮革大王,管他呢。"他突然停了下来,"你的朋友班克林在哪里?"

"我今晚还没有见到他。"

"也许吧。"劳特雷克把香烟的烟雾从嘴角吹出去,"不过他们又来烦我了。有人散布可笑的谣言,说我替换了罗斯的一些珠宝，换成了假货。但是罗斯的律师（见鬼的律师！）今天打开了保险箱,猜猜他找到了什么？安妮特说——"他又停了下来，"你来这里干什么？这不可能是巧合。等等，他们要开始了。"

大家已经聚集到了桌边，杜塞什侯爵夫人居于上座。那个面色温和的绅士在她右侧，被两个女人夹在中间：一个消瘦的上岁数的法国女人和一个非常胖的美国老女人（眼神朦胧，笑容过分热情）。拉尔夫和玛格达坐在侯爵夫人的左侧。

"我看到我们的朋友道格拉斯先生在坐庄，"劳特雷克提高了声音说，"我不想这样出手；我希望和他换过来。现在该干什么了，杜塞什妈妈？"

他们的女主人猛地扭过头，瞪了一眼劳特雷克："显然劳特雷克先生并不着急，他知道什么时候该收手，就算手气正旺时也不会忘记离开桌子休息片刻。好了，道格拉斯先生，你就坐在这个上座。你从这个'鞋子'里拿出你的牌，我坐在旁边当荷官。来自美国的理查德森太太选择了十三张红桃，乔丹先生选择了十三张草花。"

杜塞什侯爵夫人探寻地看了看其他人。玛格达和柯蒂斯都不打算在拉尔夫坐庄的时候下注。劳特雷克溜达到庄家左手边的一把椅子跟前，砰的一声坐下。他和拉尔夫礼节性地相互点了点头，但是柯蒂斯看得出来两个人都毫无善意。

"方块。"劳特雷克说，"我绝对要方块。"

"这是一场实验，我再提醒一下，庄家开始翻牌之后就不允许各位再更改赌注。"侯爵夫人说，"女士们，先生们，下注吧——"

劳特雷克的第一轮进攻是在方块2上押注五十法郎，方块

7上押注一百法郎，方块K上押注两百法郎。他挪动筹码的时候发出了清脆的响声，随后他停了下来。桌子对面的理查德森太太和乔丹先生还在犹豫，显然他们已经习惯了平日的玩法，还不适应这种新鲜的、非正统的方式；劳特雷克的坚决也是令他们迟疑的一个因素。这几个人像是在下国际象棋一样思前想后。柯蒂斯看不清楚他们都押注了哪些牌，但能感觉到他们的谨小慎微。

这时理查德森太太说话了。

"先生，很显然，你觉得你还会像上周六晚上那样好运。"她带着困倦的笑容，法语口音很纯正，"我真希望我上周六在场。真可惜，我还是第一次有幸在这里玩。"

那个小个子男人犹豫了一下，似乎有一点吃惊，这是他第一次表露情绪："我也是，太太，这是我第一次——"

"赌注落地，"他们的女主人响亮地宣布，"不准再加注了。"

房间瞬间陷入了寂静。拉尔夫把一摞新的、刚刚洗好的牌面朝下放进那个装纸牌的小盒子，开始翻牌。

"庄家主导牌——4。理查德森太太输了。"

这位女主人虽然坚持要当荷官，但却把所有繁琐的工作都推给了管家。实际上是那个叫作安德烈的管家负责计算赌注数额，把筹码挪来挪去。

"玩家主导牌——A。乔丹先生赢了。"杜塞什侯爵夫人急切地问，"你打算继续到'七倍才够劲'吗？"

乔丹先生摇了摇头。他把从庄家那里得到的二十法郎的筹码拢到自己面前，然后把它和纸牌上的筹码挪开了。

"尸体俱乐部。"劳特雷克的声音不大，但是别人都听到了。

"庄家主导牌——2。劳特雷克先生输了……

"玩家主导牌——K。劳特雷克先生赢了。'七倍才够劲'？"

劳特雷克伸出手，把纸牌的一角卷了起来。现在那张纸牌上有两个一百法郎的黑色筹码了。

"'七倍才够劲'。"他发话了。

一圈又一圈的烟雾开始升腾，缠绕着头顶上方的煤气灯。大家似乎都被牌桌吸了过去；在绿色绒布的衬托下，明亮的纸牌和上面鲜艳的图案开始产生催眠效果。

下一张牌是8，并没有人在8上下注。接着是一张10，理查德森太太赢了。她也把纸牌的一角卷起来，不过马上就输掉了，因为很快就有一张庄家牌是10。

"玩家主导牌——K。劳特雷克先生赢了。"片刻寂静后，侯爵夫人问，"'十五倍才够劲'？"

劳特雷克没有抬眼，只是点了点头，然后把纸牌的第二个角卷了起来。他在暗暗地微笑。现在他的面前已经有一千四百法郎的筹码了。

"庄家主导牌——3。没有人下注……

"玩家主导牌——5。理查德森太太赢了。继续？"

"这是我押注的最后一张牌。好运来吧。'七倍才够劲'。"

"庄家主导牌——Q。乔丹先生输了。"

Q是乔丹下注的最后一张牌，现在他抱着胳膊，没有机会了。接着是两张没人下赌注的牌，随后理查德森太太又赢了一次。这位胖胖的太太显然已经七十多岁了,她兴奋得脸颊发红,又卷了角,想要等第三次机会。纸牌不断地翻转,在灯光下闪耀。那个瘦瘦的法国女人刚才一直没有吭气,现在她开始支招:"不不不,这不合规矩。这不科学。不可能,太太,你应该——"

"玩家主导牌——K。劳特雷克先生赢了。"女主人的眼睛闪闪发亮,"'三十倍才够劲'?"

理查德·柯蒂斯有点头晕目眩了,实际上牌桌边的每个人都意识到了这个游戏的性质。凭借三张K,劳特雷克已经从庄家那里赢了两万一千法郎。尤其是坐庄的拉尔夫·道格拉斯最受冲击,但是他并没有表现出来。他把一条胳膊支在桌子上,一副轻轻松松、满不在乎的样子(这是道格拉斯家族惯有的伪装),另一只手放在小盒子上,手指轻轻地敲打着。柯蒂斯几乎无法想象今晚拉尔夫有多大的韧性。

拉尔夫又重复了一遍问题:"'三十倍才够劲'?夫人刚才问你了。"

"不。"劳特雷克一边说一边把赢得的筹码推到一边,"我放弃。K不会再来找我了。"

"庄家主导牌——"见拉尔夫又翻开一张牌,侯爵夫人拖着调子说道,"K。没有赌注。"

"这游戏简直邪门。"柯蒂斯轻声地向玛格达念叨。他隐隐感觉玛格达点头了。她就站在柯蒂斯旁边,这本身就够让柯蒂斯分心了,更何况她还拉着柯蒂斯的胳膊。接下来是一连串没人下赌注的牌,之后劳特雷克输掉了他在7上押注的一百法郎。很快又出现了点数为7的牌。再后来理查德森太太押注第三张

5 的尝试失败了。整副纸牌都翻完之后，杜塞什侯爵夫人笑了起来。

"这只是试试手。"她沾沾自喜地宣布道，"洗牌，洗牌；发牌，发牌——如果你们觉得还不错。纸牌跑得越快，我们的心跳也越快。这是适合年迈女人的诗歌。你已经洗好牌了？好了，我们这里不需要赌场的仪式。现在——"

乔丹先生若有所思地说："夫人！请解答一下我们关于规则的疑问。两个玩家可以在相同的点数上下注吗？比如说劳特雷克先生已经决定了在 A 上下注，我也想要押注 A——"

"在十七世纪简短的规则当中，并没有什么禁止在同样点数的牌上下注的说法。所以这纯粹是个人喜好问题。"

劳特雷克绷着脸，用嘲讽的口吻说："先生，如果你愿意，尽管跟在我屁股后面。遵从我的判断，乔丹先生的百万资产就会妥妥的，而且——"

"嘘！"女主人的声音就像一只绿头苍蝇在发出抗议，"劳特雷克先生，你太过分了，让人无法接受！请记住，我们只是几个朋友私底下聚集在一起——"

乔丹先生不为所动："我正打算声明一下，我个人喜欢 A。没错。我用到的第一张牌就是 A；下一轮，我至少会在 A 上押注一千法郎。不过我担忧的是，如果好几个人都下大赌注并且赢了的话，数目会很大，这是否违反规则。至于跟在你屁股后面，先生，你不用担心，请允许老头子自吹一下：当你还跟在你爸爸屁股后面的时候，我已经在特鲁维尔给一掷千金的俄罗斯赌客'剃光头'了。我们可以继续了吗？"

这个新的赌博方式引出了玩家不为人知的一面。

"请原谅。"劳特雷克哈哈大笑起来。

"没关系。"老人的话让劳特雷克放下心来,"我对你玩牌的方法很感兴趣。比如说,我听杜塞什侯爵夫人说你有时候会在手气正旺时突然停下来,甚至离开牌桌,之后又回来。这很罕见。我记得我的老朋友——"

"是的,是的,这的确是一种方法。我们继续玩吧!"

"但这是个新方法,劳特雷克先生。"女主人兴致勃勃地追问,"上周六晚上你这么做的时候,我真的很吃惊。那晚的牌局很吸引人,不是吗?我们沉浸其中很久,对其他事情都失去了兴趣。可是为什么你去喝水的时候,突然和珠宝商勒杜先生热切地谈了起来?乔丹先生,你应该认识勒杜先生,我原本希望他今晚也能参加,但是他今天在阿姆斯特丹……谈完之后,劳特雷克先生,你怎么消失了一个小时?"

杜塞什侯爵夫人摊开了手,她大概不明白拉尔夫·道格拉斯为什么突然放下了那个小盒子,为什么有三个人突然都瞪着劳特雷克。

第19章

"三十倍才够劲"

劳特雷克把香烟碾灭,然后坐直了身子,眼神变得更加犀利。

"当心点,侯爵夫人。"他半开玩笑地警告,不过这一次他没有用"妈妈"这个亲密的称呼,而是变得非常客套,"你对这句话产生的效果感到很吃惊吧。请说清楚些。你刚才说我'消失了',只是指我离开了牌桌,对吗?我并没有离开这个房间?"

"当然,当然!"她不安起来,"你没有离开这间房,这有什么问题吗?要不就是你去旁边的房间喝了点东西,不过你平时在喝酒方面很节制,我的孩子。"

"不管怎么说,我没有离开房子?"

"绝对没有。"

"其实,现在巴黎有一件事情闹得挺大。"劳特雷克解释道,他的长脸上露出了狡黠的神情,"你应该已经在报纸上看到了——"

"你就是那个劳特雷克?"理查德森太太惊诧地睁大了她天使般的眼睛。

侯爵夫人打断了他们,严厉地说:"我没有看过报纸,我已经三十年没看过报纸了。这是老家伙的特权:我们有权利不在乎外面的世界。哈,这算是个不错的格言,对吗?我还记得曾经有一段时间,大家都喜欢说点格言警句什么的。我们曾经半夜里躺在那里自我折磨,非要从古老的谚语里找出什么点子,把句子颠倒过来,重新组合,就是想让它们念起来更有趣。我记得在特鲁维尔,就是乔丹先生刚才提到的地方——"她停了下来,似乎是要强调随后的话,"不管报纸上印了什么,我的孩子,我都不希望有人在这里讨论。明白吗?"

一阵沉默。柯蒂斯感觉有凶神的翅膀扫过了房间:如果惹恼了侯爵夫人,可能就等于惹恼了凶神。

乔丹先生抱怨了一句:"我们的烤面包都要凉了。"

"下注吧,女士们,先生们!啊呀,我已经招待客人这么多年了,说话的腔调就和荷官一模一样。请下注,我的朋友们。"

拉尔夫把小盒子放回桌面,只向玛格达和柯蒂斯的方向迷茫地扫了一眼,意思是说他眼下脱不开身。现在牌局的好戏刚刚开场,随后的几轮"巴塞特"都相对平静,预示着马上会有重头戏。他们不像第一局那么兴奋了,但是牌桌上的气氛正变得愈发热烈。乔丹先生和理查德森太太已经入迷了,乔丹相对保守,理查德森太太则非常大胆;他们下注的数额越来越大,全心追逐着曾经在凡尔赛宫上演的"六十倍才够劲"。理查德森太太有三次都差临门一脚,每次她最初的押注都在一千法郎以上,但是她的运气并不比乔丹先生好。他们两人都输了不少,庄家拉尔夫自然就赢了不少。与此同时,劳特雷克的手气可以说越来越好。这部分归功于他的判断力,在这种无法使用技巧的游戏中,判断力是至关重要的。但是仅凭判断力还不够,还需要运气。他在恰当的时候卷起纸牌的一个角,又在适当的时候放弃继续押注。他暂时还没有实现"三十倍才够劲"——需要四张玩家主导牌才能做到这个。他曾经尝试过一次,还是用他钟爱的方块 K,但是未能成功,之后他就没有再尝试。尽管如此,到了第二十轮,按照柯蒂斯的估计,劳特雷克凭借这个非同寻常的游戏已经赢到了一百多万法郎。

柯蒂斯非常动心,想要参与,但他是不会加入的。他不会入局,是因为拉尔夫这会儿遇到了麻烦。大量的筹码来来回回,柯蒂斯无法判断准确的数目,只知道庄家拉尔夫肯定是输了不少。按说这个游戏对庄家非常有利,应该是庄家把玩家赢得眼冒金星才对,然而现在拉尔夫被劳特雷克的气场控制了。拉尔夫很清楚状况,他的心情自然不好。

"我说,玛格,"拉尔夫没好气地说,"你就不能帮个忙给我弄点喝的?侯爵夫人说这里有威士忌,管家又不能离开牌桌。就在那边的门外面,直走穿过大厅。见鬼——"

"我去。"柯蒂斯立刻接口。

他按照拉尔夫所指的方向,摸索着走到房间的尽头,出门进入了大厅——这里算不上明亮,但是比刚才的房间亮堂。大厅的对面有一扇半开的门,门内侧靠墙的地方有一个餐柜,里面摆着酒瓶。

"我来帮忙,好吗?"他的身后响起了玛格达的声音。

那是柯蒂斯永远无法忘记的画面:在金字塔状的白色煤气灯和低垂的流苏之下,玛格达银色的平底鞋在深灰色的地毯上移动着。她正探询地望着柯蒂斯。

"没问题,我能搞定。"

"你怎么了?"玛格达问。

"我明白了。"她又接着说道,"你在纠结好小伙子应该干什么,不应该干什么?如果你感兴趣的话,我可以告诉你,拉尔夫刚刚有一个重大发现。也许直到今天下午他才清醒过来,总之他意识到他和我犯了严重的错误,我们并不适合彼此。"

柯蒂斯觉得自己必须用尽全力才能张开口,就像在经受用大口径武器射击之后的后坐力:"你怎么想?"

"哦,我喜欢他,正如我喜欢其他人,他也确实讨人喜欢。但是我也明白过来了。哦,理查德,我要怎么说才行——你是不是和我想象中的你一样?"

柯蒂斯没有什么浪漫的表示,相反,他急得骂了一句,因为过于激动,他甚至站在大厅里举起拳头赌咒发誓。

"很好。"玛格达急切地说,"这就是我想要听到的。你和我有点像。现在我知道了。"

"跟我来,"柯蒂斯命令道,"我要跟你说点事情。"

他握着玛格达的手腕(她似乎并不反对),拉着她穿过大厅,几乎是把她拖进了对面的房间——结果他们一头撞上了班克林,那位先生就坐在餐柜旁边,正在吸烟。

"啊,"班克林把雪茄从嘴里拿出来,"现在的年轻人手拉着手来喝鸡尾酒——真不错。别客气,这里什么酒都有。"

这种评论简直是要逼着年轻人找个地缝。班克林的和蔼可亲更加重了柯蒂斯和玛格达的尴尬。如果说只是班克林出现在那个房间里,柯蒂斯和玛格达可能都不会在意。但是坐在那里的还有其他人：吃了一惊的乔治·斯坦菲尔德先生和更加吃惊的布莱斯·道格拉斯；两个人都吸着雪茄，拿着酒杯。

"搞什么鬼！"柯蒂斯嚷了起来，又赶紧放低了声音问，"你们怎么进来的？"

"你觉得警察怎么进入各种地方？请先把门关好。"

"侯爵夫人知道你们在这里？"

"当然了。"班克林扬起眉毛说，"听好了，我现在没时间解释。"他指向了摆着牌桌的那间房，"我们正准备抓住他——"

"我跟你说了，没用。"布莱斯倦怠地说，"他周六晚上没有离开这宅子，另外——"

"你不明白。"班克林凶巴巴地挥了一下手，"赌局进行得怎么样？"

"你是说劳特雷克？"

"是的。"

"他在大扫荡。"柯蒂斯回答，"没有人能拦住他。就算他赌一副牌里有5张A也不会输。"

班克林用力地握着自己的手，以至于双手都在颤抖："但是他们还在玩？"

"是的。他们——"

就在这时，门突然开了，拉尔夫·道格拉斯走了进来。也许拉尔夫看到班克林和另外两个人也很吃惊，但是他并没有表现出来。他的手帕半塞在一侧的口袋里，似乎之前被他用来擦过汗，不过他看上去倒是很镇定。他走到餐柜边，自己倒了一高杯威士忌，一饮而尽。

"我受够了。"拉尔夫靠在餐柜上,在手上转着酒杯,"虽然我一开始从另外两个人那里赢了不少,可是最终却输了好几千——不是法郎,是好几千英镑。没错,这个数额我输得起,但是我又不傻。那绿色绒布被施了邪恶的魔法,稍不留意就会把你吞噬。我可不打算掉进去,我已经放弃坐庄了。"

"现在谁坐庄?"柯蒂斯问道。

"劳特雷克。现在,谁能告诉我——"

拉尔夫探询地看着大家。柯蒂斯不知道在那间阴沉的餐室中,其他几个人有什么想法。他低头看着旁边的玛格达,脑子里想着牌局——他必须终结劳特雷克的好运。他和劳特雷克并没有仇怨,也不指望从赌局中挣到钱:赢钱只是抽象的愿望,他们的输赢只是一些带金边的小筹码在挪移罢了。他要终结劳特雷克的好运,这就像是用一种安静的方法来释放他的感情——比如几天前他写过一首打油诗《律师献给春天的赞歌》,不就是为了排遣无聊吗?他看了一眼玛格达,突然明白玛格达也有同样的感觉。他郑重地去给玛格达开门,而玛格达毫不犹豫地走了出去。

他们俩离开牌屋也就几分钟的时间,等他们回去的时候,劳特雷克已经坐在了庄家的位置上。理查德森太太和乔丹先生还在原位。侯爵夫人坐在理查德森太太和劳特雷克之间,对着桌角。庄家并没有什么特别的表现,他坐得笔挺,用一只手略微挡着眼睛,另一只手缓缓地把牌抽出来。那几个人正专注于牌局,根本没有注意到刚坐下的两个人,直到柯蒂斯向女主人做了个手势。没有人说话。柯蒂斯选择了黑桃,玛格达则选了劳特雷克经常用的方块。劳特雷克向他们微微点点头，然后又用手遮住了眼睛。

侯爵夫人的声音并不响亮，还有点沙哑，她喋喋不休地说着，赌局的气氛变得越发紧张。

"我的朋友，下注吧。下——"

那些话已经成了一串含糊不清的单词。柯蒂斯是个外行，他像多数外行那样在J、Q、K上下注很大——就好像牌面的点数越大就能赢得越多似的。玛格达则喜欢7和10。

"庄家主导牌——J。柯蒂斯先生输了……

"玩家主导牌——A。乔丹先生赢了。'七倍才够劲'？"

"'七倍才够劲'。"乔丹先生一边说一边仔细地在本子上作记录。

劳特雷克并不像拉尔夫那样动作敏捷，但是他的谨慎让每张牌都更具有诱惑力。现在玩家已经"黏在了牌桌上"，几乎每张牌上都会有人下注。六轮过去了，大量的筹码源源不绝地流向了劳特雷克，似乎那里是引力之源。到了第七轮，乔丹先生在一张A上押了五百法郎，牌发到一半的时候，他已经等到了三张玩家主导的A。可是接下来的二十五张牌都不是A，乔丹先生耐心地等待着。等第五十一张牌被翻开后，他们都知道最后一张牌是什么了——而且那必定是庄家主导牌。劳特雷克自己翻开了那张A，乔丹先生轻轻地叹了口气，站起身来。

"我玩够了，朋友们。"乔丹说，"请原谅，我要退场了。这个游戏对心脏的损伤远远超过对钱包的损伤。对于我这样的生意人来说，心脏和钱包是一回事，所以我遭受的是双倍打击。"

第八轮之后，玛格达也退出了，她原本带来的赌本就不多。玛格达当时曾和柯蒂斯窃窃私语，但事后柯蒂斯怎么也想不起来他们到底说了什么。他知道自己赢不了劳特雷克——换句话说，仅凭从玛格达·托利的几句话中汲取的力量，他不可能赢得了整个世界——但是他没有放弃。今晚的冒险刚开场的时候，柯蒂斯带来了四倍于原计划的赌资，比他在伦敦一年的工资都多。可到了第十轮，他就只剩下两百五十法郎了。他把两百法郎押在黑桃Q上，很快就实现了一次"七倍才够劲"。不过他又折了角，打算等第三张Q。

今晚的牌局已经接近尾声，大家都很清楚。几个人又开始随便对话了。理查德森太太用英语飞快地嘀咕着。

"好了，诸位，这是我最后一手。等我那张9跑掉之后——肯定会跑掉——我就要拔营了。我丈夫肯定会大发雷霆，但是就像侯爵夫人所说，纸牌是年迈女人的诗歌。柯蒂斯先生，我不想说泄气话，但是——"

"玩家主导牌——Q。柯蒂斯先生赢了。"侯爵夫人已经嚷了很久，声音都变嘶哑了。她停下来，望着柯蒂斯。

所有的人都停了下来。

"'三十倍才够劲'，柯蒂斯先生？"侯爵夫人问道，"不用太多礼数，说实话，我也困了。正如理查德森太太说的，这是她最后一手牌。后面就只剩下你一个人了。现在你有两万一千法郎在手，大概是四百五十英镑，算是对你今晚损失的一点补偿。你愿意拿上这笔钱——"

柯蒂斯小心地卷起了纸牌的另一个角。

"'三十倍才够劲'。"他说,"到了三十,还会涨。"

劳特雷克停顿了一下,然后把挡着眼睛的手挪开。现在他们看清楚了劳特雷克一直隐藏的模样:他眼睛里燃烧着火焰,手指非常小心地触碰纸牌,以免颤抖。

"很好,"劳特雷克故作镇定地说,"我只是想提醒先生,今晚还没有出现过第四张玩家主导牌。侯爵夫人,你准备好了?"

"庄家主导牌——6。没有赌注……

"玩家主导牌——3。没有赌注……

"庄家主导牌——9。理查德森太太输了……"

理查德森太太甚至都没看她自己的牌。这时,整晚几乎都没有动静的另外两个人也悄悄地来到了牌桌旁边:瘦瘦的职业女赌徒和那个目光阴沉的老男人。

"玩家主导牌——8。现在就只有Q上还有赌注,所以我没必要宣布其他牌的输赢了。

"庄家主导牌——A。"

"他真走运。"乔丹先生在后面轻声说。

"玩家主导牌——7。唉,我的嗓子都哑了。

"庄家主导牌——2……

"玩家主导牌——Q。柯蒂斯先生达成了'三十倍才够劲'。"

柯蒂斯一下子瘫坐在了椅子里。是的,他做到了。他实现了今晚一直没有人实现的目标,同时也算是达成了他脑袋里朦胧的愿景。他没有抬头去看玛格达,她就在柯蒂斯的背后,用手紧紧地抓着柯蒂斯的椅背。柯蒂斯已经不在乎接下来的事情了。他只是感觉到周围的空气突然停滞了,大家似乎拿不准是应该祝贺柯蒂斯，还是只需点头表示赞许。一大堆筹码被推到了柯蒂斯的面前，那肯定是很大一笔钱。

"嗨？"理查德森太太有点语无伦次。

"是啊，我有一次见俄国人德米特里这么干过。"乔丹先生说，"我希望自己也有这样的机会。我刚才已经在小本子上计算过了，这一手应该赢了六十九万三千法郎。"

劳特雷克站了起来。这一张牌算是触动了他的神经——可以说触动了他的信仰，也可能是他对于幸运之星的激情，总之那是他生命中相当宝贵的东西。

"我祝贺你，朋友。"劳特雷克说道，"赢得精彩。我想可以到此为止了。我认为——是啊，我确定——你不会继续挑战我，不会鲁莽地尝试'六十倍才够劲'。"

"不，我没有那样的野心。实际上，我只是想终结你的好运。我已经实现了——"

"没错，你做到了。"劳特雷克微笑着，"我曾经警告你不要和我对赌。这个忠告仍然有效。你的口号是'谨慎即大勇'，现在你正需要谨慎。我再次祝贺你。"

"不过，要我说，"柯蒂斯低声道，"你也不想继续，对吗？如果你下一把再输——"

劳特雷克的脸涨红了，他拍了一下桌子道："你真的执意要破坏我的好运？上帝啊，让你真正见识我的好运，会把你吓死。"

"啊，如果你这么说——"柯蒂斯平和地说着，伸手把纸牌的第四个角折了起来，"'六十倍才够劲'。"

矮小的乔丹先生什么都没说，只是绕着桌子转圈。他的脸上没有任何表情，但是腿却激动得颤抖。更多的人聚集到了牌桌旁，柯蒂斯觉察到拉尔夫出现在他的左手边，在拽他的袖子。

"别冲动过头。"拉尔夫严厉地低声说，"这种情况我见过。在走运的时候见好就收吧。刚才只是一个意外。他最终会让你破产。鲁莽冒险绝对没好处。"

侯爵夫人嘶哑的声音压过了其他人："抱歉。嘘！所有的人，都听我的！真的很抱歉。用我丈夫的脑袋发誓，我真的想看看'六十倍才够劲'。但是，劳特雷克先生，我不能允许你这么做。"

劳特雷克转向侯爵夫人："你说什么？你不能允许，嗯？不允许？！为什么？"

侯爵夫人笑了起来："对你来说赌赢是一个美好的梦想，但是这不可能。别忘了你现在玩的是当年王族的游戏。让我说清楚。我是主人，所以我自己当然已经为终极赌局作好了准备：如果是我坐庄，我能保证我的保险柜里有足够的钱，万一玩家实现'六十倍才够劲'，我也付得起。我知道你今晚赢了很多钱，足够你一辈子过奢侈的生活。但是别忘了，如果第五张Q仍然是柯蒂斯先生赢，你必须付出六十七倍于当前赌注的钱数。你很清楚这里的规矩，必须用现金。柯蒂斯没有要求你立刻拿出钱来，否则你已经有麻烦了。如果他实现了'六十倍才够劲'，你怎么付钱？不可能啊，从波旁王朝开始就没有人赌过这么大的数目！"

劳特雷克仍然斗志昂扬。"没有人赌过？"他轻声地说，"那就等着瞧。首先，我能保证他赢不了——"

"这算是什么保证？"

"听我说，杜塞什妈妈！你想把我逼疯吗？别吭气，让我说完。我有钱。怕是你自己忘了吧，我上周六晚上在这里赢了多少？我借用你这里的一个金属保险柜，把我赢的钱基本都放在里面了，不是吗？是你自己建议我这么做的，免得我一个人凌晨在郊外遇到麻烦。我带在身上的只是那笔钱的一小部分，不是吗？"

柯蒂斯的脑子有点迟钝，这句话让他缓缓意识到了他早该注意到的东西。上周六的晚上（或者说上周日凌晨）劳特雷克离开这栋房子的时候，外交部的人抓住了他，搜了他的身。柯蒂斯准确地记得他们在劳特雷克身上找到了多少现金：二十张一千法郎的钞票，五十张一百法郎的钞票。这已经是一个很不得了的数目了，但是和这个私人赌场的下注规模比起来却不值一提。而几乎所有人都说劳特雷克上周六手气特别好，连他自己都忍不住大吹大擂。区区两万五千法郎的战果想来不足以让高傲的劳特雷克如此飘飘然。

"我知道。"侯爵夫人回答，"我给你写了收据。我当然已经把这个考虑进去了。是的，是的！但是还不够——"

"那么，我给你一些抵押物？"劳特雷克嚷了起来。

"抵押物？"

"是的，我说了，抵押物。足够让你所有的谨小慎微见鬼去——"

侯爵夫人眯起了眼睛："是什么，劳特雷克先生？"

"啊，是什么并不重要。我在那个小铁柜里还放了别的东西——你的收据上没有写到，因为你没有看见我放进去。你吓了一跳？行了，我的抵押物足以满足你所谓的庄家保证金。看，我有保险柜的钥匙。"他在口袋里摸索了一下,"现在带我去你的办公室,让我打开保险柜,然后——"

"我还是要问,你的抵押物是什么?"侯爵夫人平静地追问,"因为你并不是要向我保证,而是向必须和你对赌的这位先生。"

劳特雷克停了下来。他刚才已经洗了牌——完全是下意识的动作,也已经把牌切好,并且塞进了那个小盒子。此刻听到这话,盒子从他的手里掉下来,落在了桌子上。他张大了嘴,勉强抑制住了要说的话。他把头转过来,脸上带着惊恐的表情:他意识到了刚才那句话中的含义。

就在这时,一只手从强光外面的阴影中伸了过来。那是一只强健的、毛茸茸的手,牢牢地抓住了劳特雷克的手。

"让我拿着那把钥匙,朋友。"班克林说,"所以说,你把罗斯·科罗奈克的珠宝藏在这里了?各位,别在意。"班克林转向其他人,"侯爵夫人,我很抱歉发生这种事情,我原以为他会带我们去更远一点的地方。劳特雷克先生,我得和你谈一谈。夫人,我们需要你的协助,请和我们一起去吧。柯蒂斯先生,我希望你也能陪同,因为你最好知道他的抵押物是什么。其他人请留在这里。"

他们默不作声地离开了房间,进入了大厅一侧的一个小房间,柯蒂斯之前就是在那里把现金换成了筹码。侯爵夫人把煤气灯调亮了,出现在他们面前的是一张带储物格的书桌,一扇有铁栅栏的窗户,一个镶嵌在墙壁里的小保险柜。班克林关上了包着铁皮的门。

劳特雷克已经从惊慌中恢复了过来。绿色绒布带给他的狂热已然褪去,他的脸和煤气灯一样变得明朗,似乎是突然安心了。

"班克林先生,你在指控我——?"

"偷窃了罗斯·科罗奈克珠宝收藏中的一大部分,从她在荣军院大道81号公寓的保险柜里面。"

"这是很荒唐的指控。"

"是吗?我们只要用这把钥匙打开面前的保险柜——"

劳特雷克摇摇头道:"在目前的状况下,要证明这样的指控会很困难。我从她那里借了一些珠宝,我喜欢那些珠宝,所以我决定把它们留下来。一个星期之前——我承认,准确地说是两天之前——我还没法偿付她,那样一来,我的行为确实可以说是偷窃。但是现在你们应该明白吧,我的钱包都快被撑破了。"他的眼神变得犀利,"何必呢?想想我会给罗斯出的价钱!比她在市面上能卖出的价钱高得多。我现在就愿意付这笔钱——或者,把珠宝归还。"

"我明白。"班克林冷冷地说,"不过我相信罗斯·科罗奈克的父母更愿意你慷慨地支付现金。据我所知,他们是乡下人,没什么钱;他们更愿意多拿到一点钱,而不是让你进监狱。实际上,我已经就这方面咨询了她的律师。所以,你只要签个字——"

班克林从大衣口袋里掏出一份折起的法律文件,递给了劳特雷克。劳特雷克读了一遍,脸色变得苍白。

"这说得太过分了!"

"也许吧。不过这能帮你免除指控,或者说私了。我不反对你跟人家私了,也不介意用不正当的手段做点好事。"

"你没耍什么花招吧?"

"没有。我的描述没错吧?你会签字吧?"

"描述正确。我会签字。"劳特雷克脱口而出。

他把文件放在小保险柜上,用班克林的钢笔签了字。

"说起来,承认我描述得正确对你非常有利。"班克林思索着说,"这能避免你被指控犯下比偷窃珠宝更严重的罪行——比如谋杀罗斯·科罗奈克。"

劳特雷克艰难地把钢笔的笔帽扣好,问道:"老天爷,你认为我是谋杀犯?你认为我是那个穿棕色雨衣戴黑色帽子的男人?"

"我并不这么认为。"班克林回答。

班克林是背对着门的,说完他便从容地转身松开门锁,毫不犹豫地拉开了门。这时,大家才发现门外有一个人一直靠在门边偷听。班克林把那人拽进来,又关上了门。那是一个接近中等身材的男人,高鼻梁,棕色胡须,眼神狂妄却也惊恐。

"这才是穿棕色雨衣戴黑色帽子的男人。"班克林将手按在布莱斯·道格拉斯的肩膀上说道。

第20章

"……走在扭曲的路上"

已经到了凌晨？还是说仍是晚上？在杜塞什侯爵夫人封闭的宅子里你很难判断时间，而且那里的人似乎也完全不在乎。在强光下，四个人围坐在铺着绿色绒布的桌子旁。班克林坐在上手位置，身边是侯爵夫人，她皱巴巴的手拢在一起，眼睛里仍然透着兴奋。桌子的另一侧是理查德·柯蒂斯和拉尔夫·道格拉斯。

"他不会受到指控吧？"侯爵夫人问。

"出于某种原因，他不会受到指控。"班克林回答。

他们的对话如例行公事般单调。拉尔夫则一直低头盯着桌子。

"先生，我把房子借给你充当陷阱，"女主人又说，"我觉得很有趣，如果有必要你还可以来找我。我能够保证平时的客人不会出现，免得传出去影响我的名声。就算你提供劳特雷克之外所有参与者的名单都没问题，我们这里没有人会一听到谋杀就怯场：我觉得理查德森太太和乔丹先生都认为我们的活动很带劲，绝对还会来。不过，现在你最好告诉我全部。另外，你也得跟我说说为什么非要把那个迷人的女孩打发回家——她又不是小孩子了。"

"因为这件事有很多方面都和她相关,她听到了没有好处。"班克林回答,"出于同样的原因,这两位先生必须在场。不过他们必须保证绝对不会让她知道真相。"

班克林把胳膊支在桌子上,搓着手心。

柯蒂斯追问道:"真相?"

"布莱斯·道格拉斯谋杀罗斯·科罗奈克的真正原因。"班克林说。

停顿了片刻之后,班克林继续道:"整件事情实际上是两桩罪案叠加在一起:一桩偷窃案和一桩谋杀案。这两个案子原本彼此毫不相干,后来却相辅相成,紧密地缠绕在一起,分都分不开。当然,我们最感兴趣的是谋杀案。

"从最开始我们就在一个问题上走了岔路:实际上罗斯并非死于蓄意谋杀。我们苦苦地寻找动机,结果四处碰壁。我们试图找到仇恨、害怕罗斯,抑或爱着她的人。可罗斯其实是死于无意的杀害,凶手既不怨恨她,也不害怕她,更不爱她,凶手和她仅仅是两个政府特务之间的关系。凶手是一个非常谨慎的人,在工作上一丝不苟。他不在乎罗斯·科罗奈克,但是他非常热切、非常痛苦地爱着玛格达·托利。他并没有隐藏这份感情。他敏感到了病态的程度,甚至有陌生人多看玛格达几眼都会惹他作出反应,问些不合时宜的问题。他公开地说他不相信年轻的玛格达真的和拉尔夫·道格拉斯心心相印,在这一点上他说对了。他性格中最致命的一点是自信过度,他认定他自己才是适合玛格达的人,并且坚信在适当的时机下,玛格达会觉察到这一点。(我们绝不能让玛格达知道,她意识不到自己的破坏力有多大:她能够彻底打乱男人的计划,让他们的生活陷入险境。在这一点上,这两位先生都深有体会——程度之深仅次于布莱斯·道格拉斯。)于是,布莱斯想出了一个非同寻常的计谋。他的计划不涉及谋杀,风格完全遵循他最喜爱的侦探小说。他的动机是和玛格达恋爱,他就像蓄意谋杀者那样非常注重细节,尤其是那些牵扯感情的细节。他自始至终没有慌乱,因为他想做得比精心策划的谋杀者更好。按照我个人的标准,这可比真正的谋杀糟糕十倍。"

班克林停顿了一下又说:"不过我最好按照我的推理过程来讲。最开始的时候,我并没有怀疑他,至少没有超出我对所有相关人物正常的怀疑程度,因为我看不到任何动机,另一方面,在某件事情上,他非常巧妙地骗过了我们。要不是因为这两点,他绝对会是我的首要嫌疑人,我曾经当面这样告诉过他。在这个案子中,凶手的花样百出和对细节的执着正符合布莱斯的性格。

"我开始对布莱斯有所怀疑是在昨天晚上和劳特雷克谈话的时候。你应该记得,当时我们刚刚和布莱斯见过面,从他那儿听说了案发时劳特雷克不在现场。如果不仔细想,布莱斯的话倒挺合情合理。他说他那天下午接到了他在秘密工作中的同事罗斯·科罗奈克的电话(又是电话!),得知劳特雷克当晚会去一个秘密地点进行叛国的交易,罗斯要求他去跟踪劳特雷克。布莱斯还说罗斯知道劳特雷克实际上是来这个——哦,拼运气的场所。布莱斯很聪明,他解释说罗斯一定是希望让外交部的人把劳特雷克扣住,这样夜晚她和拉尔夫的约会就不会被妨碍。

"很好。随后我们和劳特雷克谈话的时候,劳特雷克主动说上周六整个下午他、罗斯,以及罗斯的女仆,都在塞纳河上野餐。然而,此前布莱斯说的是罗斯那天下午给他打了电话。这可能并不重要:或许是劳特雷克在撒谎,或许布莱斯没注意自己说错了,也可能罗斯在野餐的时候想办法秘密地打了电话。

"在这三种可能性当中,我们可以排除第二个:布莱斯的偶然口误。因为布莱斯这样的人不会犯低级错误,尤其是这个信息还牵扯到重要的工作,他需要和外交部的其他特务作跟踪的准备。第一个可能性是存在的,毕竟劳特雷克的表现并不能让我满意。第三个的可能性也很高。

"不过当时我顾不上研究这个问题,因为当时这桩谋杀案千头万绪:罗斯的死亡原因,针对玛格达的错误判断,还有我们现在正在讨论的问题,都令人头疼。直到今天早上,我才有时间认真地分析。我盘问了安妮特·福维尔,罗斯的女仆,你们猜结果怎么样?

"按照女仆的说法,他们在上周六十点半出门去野餐,直接开车到了河边,中途没有停车,三个人都在同一辆车上;他们租了船,从上午一直玩到'天快黑'的时候,这期间,罗斯·科罗奈克没有从塞纳河上离开过。我让安妮特反复确认过这些。之后我又盘问了船夫,他的证词与安妮特的相符。

"这样我们就排除了第一种和第三种可能性。劳特雷克没有撒谎,他说了实话。如果是在巴黎的街道上,罗斯确实可以随时找到电话,但在塞纳河上这不可能。因此,唯一的可能性就是布莱斯在撒谎。

"这让案子有了转机。按照布莱斯的说法，罗斯·科罗奈克知道劳特雷克周六晚上会去杜塞什侯爵夫人的宅子里赌钱。那么布莱斯怎么可能不知情？除非见鬼了！布莱斯自己也承认他已经监视劳特雷克的行动有一段时间了。劳特雷克自己说过他很久前就开始常来这个赌场，甚至已经形成了习惯：他会在晚上十点半离开公寓，不到天亮不回来。作为一个不知疲倦的跟踪者，布莱斯·道格拉斯不可能不知道劳特雷克的生活规律，也不可能不清楚阿克恩山丘之畔那座阴森的宅子里有什么活动。

"在描述跟踪劳特雷克的时候，布莱斯说得悬念迭生，引人入胜。他和他的同伴在宅子外面苦苦等了'三个多小时'，直到劳特雷克——也许是出于特殊的原因，劳特雷克提早离开了？"

班克林看了一眼杜塞什侯爵夫人。

侯爵夫人点点头道："是的，他打破了常规。"

"布莱斯说他们一直等到劳特雷克离开宅子。布莱斯特别强调了这一点。这就给劳特雷克提供了一个不在场证明。你们应该明白吧，这也给布莱斯提供了不在场证明。

"但是布莱斯真的一直在那里埋伏着，和另一个特务一起？不，不是这样的。他自己说了，他和同伴分别守在宅子的两个出口：他在前门，他的同伴监视后门。他还说他们两个人约定不会离开岗位，以免猎物跑了。现在我们不妨这样推想：布莱斯·道格拉斯知道劳特雷克是一个疯狂的赌徒，会在这里停留好几个小时，他很清楚，除非突然死亡或者上帝有什么特别的安排，劳特雷克铁定会留在宅子里。对于布莱斯自己来说，这并非万无一失的不在场证明,不过已经足够好了,因为(你们马上就会明白)他并没有打算为谋杀准备不在场证明。

"认定是布莱斯在撒谎之后,我开始忍不住自问:我为什么没有一开始就怀疑他?是这样,首先,我想不到他有什么作案动机;其次,有一回他和那个穿棕色雨衣的男人同时出现了。

"这是我自己看到的。也许你们还记得,我说过,在上周三晚上,我看到一个穿着棕色雨衣的高个子男人翻墙进入了大理石别墅。(顺便说一下,布莱斯显然喜欢翻墙这个主意:在讲述他们是如何监视这座宅子的时候,他说他曾经想过翻墙进来查看。)上周五晚上,我看到一个男人——显然是另一个男人,一个个子矮一点的男人——走向大理石别墅的大门,然后走了进去。我跟着进去了,我们两个人都偷偷摸摸的。哈!我看到他绕到房子后面的厨房窗户那儿,厨房里面亮着灯光。请注意:厨房里亮着灯光。

"他凑近窗户,透过百叶窗朝里面张望。这时厨房里的灯忽然灭了。他猛地向后退。我走上前去,他说他看到厨房里有个穿棕色雨衣、戴黑色帽子的男人在摆弄香槟酒瓶。

"回想起这个场景,我突然联想到案发后我在大理石别墅的厨房里注意到的反常现象。我羞愧于最开始没能明白那些线索的重要性——我当时在拖延时间,发表几番评论后顺便说到了电子钟,其实是为了让外面的人有足够的时间从车身上获取玛格达的指纹。我当时提到的现象是:1. 在厨房的后墙,电灯开关的正上方,有一个白色的图钉几乎完全被钉进了墙壁;2. 在冰箱的后面,朝向窗户的地方,有一根很长很粗的黑线,中间部位显然断开了，另一头形成了一个线圈。

"那个电灯开关是法国和英国常见的那种类型，有一个凸起的部分可用于上下扳动。如果开关朝下，灯就会亮起。那个窗户外面的百叶窗关住了，但是窗户本身并没有完全关上。如果将那条黑色粗线一头的线圈套在电灯开关上——请注意，这时候开关处于朝下的状态——让粗线绕过牢牢钉在墙上的图钉，转成横向，延伸大约三英尺之后到了窗户那儿，线的另一头就可以轻易地穿过百叶窗的缝隙。外面的人只要向上拉那根线，就能将开关扳到上面，灯就会熄灭。那人又用力一扯，打算把线从百叶窗的缝隙收回来，但是用力过猛，线断了，只有靠近窗户的那一段被抽了出去……

"真是糟糕。

"想到这里的时候，我仿照苏格兰诗歌对自己说：'秃头绝顶班克林，土头土脑班克林，没头没脑班克林，你老糊涂了。全都一团糟。那个海厨养的，布莱斯·道格拉斯，给你表演了一整套。全为了你一个人，你个老顽童，为了糊弄你。周三的晚上他化了装，头一回翻墙进入大理石别墅，他知道你看到了他，担心你认出了他——虽然你老糊涂了，他担心你的眼睛还好使。所以他要试探你。他必须搞一个万全的小把戏。他要创造出"棕色雨衣男"这个角色，好利用它干那肮脏的勾当。'

"'到了周五晚上，'我仍然在脑袋里自言自语，多么徒劳，'你根本没看到他第一次怎么进的别墅。也许趁你盯着前门，他从后墙爬了进去（和他后来在这里对梅西耶用的诡计如出一辙）。他已经在别墅里准备好了，也就是稍稍改变原计划，用一瓶特意备好的香槟换掉原位上六个正常的酒瓶。他安放了图钉和黑线,让厨房的灯亮着。然后他又翻墙出去,大摇大摆地走向正门,让我跟在后面,再给我表演发现"棕色雨衣男"的戏码。'

"好了,我和自己的对话结束了。"

"在描述那个棕衣人的时候,"班克林又说,"布莱斯说那人在厨房里换了酒瓶(这完全就是他十分钟之前自己做的事情)。其实啊,如果多加注意,我早该意识到一个问题:他为什么跑到一栋属于拉尔夫的、上了锁的别墅里和罗斯·科罗奈克会面?还有,他说他不想等,为什么?为什么看到那个棕衣男人之后他就离开了?他的原话是,因为他'非常确定里面的人是拉尔夫,拉尔夫正在准备聚会'。你们瞧,这时候布莱斯已经在把嫌疑往拉尔夫身上引了。"

拉尔夫抬起头来,不再盯着绿色绒布桌面,他的脸色阴沉而困惑。

"我真是无法理解这个案子。"他呻吟着,"你想说是布莱斯,我的弟弟,在设计陷害我?我无法相信。我不会相信的。"

班克林看着他,点了点头。

"不过他并不打算陷害你谋杀。"班克林安抚道,"我希望你明白这一点,我们正好可以就这个话题展开。

"想到这里,我自然开始考虑布莱斯·道格拉斯就是那个神秘的'棕色雨衣男',但是他们的外表不大相像?

"首先是身高的问题。现在我们不得不说到让-巴蒂斯特·罗宾逊那条令人瞠目的、富有建设性的推断——尽管它偏离了目标,但我觉得它非常有启发意义。罗宾逊说那是个女人。

他说那女人穿了一双底非常厚的鞋子，这样身高看着就像男人了，可是正因如此，那个女人滑倒了，几乎摔了个狗啃泥。我说，有很多种衣着都会给女人带来麻烦，特别是男式的裤子，但是有一样东西不会让她们挠头，那就是高跟鞋。在这方面，女人不会遇到任何麻烦。正相反，如果一个男人被迫穿上高跟鞋，那他绝对有可能在光滑的地板上摔个大马趴；另外，玛格达在月光下看到那人穿过树林时，觉得他的步伐和姿态很陌生——这也就合情合理了。没错，我们的凶手是一个比中等身高略矮的男人。

"其他事情都简单得很。比如说胡须，那是真正的胡须：布莱斯平时不使用假胡须，否则他的日常社交活动会有很多麻烦。想要贴上各种各样的胡须也并不难，在城里有半打剧院都能帮你用演员专用胶粘上各种胡须，连坐在前排的观众都看不出真假。布莱斯的假发甚至用不着多么高超的技巧，只要能糊弄霍滕斯这个睁眼瞎就行了。一点演员专用的黏土再加一些粉底就能制造出霍滕斯所描述的'粉色痘痘'，而且布莱斯和拉尔夫是同族，脸型上的相近也是便利条件。实际上，我们的棕衣男人不可能是其他人，必定是布莱斯。

"那些在布莱斯看来趣味横生的细节，对我们来说都很容易解释。比如，那封信其实是拉尔夫曾经签过字的一份文件，布莱斯把上面的部分漂白，然后重新打印，伪装成拉尔夫的信了：马布斯用紫外线灯一照，就能看到原来的文字。布莱斯选择霍滕斯是因为她很容易就能变成'瞎子'，而且她从来没有见过拉尔夫。其中还有一个小插曲：霍滕斯把那封信拿去给斯坦菲尔德先生看过，别忘了斯坦菲尔德曾经也是罗斯的情人，这差点打乱布莱斯的全部计划。不过总体而言——"

拉尔夫敲了一下桌子。

"可是他究竟想干什么？"拉尔夫问，"如果他并不想谋杀罗斯，那又为什么要针对她？他的动机是什么？还有其他问题，我今天才想到——"

"让我按照顺序来解释。"班克林安抚道，"在布莱斯的计划即将实现的时候，我们要考虑一下路易斯·劳特雷克先生的奇怪举动。

"我早先说过，我对劳特雷克的表现很不满意。他的态度挺奇怪的。他似乎完全不担心被谋杀案牵扯进去，就好像这场谋杀和他没有丝毫关系。但与此同时，他在为其他事情忧心忡忡。结果怎样？我们的谈话不可避免地要回到珠宝的问题上。

"我已经试探过劳特雷克，据我分析，那三件首饰是上周六晚上他从罗斯那里勒索来的。（他证词中的这一部分是真的：他确实要手段从罗斯那里得到了一个翡翠吊坠，一枚钻石戒指和一副耳环。）他最后承认我的分析是正确的，不过他似乎还有其他心事，一有机会他就试探地问：'你认为我偷了她的珠宝，嗯？'他承认那三件珠宝是他勒索来的，我也相信了，但他还不满意。他试图解释他为什么不安，他说如果消息传出去，他的名声就臭了。这个说法完全站不住脚。罗斯·科罗奈克是一个臭名昭著的'吃大款'，很多人都厌恶她。谁要是像劳特雷克那样让罗斯栽跟头，从她手中夺回三件珠宝，那他肯定会受到赞扬。所以劳特雷克害怕搞坏名声的借口不成立。

"接着说。劳特雷克显然很喜欢《智慧报》上面关于凶手是女人的推断。让-巴蒂斯特·罗宾逊确实擅长操纵文字,他的解释里也有值得称道的内容。随后劳特雷克说了一段让我瞠目的话。我问他怎么知道罗斯·科罗奈克上周六晚上打算去大理石别墅——换句话说,'拉尔夫·道格拉斯的幽灵'是如何劝说罗斯去大理石别墅的。劳特雷克回答说他在电话中听到一个女人的声音,那人和罗斯约定了时间。

"这个细节怎么听都不像真的:什么女人?劳特雷克又立刻试图把嫌疑引向安妮特·福维尔,暗示她可能就是那个穿着棕色雨衣、戴着黑色帽子的人。我自然问他安妮特可能有什么动机,而他只是耸耸肩膀。

"昨天晚上,'一个女人的声音,那人和罗斯约定了时间'就已经让我起了疑。今天早上我确定布莱斯·道格拉斯在搞鬼之后,就更加相信劳特雷克在撒谎。我知道布莱斯在独自行动。接下来就是那个令人头疼的问题:拉尔夫本人自始至终没有露面,穿着棕色雨衣的男人如何说服精明的罗斯去大理石别墅?答案就在这里:布莱斯是拉尔夫的弟弟;不仅如此,布莱斯和罗斯还是特务行当的同行,布莱斯传递的信息自然会被罗斯接受。

"可是劳特雷克坚持说安排会面时间的是一个女人:他在撒谎,他故意撒谎。他是否知道或者猜到了从中牵线的人?他为什么试图把嫌疑指向安妮特?为什么安妮特必须是'棕色雨衣男'?当然了,他这么做是为了罗斯·科罗奈克的珠宝……

"就这么简单。我盘问了劳特雷克关于其他珠宝的情况,我们已经知道的三件首饰只是罗斯珠宝中的一小部分。劳特雷克对余下的珠宝并没有表现出应有的热情，相反，他显得满不在乎。他说那些珠宝在罗斯房间的保险柜里面，律师明天会过去设法打开保险柜，现在没法打开，因为没有人知道密码。说完之后，他又耸了耸肩膀。我可不敢相信，毕竟是他付的房租，是他从房东那里拿到了保险柜，严格地说，那是他的保险柜，他怎么会不知道密码？

"这些问题已经足够让人生疑了。我们还没有看到珠宝失窃的迹象，劳特雷克却故意想让安妮特背黑锅，这是为什么呢？如果是劳特雷克自己洗劫了保险柜，那他抹黑安妮特就是为了在案发后扰乱人们的视线？能够解释他所有行为的原因只有这一个，我们必然会深究。

"如果是劳特雷克偷窃了珠宝，他什么时候干的？就在这个问题上，盗窃案和谋杀案交汇了：相当奇特的交汇。

"根据我今天下午得到的信息（你们今晚也听到了），我们可以厘清这桩盗窃案。罗斯·科罗奈克是一个谨慎的女人，她很早就让人给她所有的珠宝都做了一份逼真的赝品。不过她的务实主义导致她犯下了大错，一个严重的错误，程度仅次于上周六晚上她去了大理石别墅。上周六晚上，劳特雷克投下了重磅炸弹，要求罗斯拿出一些珠宝，然后才能去大理石别墅。罗斯气得发疯，但还是妥协了。她给了劳特雷克三件珠宝，其中两件是真货。第三件——翡翠吊坠，原本该是最值钱的一件，却是赝品。这下子她铸成了大祸。

"劳特雷克认为三样珠宝都是真的，他满意了。那个时候，他并没有打算洗劫罗斯。他来到这里赌钱,从一开始手气就很旺,根本用不着抵押物。不过,他去另一个房间喝东西的时候,发生了一件怪事……"

杜塞什侯爵夫人把头往后仰,哈哈大笑起来:"是啊,是啊。我今天晚上告诉过这两个小伙子,劳特雷克先生在正顺风顺水的时候突然和珠宝商勒杜先生热烈地交谈起来,之后他决定退出游戏一段时间。"

"没错。他并没有主动把吊坠拿给珠宝商看,另外两样珠宝他也没拿出来。今天下午我们联系了阿姆斯特丹的勒杜先生,确认了这一点。原来他们一起喝酒的时候,吊坠从劳特雷克的口袋里掉了出来。劳特雷克只说了一句:'这小东西挺有趣,对吧?'勒杜先生回答:'作为赝品,质量还算不错。'

"你们多少见过劳特雷克发怒的样子吧。他当时什么都没有说,可他真的气炸了。他意识到自己最终还是被罗斯耍了。现在罗斯要损失的不是几件珠宝,而是所有的宝贝——他要将它们全部据为己有。他想到了一个相对安全的办法。他知道那天罗斯整晚都会在大理石别墅,如果她和拉尔夫·道格拉斯黏在一起,她就不会留在劳特雷克的公寓里,所以劳特雷克有机会拿到珠宝。而且正好那天晚上女仆也放假了。只要想个办法在侯爵夫人这里制造一个不在场证明,他日后就可以完全无视罗斯。罗斯确实可以指控他,但是只要他的不在场证明可靠,罗斯就不足为惧。

"就像布莱斯一样,劳特雷克很机灵,但并不智慧。你们可能猜到了,他的不在场证明需要依赖赌徒的心理作用——他自己就是牌桌边的常客,所以非常清楚这一点。另外,那个房间的照明条件也对他有利。

"当游戏进入高潮,你们这些痴迷其中的赌棍(所有这里的常客都算上)眼睛里就只剩下牌桌。需要扔个大炸弹才能把你们的注意力从牌桌挪开。你们不会起身,不会移动。另外,你们完全丧失了时间感。我见过很多类似的情况,每当有人提到时间,其他赌徒都显得很茫然。就这么回事。看看这个房间:没有钟表。另外,只有桌子这儿是明亮的,其他地方一片漆黑。

"让我们看看劳特雷克是怎么做的。他宣称要离开一会儿。很好,为数不多的其他玩家当时都聚拢在赌桌边。如果人数很多,事情可能就会变得麻烦。幸好没有几个人,所以他顺利地溜出房子,翻过大门,开着自己的车子回到巴黎,从保险柜里拿走珠宝,还满怀恶意地把全套赝品放回去,然后他又回到了这里。如果他花的时间不长,他的赌友就会发誓他根本没有离开过房间……而且他回来之后立刻又加入了赌局。这样一来,劳特雷克参与的前半程赌局和他回来之后的后半程衔接在一起,在牌局中纸牌上的点数不断翻新,谁也记不清楚劳特雷克是在第几轮离开,又是在第几轮回来。最终,没有人真的能给出可靠的证词。"

侯爵夫人不住地点头,解释道:"我注意到他离开牌局了,因为这是我分内的工作。我注意到他有相当长的时间不在牌桌边,但是我下意识地认为他还在房子里。"

"现在劳特雷克的讲述和布莱斯·道格拉斯的'可靠'证词完全吻合了。其实,这个契机也很微妙:他们两个人在大门口竟然没有撞见！劳特雷克的行动不到一个小时就能完成，布莱斯跑去大理石别墅、执行完他的计划再回来，总共需要一个小时多一点。（也许你们会吃惊布莱斯为什么能够这么快回来？你们觉得开车去大理石别墅差不多得花半小时？如果是从巴黎市中心出发，确实需要半小时。但是你们看看巴黎地图，看看我们现在的位置就会明白，阿克恩山丘在隆尚的外围，有一条很短的乡间公路直通到马利森林。这是一个很有趣的发现。）

"布莱斯自称守在前门，但他应该是在十二点半左右就离开了。你们还记得吧，他和梅西耶是坐出租车来的。他已经预先把自己的车子停在附近，就藏在山脚下——他希望别人认为他不可能跑到很远的地方去。劳特雷克应该是随后不久就离开了这座宅子，他和布莱斯差一点就能见面。布莱斯认为劳特雷克会老老实实地留在宅子里。劳特雷克则完全不知道外面有人在监视。

"劳特雷克的行动相对简单，所以先回到了这里。布莱斯过了几分钟之后才回来——他们再次错过了。这两个人都认为自己的行动很顺利。劳特雷克回到赌局，继续好运连连。他要求侯爵夫人提供一个保险柜，以便他将赢得的巨额现金保存起来，他还趁侯爵夫人不注意的时候把从罗斯那里偷来的珠宝塞进了保险柜，身上只留下了一小部分现金和那三件珠宝。为什么？因为，尽管他只给勒杜先生看了一样珠宝，他却默认其他两样也都是赝品。如果他担心离开这栋孤零零的房子时遇到抢劫，他应该把珠宝都放进保险柜，毕竟那三样珠宝抵得上他当晚赢得的现金总额。可他认为那三件珠宝都是不值钱的赝品，带在身上就算被打劫也没什么损失。他打算去找一个过夜的地方，待上三天，这样日后他就有足够可信的不在场证明。

"等劳特雷克离开房子，正满心欢喜的时候，却被外交部的特务按在了地上——可真够刺激的，尤其是那两个特务说他们整晚都在监视宅子的两个门！这让劳特雷克心生疑窦。麻烦的是，他已经让珠宝商勒杜先生看过了那个翡翠吊坠。他担心还有人看到了其他珠宝。就算那个翡翠吊坠被证实是赝品，日后失窃案案发的时候他还是会陷入麻烦。所以他不敢把真的珠宝送回罗斯的公寓，只能把它们留在这里，然后想办法转移嫌疑。他还是有机会摆脱麻烦的，因为当晚他比罗斯早几分钟离开荣军院的公寓楼。他不可能在离开公寓之前偷窃珠宝，因为罗斯去大理石别墅前肯定会打开保险柜拿几样小首饰。如果他在赌场这一说法能够成立，那么他的不在场证明就不会有什么麻烦。

"可是现在外交部的人突然冒了出来，把劳特雷克吓得不轻。不过之后，他听到其中一个人（布莱斯·道格拉斯）明确地说他没有离开过房子，等于给了他一个牢不可破的不在场证明。其实布莱斯这么说纯粹是为了给他自己制造不在场证明。劳特雷克肯定一头雾水，但是他很感激这个机会。我猜，等看到晚上的报纸，听说了谋杀案，劳特雷克肯定忍不住发笑吧。他明白了电话里是谁和罗斯约定在大理石别墅见面，他甚至可能看到过布莱斯和罗斯在一起。总之，他想通了为什么布莱斯会帮他制造一个这么完美的不在场证明。

"劳特雷克赞成这个结果吗？当然，我的朋友们，他满心欢喜。他还要尽力保护布莱斯，如果布莱斯的不在场证明出了问题，他自己的也就不成立了。所以两个线头纠缠在一起,两个人的命运捆绑在一起。于是劳特雷克编造了一个可笑的故事,说他在电话里听到'一个女人的声音',一方面是为了保护他那不知情的盟友,另一方面是想把嫌疑指向安妮特。

"为了更好地理解这个人类邪恶面相交叉的例子,你们应该听我讲讲狡猾的布莱斯·道格拉斯打算在变成'棕色雨衣男'之后做什么。他到底有什么计划?他就是要让全世界的人都瞧不起他的哥哥,让所有人见到拉尔夫就反感,尤其是让玛格达·托利失望。你们要明白,他并不打算让这个计划升级成仇恨或者严重的罪行;无须犯下可怕的恶行,不用反目成仇,只是让人厌恶拉尔夫就行。"

班克林停下来,望着拉尔夫:"道格拉斯先生,你应该理解了吧。他就是这么看待你的,他也希望玛格达对你厌恶至极。"

又是一阵沉默。

"现在我们有必要说回一年前,或许是更久之前的一条著名花边新闻。很遗憾,我今天才听说这件事;当时好像挺轰动,巴黎所有人都知道。那是一场发生在某家夜总会的争执,你和罗斯在抢夺扔飞刀的演员使用的一把道具飞刀。不知是有意还是无意的,她在你的脸上划了一刀。你说,如果她再干这种事情,你就会拿一把刀子把她的脸划花……啊,我知道这并不是真实发生的事情。但是巴黎居民相信这个耸人听闻的故事。上周六晚上,在大理石别墅,布莱斯伪装成你,打算为全巴黎人表演一场——"

拉尔夫将双拳砸在桌子上,怒道:"什么?你说那个混蛋打算用刀子把罗斯的脸刮花，让人以为是我们醉酒后的争吵最终导致了她的毁容？"

"不是刀子，"班克林说，"是刮胡刀。用起来更顺手。"

拉尔夫和柯蒂斯对望了一眼。只有侯爵夫人点点头，眨眨眼，还会意地露出一个可怖的笑容："我明白。"

"是的。布莱斯的计划是让罗斯毁容，还不能让她知道凶手不是真正的拉尔夫。这就是计划的核心。他得让罗斯大闹一场——

"你们已经知道了布莱斯计划中的第一幕，即他如何引诱罗斯去大理石别墅。接下来，必须有人见到拉尔夫，必须有人能在事后指认拉尔夫，发誓拉尔夫当晚出现在那里，这个人就是霍滕斯。但是罗斯自己显然不能和冒牌货见面。所以布莱斯需要给罗斯下药——最好是安眠药加上酒精，然后他这个冒牌的拉尔夫才会正式出场。最开始他是想利用好几个大瓶的香槟，让罗斯自己喝醉，后来他放弃了最初那几个不成熟的计划，改为用一小瓶精心准备的、加了料的侯德尔香槟。他可以从露台外面观望，确定罗斯已经喝了香槟。

"等丑闻爆发，可能会有两种诠释：

"一、罗斯·科罗奈克可能会迅速地去法庭控告拉尔夫。罗斯会说：'他一直对我心怀不满。他把我引诱到那里，在什么东西里下了药。等我睡着了，他在我脸上留下了这些伤疤，让我再也没脸见人。'罗斯会信以为真，因为在她的眼里这就是事实。但是公众的见解会有所不同。那些喜欢添油加醋的人会说：'哼，我就知道她会这么说，显得她是一个本分的女人。她没有喝酒

吗?她没有发飙?没有吵嚷?'所以公众的诠释应该是:

"二、罗斯和拉尔夫·道格拉斯秘密地重拾了旧情。他们在大理石别墅偷偷约会,亲密地共享夜宵。那个女人根本没有(像她自己说的那样)被下药,她只是喝得醉醺醺,她的男人也喝高了。然后两人发生了争吵,最后拉尔夫·道格拉斯兑现了他早前的威胁——"

班克林停了下来。

"我不用再详细说明了。总之,布莱斯希望所有人都采纳这第二种解释。他还为此作了相应的准备。等罗斯睡着了,他会把一个装着食物的小推车搬上楼。然后第二天早上,罗斯的女仆会发现罗斯已从昏睡中醒来——她没有生命危险,因为伤口都很浅,但是她的脸毁容了。这样一来,所有人都会采纳第二种解答。女仆还会在房间里发现各种狂欢之后的痕迹,就像我们在电影和小说中经常看到的场景:撕破的衣服,满是烟蒂的烟灰缸,位置错乱的家具……这世上每个清醒的家庭主妇都能立刻推断出发生了什么,我们那些品行端正的报纸读者会意味深长地相互看一眼,然后说:'哦吼!'

"这就是布莱斯的完美计划,听起来真是完美无缺。罗斯会在法庭上坚称自己被下了药,像中学女生一样哭哭啼啼;而公众会看到各种狂欢后的痕迹,对此冷嘲热讽。现实生活就是这样精彩。不管发生什么,最终受损的都是拉尔夫。"

柯蒂斯发问道:"可是,不对!如果是布莱斯在中间牵线搭桥,以拉尔夫的名义联系了罗斯,那罗斯必然会公开提到这一点?"

"不会。你不明白吗,她不敢这么做。这时候布莱斯会非常平静、冷漠、疏远:'我说啊,不管发生什么,你都不能提到我的名字。是我冒傻气帮着给你传了话。想想你现在的处境。你已经不是被包养的对象了,还有什么活路?只剩下以往你干过的、情报机构的马赛特给你的差事,你还可以继续做下去。但是你很清楚我的地位,清楚我在马赛特心目中的分量,你也明白不能让公众知道我和你之间的联系。如果你胆敢提到我的名字,你就别想再挣一个法郎。'我觉得这是让这个女人闭嘴的最有效的手段,没有之一!

"然而最终,布莱斯的计划完全泡汤……你们已经知道为什么了。不仅是因为自作聪明的布莱斯在自制香槟酒瓶里放的安眠药变成了液态氯仿。布莱斯在别墅的外面观望,等着罗斯喝下香槟,结果却看到了让他掉眼泪的一幕。道格拉斯先生,你可能认为我在夸大其词,你真应该看看今晚当他意识到我全都知道之后的表情。

"布莱斯看到一个人突然闯了进来——玛格达·托利,而他的整个栽赃计划都是为了她。

"这是不是绝妙的一幕?胆大、秃头的班克林摘下了一顶富含寓意的帽子。我向扭曲的命运致意,这扭曲的道路真有趣。不过还有更糟糕的。布莱斯跟在玛格达后面爬上楼梯去了露台,想看看到底怎么回事,因为他太揪心了。他听到一个女人停止说话,另一个女人歇斯底里地威胁要割开动脉——"班克林顿了顿,又搓着手说,"后来布莱斯进了更衣室,想知道她们为什么都不说话了,他发现原来是因为:一个女孩子趴在梳妆台上,因吸入了氯仿而昏迷不醒；另一个女人倒在地板上，已经死了，死于他亲手准备的小瓶香槟。就这么两下子，他的计划泡汤了。"

班克林往后一靠，脸色蜡黄、憔悴。他将手遮在眼睛上，接着道："拿破仑有一个座右铭：'作好两手准备，其余顺其自然。'布莱斯·道格拉斯并没有作第二手准备，但是他随机应变，临时想了个招儿——又是按照耸人听闻的小说的套路。他利用十五到二十分钟的时间（对他来说非常充裕！）执行他的新计划，这期间那个昏迷的女孩子完全不清楚发生了什么。

"玛格达曾经叫嚷着要杀死罗斯，让她血尽而亡。布莱斯现在要让玛格达相信她真的这么干了。请注意，这里有一个关键的问题：他并不是要让玛格达被逮捕或者被指控谋杀。绝对不是这样！他甚至特别留意过，确保玛格达没有在梳妆台留下指纹——想想看，我们在梳妆台上没有发现玛格达的指纹，而玛格达并未提及她曾擦拭过梳妆台上的指纹。实际上，他是想让玛格达小姐相信自己犯下了谋杀，然后他这个外交部的侦探能帮她完美地解决问题。他会私下里和玛格达小姐联系，变身为又酷又英勇的救助者，告诉玛格达他将怎么保护她。这是他最喜欢的风格。这样就能让玛格达小姐钟情于他。这个变通后的策略甚至比布莱斯原始的计划更出色，因为布莱斯仍然可以声称拉尔夫和他的旧情人罗斯在大理石别墅私会了。

"你们已经知道随后他做了什么。在我的职业生涯中，我还是第一次遇到凶手杀受害者两次的情况——他把一个已经死去的女人的动脉割开了。伤口会流出一些血，因为罗斯是趴在浴缸边缘上的，一条胳膊垂在浴缸内侧。他必须要用那把短剑，因为那是玛格达·托利见到的唯一武器。然后他把玛格达小姐挪到浴室，将短剑塞进她手里——她随后会慢慢苏醒过来的。紧接着，他顺着露台的楼梯下去，就在外面等着玛格达下来。他甚至要让玛格达看到他，因为他时间紧迫，希望能赶紧把玛格达吓跑。

"在等待的这段时间，布莱斯又想到了其他事情：在这种情况下，他需要一个替罪羊。他不想让玛格达被逮捕，也不希望他自己被捕（那还用说）。唯一有可能充当替罪羊的就是他最初的构陷目标：拉尔夫。公平地说，布莱斯·道格拉斯并不是那种邪恶至极的人物，他只是一个敏感、刻薄、无路可退的家伙，可就在这个紧要关头，他的机灵劲儿也开始错乱了。现在，他不可能再制造恋人狂欢后的场景：空酒瓶、破碎的衣服、狼藉的杯盘等等。因为玛格达·托利看到了房间的样子，如果事后房间的状态发生巨大变化，玛格达肯定会起疑心——已经死了的罗斯·科罗奈克不可能自己狂欢。布莱斯也不确定他的骗术成功了几分，玛格达相信自己的罪行到了什么程度。她可能会感到困惑，或者有所怀疑，也可能会找别人讨论。

"不过，布莱斯还有能做的事情。他可以大摇大摆地从后门进入房子，装作是拉尔夫很晚才来赴约。他可以把夜宵的小推车搬上楼，弄出很大的动静。然而这里又出现了一个微妙的两难问题：他要把嫌疑指向拉尔夫，但是又不能真的让拉尔夫被认定为谋杀犯。如果拉尔夫的嫌疑太重，拉尔夫可能真的会被指控，那么玛格达·托利就会说出她以为的真相。

"布莱斯真的陷入了窘境，他终于第一次丧失了理智。我不好意思指责他，因为在随后的几分钟里，他就清醒过来了，意识到自己的神来之笔并不是可靠的'第二手准备'。所以他开始玩另一个愚蠢的把戏——磨刮胡刀。在那个节骨眼，他实在想不出其他办法。

"谈及这个案子，经常会有人问，那人为什么要在粗糙的磨刀石上磨刮胡刀，但是没有人问为什么他会在霍滕斯的眼皮底下、耳朵旁边磨刮胡刀。为什么那个男人故意站在开着灯的厨房里，明知道霍滕斯的房门开着缝隙，他还大模大样地在厨房中央来回磨刮胡刀，故意制造出噪音来勾起霍滕斯的好奇心？很明显，他在故意表演给霍滕斯看。他要让霍滕斯相信拉尔夫到达别墅的时候怒气冲冲，如果罗斯敢违背拉尔夫的意愿，就会像早前拉尔夫警告的那样被划破脸。

"这个冒牌的拉尔夫搬着小推车上了楼。然后那把小镊子出场了——布莱斯给我们留着镊子作为证据。这样我们就会以为：拉尔夫猛烈地敲门，却没有人应答，他盛怒之下用镊子开了门，看到罗斯躺在床上，已经睡着了，完全没有被惊醒；这时候他仍然气不打一处来，就把小推车推到房间的另一头，开了一瓶香槟，倒进两个酒杯，叫罗斯起来一块喝酒（实际上，那两个酒杯里的一个就是罗斯从中喝下液态氯仿的那个酒杯，布莱斯把酒杯洗干净了，也仔细地擦拭过），他走到床边，朝罗斯叫嚷，但她一动不动，他摸了摸她，发现她已经死了。

"这就是布莱斯准备的剧本，他想让我们认定：他的花花公子哥哥性情粗暴，稍不如意就会把罗斯的脸蛋刮花，而这一幕并没有上演，因为拉尔夫到达的时候，罗斯·科罗奈克已经死了。布莱斯想要让我们相信拉尔夫在尸体旁边逗留了很久，不停地抽烟喝酒……他预先点燃了很多香烟，排在烟灰缸里面，就是为了制造吸烟的证据。不过他忘了把烟头按照正常的方式捻灭，然后扔进烟灰缸。他的布景和他留下的'凶器'一样毫无说服力，吸了一半的香烟就是个明显的失误。不过有件事情布莱斯没有忘：五分钟之后，离开房间的时候，他没有忘记把那个要命的小香槟酒瓶拿走——毕竟不管怎么洗瓶子，氯仿的味道都不可能消除——埋在了土里。这个做法表现出了他非凡的机巧和内心的肮脏。他把他想得到的女孩子变成了谋杀犯，又让他不喜欢的哥哥成为野蛮人。这样他今后就能控制这两个人的生活。"

一阵长久的沉默。班克林舒舒服服地坐着，若有所思地盯着桌子。

"有一件事情，我想了很久。"拉尔夫的脸色有点发白，"我今天和柯蒂斯说起过。如果布莱斯费了这么多心思要陷害我，他至少应该确保我没有不在场证明，不是吗？按说这一点应该是他的重点，否则他的计划就不完整，可是——"

"他确实计划了。"班克林回答。

"他计划了？"

"我听说你上周六下午对布莱斯说你第二天一大早会和伦敦来的律师见面？"

"是这么回事。我刚见到柯蒂斯的时候，也是这么说的——"

"布莱斯非常郑重地要求你上周六晚上不要出去，最迟九点得回到自己的房间，这样第二天早上才有清醒的头脑商量正事，他还告诉你,如果你做不到这一点,你应该傍晚时分去一趟他家,跟他说一声?"

"真是这样!我答应了当晚去找布莱斯,不过我又改变主意带玛格达出去吃饭了,后来就忘了找他的事情。不过,就像我跟柯蒂斯说的那样,我确实打算早点回家。"他又沉思道,"托利太太怎么回事?她被牵扯到里面了吗?"

"很抱歉,没有。赫科勒·雷纳尔看到的那个匆忙离开大理石别墅的高个子女人恐怕就是托利小姐,他躺在地上,所以觉得看到的背影个头很高。同样道理,我在月光下看到布莱斯骑在墙头,也觉得他是个高个子男人。不过我可以证明托利太太做了一件不道德的事情。她铁了心要让你以谋杀罗斯·科罗奈克的罪名被逮捕,她几乎说服了斯坦菲尔德,让他指责你从他的办公室拿走了那把手枪;她看到你因为有不在场证明而摆脱危险,便忍不住想要挽回败局。我一直在猜测她是否怀疑布莱斯做了手脚——也可能是我一贯的多疑在作祟。

"现在你们明白了吧,要想戳破布莱斯的不在场证明,就必须先解决劳特雷克的不在场证明。如果劳特雷克知道(我几乎可以肯定他知道)谁是凶手,他就可以证明:1. 布莱斯说他自己整晚都在宅子门外守着是谎言;2. 是布莱斯传话让罗斯·科罗奈克去大理石别墅。仅凭这两点,就算没有其他可信的证据,也能让布莱斯陷入困境,因为他一直在撒谎强调这两点。然而,让劳特雷克说实话就等于是让他承认偷窃,这可不容易。唯一的办法是在他拿出珠宝的时候把他抓个正着。然后,如果我们提出免罪的条件,他就会说实话。要做到这一点,"班克林咧嘴笑了起来,"唯一的办法就是让他自己给我们带路。遗憾的是,我不知道他把珠宝藏在哪里了,更麻烦的是珠宝失窃这件事本身还没有定性。那个兴高采烈的律师发现保险柜里满是珠宝,但是他还没有去检验真伪——我找人检验了。真正的珠宝可能藏在巴黎的任何地方。我们只能等劳特雷克告诉我们在哪里。

"劳特雷克觉得那天自己玩牌的手气正旺,我们可以肯定他会下大赌注,会比平时更敢冒险。所以,我们必须给他这个机会。在我的朋友莫帕松侯爵的帮助下(我自己藏在幕后),巴黎最大胆的两个赌徒受邀前来,也就是理查德森太太和乔丹先生。我还向两个年轻人发出了邀约,一个是喜欢刺激的百万富翁,另一个人我让他临场自己拿主意。我可没有真的要求他们做什么。我只是给他们准备了一张铺有绿色绒布的桌子,其余的事情,借书里的谚语来说:随它去吧。如果劳特雷克的运气好到能够冲破我准备的战场,那就是幸运之神在保佑,他逃脱罪责我也无话可说。不过我感觉他的运气没那么夸张,所以不妨一试。我知道一旦他的好运到头了,他就会被怒火冲昏头,万般绝望的时候他会动用那些珠宝。我此前并不知道那些珠宝就在这座宅子里,但我们很幸运,很快就找到了它们。我给劳特雷克准备了一份文件,上面粗略记录了他猜测到的,以及他本就知道的布莱斯·道格拉斯的所作所为,他签了字就能换取免罪。当然,他并不知道我原本就没有打算指控他——"

"为什么不打算?"

"因为要指控他就必然会牵扯到布莱斯·道格拉斯。"班克林回答,"刚才我说了,出于某种原因,我必须放过布莱斯。他知道的太多了。"

"知道的太多了？"

"你忘了他的职位。你们听说过沃博的事情吗？他是十九世纪后半叶很出名的碎尸谋杀犯，但这个恶心的罪犯同时也是为政府效力的线人，知道太多敏感的信息。和你们刚见面的时候，我就已经提到了和政府相关的问题。当年沃博的案子太轰动，而且了不起的马斯也清清楚楚地证明了沃博的罪行，所以没人能帮他掩盖。不过，沃博在监狱里自杀的事情后来不明不白就过去了。现在布莱斯·道格拉斯的情况则更加微妙。我调查案情时可以像一个侦探，但是说到后续的处理，我必须像外交官一样含糊。当然了，他肯定会离开法国，在英国大家会怎么谈论他我就不知道了。如果日后出现什么麻烦，或者他搞什么小动作，我们都可以搬出劳特雷克的证词来对付他。这就是我的打算。我不管他上天堂还是下地狱：我个人认为他没有资格去天堂，也没有罪恶到下地狱的程度。"

"他是我的弟弟。"拉尔夫痛苦地说，"就这样吧，我再也不想牵扯其中了。不过，这个案子算是给我上了一课。你认为玛格达有罪，却准备给她自由。劳特雷克的偷窃数额如此巨大，竟也不会受到惩处。而布莱斯犯下了谋杀罪，你也让他逍遥法外。你应该写一本警察攻略，书名就叫《犯罪不算事》。"

"对你来说可挺算回事。"

拉尔夫深深地吸了口气，然后笑了。

"是的。抱歉。不管怎么说，我从这个案子中解脱了。而你——"他看了一眼柯蒂斯，"你得到了那个女孩子。"

"你心里没有嫉恨?"

"嫉恨?!"拉尔夫说,"我——没有。我应付不了她那样的女孩子,也不想去尝试。坦白地说,我想要自由。我只爱过一个女人,通过我在她床边说话的语气,你们应该注意到了吧。"

"你是说——?"

"是的,我说的是罗斯·科罗奈克。"拉尔夫站了起来,"所以我对布莱斯恨之入骨。"

他陷入了沉默,过了一会儿他才耸耸肩膀道:"还有一件事。你明白吗,老兄,在今天晚上的牌局里,你赢了九千多英镑,靠那个Q?"

"我真的没想这件事。"柯蒂斯坦率地说,"我觉得那不是真正的钱——抱歉,侯爵夫人,无意冒犯!我是说我觉得那钱在我过了英吉利海峡就会消失。"

拉尔夫又笑了起来,那种笑容会陪伴他经历日后更多的冒险,但是并不足以帮助他度过真正的难关。

"好了,老兄。"拉尔夫大声说,"就算是性命攸关的时候,我也做不到'三十倍才够劲',我没有那种勇气。我脑子里总在想一个问题:要是你们这两个疯子真的把牌局继续下去,会发生什么?你会赌上九千英镑,天知道劳特雷克会赌上什么可怕的数额。你能把墓地里的老赌棍惊醒,然后拍着他们的肩膀说他们还嫩着呢。因为如果你真的赢了第五张牌,你将赚到超过五十万英镑。"他吹了声口哨,"我说,到底会发生什么?"

"你自己看看不就知道了?"侯爵夫人咯咯地笑了起来,"牌就在桌子上,劳特雷克已经洗完牌,也切好牌了。"她指着纸牌,

"就在你的胳膊肘旁边。我看过了。"

拉尔夫小心翼翼地把那副牌从盒子里拿出来,慢慢地一张张翻开。很快他就笑了起来。柯蒂斯也笑了。只有班克林板了一会儿脸,自顾自地拿出他那让人无法忍受的烟斗,惬意地靠坐在椅子里。